상위 0.001% 랭커의귀환 10

2023년 11월 15일 초판 1쇄 인쇄
2023년 11월 20일 초판 1쇄 발행

지은이 유우리
발행인 강준규

기획 이기헌 왕소현 임동관 박경무 강민구 조익현
책임편집 김홍식
마케팅지원 이원선

발행처 (주)로크미디어
출판등록 2003년 3월 24일
주소 서울시 마포구 마포대로 45 일진빌딩 6층
Tel (02)3273-5135 **Fax** (02)3273-5134
홈페이지 rokmedia.com **E-mail** rokmedia@empas.com

© 유우리, 2023

값 9,000원

ISBN 979-11-408-0883-0 (10권)
ISBN 979-11-408-0799-4 04810 (세트)

CONTENTS

거대 행성, 목성

"그래서 어떤 행성이죠?"

당연하다면 당연한 얘기지만, 일행은 일단 구조 신호가 나타난 행성으로 이동하기로 결정했다.

설령 그 신호가 오작동된 거짓 신호라 해도, 확인하지 않고서는 아무것도 알 수 없었기 때문이다.

홀로그램을 올려다보던 반 마코스가 리오 리카온 대신 답했다.

"목성입니다."

목성(木星).

태양계의 행성 중에서도 가장 큰 행성으로, 그 크기만 대략 지구의 약 11배에 이른다고 알려진 곳.

이른바 '태양계의 왕자'였다.

하지만 목성은 기체로 이뤄진 가스형 행성이 아니었던가.

사람이 그곳에 생존할 수나 있을까.

'아마 이곳도 다르겠지.'

0115 채널의 기준으로 상상하면 안 될 일이었다.

화성에서 우주복 하나 없이 버젓이 숨을 쉬듯이, 목성도 전혀 다른 생태계일 확률이 높았다.

과연 그곳은 어떤 행성일까?

강서준은 호기심을 품고 화성 게이트 터미널의 정면에 드리운 포탈을 응시했다.

멀리 목성으로 잇는 길.

리오 리카온의 피를 먹이니 터미널 게이트의 엔진이 가동되고, 진동은 더욱 세차게 흔들리기 시작했다.

반 마코스도 포탈 너머의 풍경을 바라보며 나지막이 입을 열었다.

"저희도 자세히 알진 못합니다. 그곳은 오랫동안 금지(禁地)로 구분된 땅이니까요. 하지만 아마도 그곳은…… 보면 어떤 곳인지 바로 아실 겁니다."

목적지는 '목성'.

['워프 게이트'에 진입합니다.]

[공간의 틈에 갇히지 않게 모쪼록 주의하십시오.]

지구로부터 멀리 떨어진, 그것도 아예 다른 차원에서.

그들은 '우주 항해'를 시작했다.

워프(Warp).

리카온 제국에서 행성 간 이동에 쓰이는 공간 이동 기술.

원리는 김훈의 공간 이동과 같았다.

한순간에 몸이 붕 뜨고, 어느덧 원하는 목적지에 도달하는 것.

누구보다 이 기술의 이해도가 높은 김훈이 마저 설명을 이어 나갔다.

"종이를 반으로 접으면 같은 면에 있던 것들이 마주하게 되잖아요. 공간 이동은 바로 거기에 구멍을 뚫고 이동하는 걸 말해요."

이는 포탈의 원리이기도 했다.

워프 게이트나, 포탈이나, 차원 게이트나…… 결국 닿을 수 없어야 정상인 면을 만나게 하여 구멍을 뚫는 행위인 것이다.

김훈은 눈을 빛내며 다시 입을 열었다.

"시스템 메시지에 나온 '공간의 틈'은 바로 그곳에 있어요. 종이를 접었을 때…… 서로 부딪치는 뒷면이죠."

종이가 서로 맞부딪쳤을 때에야 생성되는 '뒷면'.

이른바 '워프'의 부작용에 가까운 '공간의 틈'은 그렇게 만들어진다.

김훈은 공간 이동을 할 때엔 늘 그 틈을 조심해야 한다고 주의를 줬다.

"그곳은 무한의 공간과도 같거든요. 자칫 잘못하면 영원히 빠져나오지 못할 겁니다."

실제로 '공간 이동'의 스킬 설명란에도 '공간의 틈'을 조심하라는 문구가 적혀 있다.

물론 공간의 틈을 조심하라는 '시스템 메시지'는 그조차 이번이 처음 받는 눈치였다.

'아마 규모의 차이겠지.'

김훈의 공간 이동의 크기는 보통 '본인'이나 '붙잡은 소수'에 한한다.

아무래도 그만큼 생겨나는 공간의 틈은 좁았고, 실패해서 그곳에 빠질 염려도 거의 없다고 한다.

한데 화성 게이트 터미널은 그 규모부터 함선 크기이지 않은가.

그만한 규모의 워프는, 그만한 공간의 틈을 만들기 마련이다.

자칫 잘못하면 시스템의 문구대로 공간의 틈에 끼어 영원히 그곳에서 살아야 할지도 모르는 일이다.

한편 대화에 끼어드는 사람이 있었다.

"걱정하실 필요가 없습니다. 제국의 기술력은 전부 안전이 보장되어 있으니까요."

반 마코스였다.

강서준은 고개를 주억거리며 함장실 내부에 두둥실 떠오른 한 아이템을 응시했다.

포탈 코어.

부산에서 리카온 제국인들이 차원 게이트를 만들기 위해 가져온 이계의 물건이 그곳에 있었다.

'저게 그 안전을 보장하는 거겠지.'

그리고 이는 지구의 포탈 코어 또한 같은 기능을 할 수도 있다는 걸 시사한다.

이만한 규모의 공간 이동조차 안전하게 해내는 리카온 제국의 기술.

'쓸 만하겠어.'

개발만 해낸다면 아마 지구의 이동 수단엔 대단한 변화가 일어날 것이다.

한편 광활한 우주일 뿐이던 전경은 슬슬 녹림이 우거진 어느 행성을 앞두고 있었다.

방대한 크기는 0115 채널의 목성과 닮았지만, 그 구조나 생김새가 전혀 달랐다.

"도착했습니다."

반 마코스는 홀로그램에 스캔한 목성을 띄웠다. 한쪽 면에 푸른 표시가 번쩍이고 있었다.

"이곳이 구조 신호가 생성된 장소입니다. 지금은 끊겼지만…… 불과 1시간 전만 해도 신호는 발신되었습니다."

리오 리카온이 미간을 구기며 물었다.

"저들의 신변에 무슨 일이 생긴 겁니까?"

"모릅니다. 모종의 일로 기계가 고장이 난 건지…… 정말 오작동이었던 건지."

그는 잠이 입을 다물었다가 말했다.

"결국 직접 내려가 확인하는 수밖에 없습니다."

거두절미하고 일행은 바로 탐사선을 운용하기로 했다.

여기까지 온 이상 미적거릴 이유는 없었다. 일단 신호의 발신지부터 확인하는 게 최우선이었다.

"그나저나 목성에서는 보이는 모든 걸 조심해야 할 겁니다."

"……네?"

"아까 말했듯, 보면 아실 겁니다. 일개 인간은 생존 자체가 불허한 곳…… 그래서 금지가 된 땅. 우린 그곳에서 가능한 한 없는 듯이 움직여야 할 겁니다."

반 마코스의 말마따나 탐사선을 타고 내려가는 와중에도, 리오 리카온의 안색은 갈수록 굳어 갔다.

군인인 킨 멜리조차 겁을 잔뜩 집어먹은 눈치였다.

'대체 어떤 곳이기에?'

서서히 우주에서 목성의 궤도로. 대기권을 돌파해 땅으로 안착한 강서준은 바로 반 마코스의 말을 이해할 수 있었다.

'……이래서.'

탐사선의 문이 열리고 보인 풍경에 일행은 기함을 토해 냈다. 최하나나 김훈도 헛웃음을 지으며 시선을 위로 올렸다.

제아무리 목성의 스케일이 크다 하더라도 이런 느낌일 줄은 상상도 못 했다.

'거인들의 나라에 떨어진 기분이군.'

바로 보이는 건 거대한 나뭇잎이다.

그보다 높이 솟은 나무는 만리장성이 위로 솟은 듯 웅장했고, 잡초 같은 것들이 모두 빌딩만 하단 걸 알 수 있었다.

"확실히 인간이 살 수는 없는 땅이군요. 우린 이곳에서 마치……."

"……벌레 같을 겁니다."

한 사람이 말한 것처럼 같은 생각을 떠올린 건 강서준과 최하나였다. 옷매무새를 정돈한 반 마코스는 그런 두 사람의 말을 부정하고 나섰다.

"아뇨. 우린 벌레만도 못할 겁니다."

"네?"

"그보다 빨리 움직이죠. 벌써 놈들이 몰려옵니다."

그때 거센 바람이 불면서 뭔가 기이한 소음이 울렸다. 킹 멜리가 총을 뽑아 들며 긴장했고, 강서준도 재앙의 유성검을 꽉 쥐며 다가오는 흐름을 주목했다.

무언가가 다가오고 있었다.

'저건……'

펄럭이는 날개와 거대한 몸통!

그 몸을 장식한 건 붉은색 바탕의 검은 점이었다.

강서준은 바로 알아봤다.

'……무당벌레?'

문제는 그 크기가 벌레라고 할 수 없을 정도로 크다는 점이다. 생김새가 곤충만 아니었다면 '곰'이라고 착각할 만하지 않을까.

강서준은 쓰게 웃으며 무당벌레를 가만히 응시했다.

느껴지는 힘이 대단했다.

[몬스터 '칠성무당벌레(A)'를 마주했습니다.]

[몬스터 '칠성무당벌레(A)'가 포효합니다.]

무려 A급 몬스터.

크오오오옥!

"과연, 이런 놈들이 즐비한 곳이면 확실히 우린 벌레만도 못하겠군요."

"……옵니다!"

무당벌레는 빠르게 강하하더니 그 육중한 몸으로 바닥에 착지했다. 그것만으로도 크레이터가 생성됐고, 날카로운 기세로 놈이 육탄돌진을 감행해 왔다.

물론 최하나는 진즉에 예열시킨 핏빛의 마탄을 무당벌레의 몸통에 꽂아 넣고 있었다.

쾨직!

다행히 방어력은 약한 듯했다.

돌진하던 놈은 최하나의 마탄에 몸통이 구멍이 난 채로 바닥을 나뒹굴었고, 돌연 고약한 냄새가 풍겨 난 건 그때였다.

강서준은 대번에 알아차렸다.

"독입니다!"

빠르게 산개한 덕에 무당벌레가 쏘아 낸 토사물은 피할 수 있었다.

하지만 문제는 지금부터였다.

[스킬, '류안(S)'을 발동합니다.]

"……뭔가 또 옵니다."

이곳의 소음이나 이변이 목성의 몬스터를 자극한 걸까.

수많은 흐름이 이쪽으로 몰려오는 게 보였다.

강서준은 멀리 거대한 나뭇잎 사이로 날개를 퍼덕이며 무리 지어 비행하는 벌레들을 확인했다.

얼핏 봐도 '날파리 떼'였다.

"우선 피해야겠어요. 이대로면 전멸입니다!"

의견을 일치시킨 일행은 빠르게 탐사선을 뒤로하고, 거대 곤충의 습격을 피해 내달렸다.

뒤편에서 날파리의 습격을 받은 탐사선이 폭발하는 소음이 들려왔다.

중요한 건 아니었다.

여차하면 목성의 궤도에서 항행 중인 터미널에서 또 다른 탐사선을 호출하면 될 일이니까.

당장 그들이 해야 할 건, 벌레들의 공격을 피해 안전부터 확보하는 것이다.

"사, 사마귀입니다!"

정면에서 양쪽 팔을 단두대처럼 칼날처럼 휘두르는 사마귀가 마치 오우거처럼 포효하며 다가왔다.

앞서 달려 나간 킨 멜리가 사마귀의 몸통을 저격했고, 강서준이 재앙의 유성검을 던져 사마귀의 시야를 어지럽혔다.

뒤이어 김훈이 공간 이동으로 사마귀의 머리맡에 도달하여 검을 찔렀고, 최하나의 사격은 사마귀의 두 개의 눈을 꿰뚫었다.

물론 녀석은 죽지 않았다. 고작 곤충이라 해도 레벨만 300을 넘기는 A급 몬스터였다.

'여긴 A급 던전이라 봐야겠어.'

빠른 연계 공격으로 사마귀를 무력화시킨 일행은, 목숨까지 빼앗진 못했다. 그럴 시간도 없었다. 일행은 잡초들로 이루어진 '풀 빌딩 숲'으로 진입했다.

그나마 우후죽순 솟은 풀들이 수많은 날벌레의 비행을 방해하고 있었다.

"동굴입니다!"

"……날벌레부터 따돌리죠!"

앞서 달려 나가 '파이어볼'을 내던진 강서준은 생각보다 동굴이 깊다는 걸 알 수 있었다.

다행히 날벌레 떼는 이 동굴 속까지 따라오진 않는 듯했다.

잠시 호흡을 정돈한 강서준은 일행을 돌아보며 말했다.

"아직 긴장을 놓진 말아요."

"네?"

"여기도 그냥 동굴은 아닙니다."

땀에 젖은 얼굴로 숨을 몰아쉬던 리오 리카온은 금세 어둠 속에서 흔들리는 무언가를 발견했다.

풀숲 속에 숨겨진 동굴.

강서준은 그 동굴의 주인이 누군지, 그리고 이곳이 사실은 그저 '통로'에 불과했다는 걸 알 수 있었다.

아니, 바로 납득할 수 있었다.

"……지렁이."

크기는 용처럼 거대한 녀석이 서서히 이쪽을 향해 기어 오고 있었다.

동굴은 놈이 지나간 흔적이었다.

"도망쳐야 해요!"

반 마코스가 다급하게 동굴 밖으로 빠져나가려 했고, 킨 멜리도 총을 장전하며 날벌레와 싸울 준비를 했다.

이에 강서준은 고개를 가로저으며 동굴 내부에 시선을 던 졌다.

"수십 마리의 날벌레를 동시에 상대할 수는 없어요."

고작 날벌레라 해도 레벨은 300을 넘기는 괴물들.

한두 마리면 모를까.

수십 마리를 동시에 상대한다는 건 불가능에 가까운 일이 었다.

강서준은 서서히 동굴을 꽉 채우며 다가오는 거대한 지렁 이를 응시하며 말했다.

"설령 이쪽의 몬스터가 조금 더 강하더라도 한 놈을 상대 하는 게 낫다는 거죠."

바닥이 흔들리고…… 눈앞의 지렁이는 덤프트럭처럼 밀려 왔다. 그들을 몰살시킬 기세였다.

……덤프트럭은 무슨.

산사태가 의지를 갖고 이쪽으로 밀려오는 기분이었다.

하지만 자리를 잡은 강서준은 마력을 끌어올리며 말했다.

"그러니 여기부터 점령합니다."

"아니, 저런 괴물을 상대로 무슨······!"

당황하는 반 마코스의 말이었지만, 강서준은 차분하게 백귀를 소환할 뿐이었다.

[칭호 스킬, '백귀(S)'를 발동합니다.]
[백귀, '로켓'을 소환합니다.]

포효하며 모습을 드러낸 한 마리의 도마뱀은, 눈앞을 가리는 거대한 지렁이만큼이나 그 크기를 부풀렸다.

로켓은 겁도 없이 몸통 박치기를 감행했다.

쿠우우웅!

커다란 떨림이 있었지만 로켓은 기어코 뒤로 밀리지 않았다.

오히려 지렁이를 밀어내며 앞으로 전진하는 기염을 토했다.

"허억······ 저, 저게 뭐야?"

깜짝 놀란 반 마코스의 반응을 뒤로하고, 강서준은 짓이겨진 지렁이의 머리를 향해 재앙의 유성검을 꽂아 넣었다.

～❀～

속담엔 이런 말이 있다.

－지렁이도 밟으면 꿈틀한다.

아무리 별 볼일 없는 이라도 함부로 무시하면 가만있지 않
는다는 뜻인데…….

강서준은 눈앞의 지렁이를 보며 어깨를 으쓱했다.

적어도 이 동네에는 그딴 속담은 생겨나지 않을 것이다.

쿠웅! 쿠우우우우웅!

눈앞에서 살기를 흘려 대는 지렁이는 거진 최종병기나 다
름없었으니까.

막말로 로켓의 수준이 조금이라도 떨어졌더라면, 혹은 강
서준의 레벨이 부족했더라면…….

밟히는 건 지렁이가 아니라 그들이 될 것이다. 아마 숨도
못 쉬고 땅에 파묻혀 거름이 되고 말았겠지.

크오오오오옥!

난생처음 들어 보는 지렁이의 울음에 강서준은 눈살을 찌
푸렸다.

[몬스터 '지렁이(A)'가 스킬, '포효'를 발동합니다.]

[상대의 크기가 작을수록 대미지가 차등 적용됩니다.]

고작 울음을 토했을 뿐인데도 귀청이 떨어져 갈 것만 같았
다. 동굴 내부라서 그런지 소리가 끊임없이 반사되며 증폭되

는 효과도 있었다.

하물며 상대의 크기에 따라 대미지를 차등 적용하는 특징.

지렁이의 몸에 비해 보잘것없는 그들은 더욱 큰 대미지를 입을 수밖에 없었다.

"……얼른 끝내야겠네."

강서준은 더욱 마력을 가공하여 검에 담았다. 진동을 일으켜 점차 그 소음은 맹수가 울부짖듯 울음을 흘리고 있었다.

'맹수의 울음.'

강서준은 거기서 멈추지 않았다.

[스킬, '파이어볼(B)'을 발동합니다.]

허공에 떠오른 B급 수준의 파이어볼. 농염한 불꽃이 고온으로 불타오르자, 동굴 내부는 찜질방이라도 된 듯 금세 기상이 변화했다.

지렁이가 위협을 느낀 듯 재차 포효했다.

크오오옥! 크오옥!

하지만 강서준은 로켓을 뒤로 물리며 진동하는 재앙의 유성검을 휘두를 뿐이었다.

사방이 꽉 막힌 동굴.

그리고 그곳에 안성맞춤으로 기어 다닐 뿐인 지렁이는 이 공격을 피할 수 없다.

[조합 스킬, '파이어 익스플로전(B)'을 발동합니다.]

[!]

[스킬, '맹수의 울음(S)'의 효과로 '파이어 익스플로전(B)'의 효과가 크게 증가합니다.]

그저 파이어볼을 움켜쥔 채로 터뜨리는 공격이 아니었다.

진동시킨 마력이 파이어볼을 더욱 강력하게 폭발시켜 적을 유린하는 기술.

예상대로 더욱 강렬하게 퍼져 나가는 불꽃을 보며 강서준은 만족한 듯 웃을 수 있었다.

크오오옥! 크옥! 크오오옥!

결과는 쉽게 드러났다.

강화된 파이어 익스플로전에 적중당한 지렁이는 그저 괴로움에 몸부림을 쳐야 했다.

놈이 꿈틀댈 때마다 동굴은 무너질 듯 흔들렸지만, 그보다 놈의 HP가 떨어지는 속도가 더 빨랐다.

창졸간에 내던진 재앙의 유성검이 놈의 피를 빨아먹으니, 더더욱 놈의 체력이 깎여 나가고 있었다.

잠깐 뒤로 물러나 폭발로부터 일행을 보호하던 로켓이 전면으로 다시 나선 건 또 그때였다.

지렁이는 속수무책으로 비명을 질렀다.

[몬스터, '지렁이(A)'를 처치했습니다.]

[아이템, '지렁이의 피부 조각'을 습득했습니다.]

[레벨이 올랐습니다.]

[레벨이 올랐습니다.]

[레벨이 올랐습니다.]

한 마리를 사냥했을 뿐인데 레벨이 무려 3이나 올랐다.

현 레벨에 비해 터무니없을 정도로 높은 개체를 사냥한 덕에 가능한 일이었다.

반 마코스는 믿을 수 없다는 듯 입을 쩍 벌리고 다물지 못했다. 마찬가지로 킨 멜리도 현 상황을 이해하지 못하는 눈치였다.

"허어…… 어찌 저리 쉽게."

"강하군. 정신이 나갈 정도로 강해."

특히 킨 멜리는 군인이었기에 더더욱 강함의 척도를 잘 알았다. 그는 리오 리카온에게 다급하게 물었다.

"대체 누굴 데려오신 겁니까."

정작 리오 리카온도 대단히 놀란 눈으로 답을 해 주질 못하고 있었다.

강서준은 어깨를 으쓱이며 이젠 완전히 싸늘한 주검이 되어 버린 지렁이 사체를 바라봤다.

사람들의 반응이 썩 재밌긴 했지만, 그보다 강서준을 흥미롭게 하는 건 따로 있었다.

"이곳에선 사라지지 않는구나."

눈앞에 일렁이는 건 무려 '지렁이의 영혼'이다.

바깥에선 워낙 정신이 없어 몬스터를 사냥해도 확인할 겨를이 전혀 없었는데.

이렇듯 죽어 버린 사체를 눈앞에 두니 확신할 수 있었다.

그리고 영혼이 보인다면 할 게 있다.

도깨비만이 할 수 있는 일.

강서준은 손을 앞으로 내뻗으며 '도깨비 왕의 반지'로 푸른 불꽃을 일으켰다.

"일어나라."

드드드드…….

죽었던 지렁이의 사체가 꿈틀대며 다시 진동했다. 하지만 그 안엔 모든 살기가 사라지고 오직 왕을 향한 충성심이 가득했다.

한 번에 영혼을 부활시키는 데 성공시킨 것이다.

강서준은 새로 태어난 지렁이에게 이름을 정해 줬다.

"길을 열어라. 굴삭기야."

크오오옥…….

지렁이는 낮게 포효하며 강서준의 앞으로 땅굴을 만들기 시작했다.

그 뒤로는 더욱 편한 일정이었다.

땅굴을 열심히 파면서 앞으로 나아가는 새로운 영혼 '굴삭기' 덕분에 목적지로 계속 나아갈 수 있었다.

반 마코스는 레이더를 확인하더니 말했다.

"목적지인 좌표까지 이제 얼마 안 남았어요. 곧 신호가 발신된 위치에 도달할 겁니다."

푸슈우욱!

그 말을 들으며 강서준은 개미의 머리에서 단검을 뽑아냈다. 호흡을 가다듬으며 잠시 전황을 살펴봤다.

최하나나 김훈도 한 차례 전투를 마친 뒤라, 헐떡이는 숨을 고르게 정돈하고 있었다.

"곧 목적지라니…… 아쉽네요."

최하나의 말에 혀를 내두르는 리오 리카온 일행. 하지만 김훈이나 강서준은 그녀의 말을 공감했다.

막말로 목적지가 조금이라도 더 멀었다면…… 지금처럼 환상적인 사냥을 더 오래 즐길 수 있을 테니까.

'여기 경험치가 장난이 아니야.'

목성은 A급 던전으로 분류돼도 이상하지 않은 수준이다.

그리고 강서준을 비롯한 일행은 이제 막 A급 던전을 입문해도 될 정도의 플레이어.

'김훈 씨는 약간 모자라지만…….'

차원 서고를 통해 그 수준을 한 단계 올린 최하나나 강서준에게, A급 던전의 사냥은 효율이 대단할 수밖에 없었다.

이건 기회였다.

'지구에도 A급 던전은 몇 없을 거야. 과연 이런 폭업의 기회가 또 올까?'

설령 있다 해도 문제였다.

종종 던전으로 진입한 것만으로 '보스'를 처치하기 전엔, 빠져나올 수 없는 곳이 있으니까.

만약 그런 곳에 갇혀 버린다면…… 보통 큰일이 아닐 수 없다.

'그런 고립형 던전은 또 난이도가 높기 마련이니까.'

해서 쉽게 진입조차 하지 못하는 게 A급 던전이었다.

"일단 생존자 구출을 우선하죠."

강서준은 아쉬움을 밀어내고 반 마코스에게 시선을 던졌다. 레이더를 살피던 그는 곧 머리 위를 가리켰다.

"여기예요. 아마 이곳이 발신지입니다."

거두절미하고 강서준은 지렁이를 향해 위로 올라가는 땅굴을 뚫기를 명했다.

지렁이는 그 명을 따라 수직상승을 개시하고 있었다.

"저…… 강서준 님?"

반 마코스가 조심스레 다가오더니 그의 앞으로 레이더를

보여 줬다. 좌표로 설정된 위치로 붉은 점이 하나 있었다.

"잠시 확인하실 게 있습니다."

"네?"

"만나질 않길 바랐지만 결국 '녀석'이 나타난 것 같아요. 이 레이더는 한 놈에게만 반응하도록 설계되어 있거든요."

잠시 주저하던 반 마코스는 한숨을 내쉬고는 다시 말했다.

"사실 목성이 금지가 된 이유는 이곳의 생태계가 거대하기 때문만은 아닙니다."

"……그게 무슨 소리죠?"

"이 자체로도 위험하겠지만, 실상 목성을 위협하는 존재는 따로 있거든요."

한편 지렁이는 수직 통로를 개설하는 데 성공했다. 위쪽에서 빛이 새어 들어왔다.

하지만 그와 동시에 하늘에서 무언가가 쿵 떨어져 동굴 바닥에 부딪쳤다.

저도 모르게 올려다본 수직 통로 위의 하늘엔 새카맣게 구름이 깔렸고, 그곳에서 한 방울씩 빗방울이 떨어지고 있었다.

문제는 그 크기.

'뭔 빗방울 크기가?'

상대적으로 큰 빗방울은 한 방울이라 해도 해일에 휩쓸린 듯 크게 고생할 게 빤했다.

당장은 비가 막 내리기 시작한 시점인지 떨어지는 빗방울은 많지 않았다. 이조차 쏟아지기 시작하면 그들은 재앙을 마주한 거나 다름없다.

근데 반 마코스는 큼지막한 빗방울을 보고도 당황하질 않았다. 그의 시선은 오직 레이더로 향했다.

"……오고 있어요."

"네?"

"녀석이 오고 있다고요!"

그의 말마따나 붉은 점은 점차 일행이 선 자리로 다가왔다.

천장에서 큰 소음이 들린 건 그때.

까아아아아아악!

모르긴 몰라도 귀가 찢어질 듯한 통증이 일었다. 지렁이의 울음 따위는 비교 자체가 안 된다.

또한 그 수준도 비교할 수 없었다.

"……마, 마수입니다!"

크오오오옥!

강서준은 땅을 뚫고 올라가 저 위에서 휴식을 취하던 '지렁이'의 포효를 들을 수 있었다.

그건 화를 내는 게 아니었다.

상대에게 겁을 주는 것도 아니었다.

'무서워하고 있어.'

지렁이의 영혼이 공포에 덜덜 떨었다. 마치 그 운명을 스스로 직감하고 있는 듯했다.

까아아아익!

다시 정체 모를 울음이 터지며 순식간에 '지렁이의 영혼'이 소멸했다.

단 한순간에 말이다.

'대체 이게 무슨……?'

의문을 이을 틈도 없이 강서준은 후두두둑 떨어지는 빗방울을 볼 수 있었다.

강서준은 일행을 돌아보며 외쳤다.

"빠져나가야 해요! 비가 더 쏟아지면 우린 끝입니다!"

바깥에 나간다면 쏟아지는 빗방울을 정면으로 마주해야겠지만, 이곳에 있어 봤자 기다리는 건 해일처럼 밀려오는 빗방울에 수몰되는 일이다.

반 마코스는 두려움에 떨며 말했다.

"위에는 녀석도 있어요."

"……그 마수란 놈이 어떤 놈인지는 몰라도, 우리에게 선택의 여지가 없어요. 안 가면 죽을 뿐입니다."

또한 만약 위쪽에 생존자가 있다면…… 그놈에게 위협을 받고 있다고 봐야 하질 않은가.

그들은 결국 밖으로 나가야만 한다.

"녀석이 뭐든 직접 보고 확인할 수밖에 없어요. 나가죠."

일행은 김훈을 기점으로 모여들어 전부 손을 꽉 잡았다. 숫자가 여섯이라, 김훈의 한계를 벗어나는 일이었지만 괜찮을 것이다.

그도 레벨 업은 했으니까.

"갑니다!"

서서히 몸이 붕 떠오르고 눈을 깜빡였을 때는 이미 지상에 도달해 있었다.

강서준은 빠르게 주변을 둘러봤다.

"녀석은……."

시야에 걸리는 건 없었고, 그보다 쏟아지기 시작한 빗방울이 문제였다.

무심하게 툭툭 떨어지는 빗방울은 그 자체로도 커다란 마법 같았다. 충분히 위협적이었다.

"저쪽 나무에 구멍이 있어요!"

나무 중간에 생긴 옹이구멍.

바람이 불면 빗방울이 들이칠 것 같긴 해도 어지간한 땅보다는 안전할 것이다.

"일단 비부터 피하죠!"

하지만 끊임없이 레이더를 내려다보면 반 마코스가 신음을 흘렸다.

"옵니다!"

동시에 강서준도 '류안'을 발동시켜 빗방울을 비롯한 주변의 흐름을 모조리 읽어 들였다.

뭔가 커다란 기운이 이쪽으로 빠르게 쇄도하고 있었다.

"……까마귀?"

상공에서 거대한 까마귀가 빠르게 다가오고 있었다.

'마수'라기에 대단한 괴물도 상상했는데…… 약간 김이 빠지는 모양새였다.

'그렇다고 무시할 건 아니지.'

까마귀는 지렁이보다 수십 배는 컸다. 괜히 굴삭기가 단숨에 소멸한 건 아니었다.

저 부리에 씹히면 숨도 못 쉬고 죽는다. 지렁이보다 작은 강서준은 까마귀만으로도 천적이 될 수 있다.

"……뛰어요!"

어쨌든 할 일은 하나였다.

옹이구멍의 크기라면 빗방울이나 까마귀도 피할 수 있을 것이다.

문제는 까마귀가 생각보다 훨씬 빠르다는 건데…….

"시간을 벌어 볼게요."

강서준은 이를 악물고 '용아병의 날개'를 가동시켰다. 허공으로 두둥실 떠오른 그는 '류안'과 '집중'까지 발동시켜 빗방울을 회피하며 놈에게 다가가는 기예를 선보였다.

가까이 갈수록 그 크기가 명확하게 대비됐다.

'더럽게 크네.'

그렇게 어느 정도 까마귀에게 접근했을 시점이었다. 그는 문득 '고롱이'의 상태가 심상치 않다는 걸 깨달았다.

['고롱이'가 '알 수 없는 끌림'에 고개를 갸웃합니다.]

고롱이의 시선은 정확하게 까마귀에게 닿아 있었다. 단순히 먹을거리를 바라보는 눈빛이 아니었다.

마찬가지로 까마귀도 잠시 허공에 멈춰 서며 고롱이를 노려보고 있었다. 강서준은 저도 모르게 깨닫고 말았다.

'마수라고 했지?'

그리고 고롱이가 알 수 없는 끌림에 고개를 갸웃하는 경우는 아마 단 하나일 것이다.

'이놈…… 설마?'

마수 그래고리

강서준은 헛웃음을 지었다.

"조금 당황스럽네……."

거대한 까마귀.

그저 목성에 있는 생물들의 비정상적인 크기처럼 유난히 큰 동물에 불과하다고 생각했었다.

이곳은 곤충조차 위험한 행성.

그보다 훨씬 커다란 까마귀니까 아무래도 마수라 불릴 정도로 위험한 개체인 것이다.

그냥 그런 줄 알았다.

하지만 강서준은 지척에 다다른 까마귀를 정면으로 마주 보며 생각을 정리할 수 있었다.

"……네가 왜 여기서 나오냐고."

쓰게 웃으며 일단 검에 쥔 손에 힘을 더했다. 진즉에 진동시킨 마력이 웅장하게 울음을 토하고 있었다.

[스킬, '맹수의 울음(S)'을 발동합니다.]

강력하게 진동한 마력은 검에 담겨 더더욱 그 공격력을 증폭시켰다. 그 힘은 마치 떨어지는 폭격기와 같은 까마귀조차 버틸 수 있을 것이다.

콰아아아앙!

류안으로 보아 그나마 흐름이 옅은 곳을 노렸더니, 예상대로 까마귀는 괴로움에 비명을 질렀다.

물론 정면으로 맞부딪친 강서준도 폭격을 맞은 것처럼 바닥으로 곤두박질치고 말았다.

"강서준 씨!"

멀리 옹이구멍으로 대피한 일행도 확인할 수 있었다. 당장 급한 불은 껐다고 봐도 될 것이다.

까아아아악!

흠집이 난 부리를 흔들면서 까마귀가 재차 날갯짓을 했다.

강서준을 향해 살기 가득한 눈빛을 쏘아 내는 거대 까마귀!

수많은 빗방울이 녀석을 적시고, 또한 그를 향해 떨어지고 있었다. 강서준은 짧게 혀를 차며 몸을 돌렸다.

싸울 필요는 없었다. 강서준은 전력을 다해 옹이구멍으로 향하기 시작했다.

까아아아아악!

뒤편에서 분노한 까마귀가 빠르게 쇄도하는 소리가 들려왔다. 하지만 그는 시선을 뒤쪽으로 단 한 번도 두질 않았다.

수많은 빗방울을 피하며 고속 이동을 잇자, 그는 머지않아 옹이구멍을 눈앞에 둘 수 있었다.

문제는 그즈음 까마귀의 그림자가 강서준의 주변을 모조리 뒤덮었다는 거다.

"고개 숙여요!"

타아아아아앙!

창졸간의 틈을 노리고 쏘아진 붉은 섬광은 궤적을 그리며 까마귀의 부리를 적중시켰다.

응축된 핏빛 마탄은 거짓말같이 강서준이 휘둘러 입힌 상처를 또 한 번 가격한 것이다.

그 충격이 꽤 컸는지 까마귀의 비행 속도가 다소 느려졌다.

까아아아아아악!

그 틈에 옹이구멍으로 진입한 강서준은 일행과 함께 그 내부로 깊숙이 이동할 수 있었다.

머지않아 옹이구멍으로 까마귀의 부리가 박혀 들어왔고,

금방이라도 그들을 쪼아 먹을 듯 접근했다.

하지만 구멍보다 부리가 너무 컸을까. 결국 그들이 있는 곳의 앞에서 허공만 콕콕 찍어 댔다.

"하아······."

사방에서 한숨을 뱉어 내는 소리가 들려왔다. 강서준도 겨우 숨을 고르며 옹이구멍에서 서서히 빠져나가는 까마귀의 부리를 확인했다.

녀석은 분했는지 눈에 쌍심지를 켜며 옹이구멍을 한참이나 노려보고 있었다.

한편 강서준은 까마귀가 쏘아 내는 살기에도 여전히 헛웃음을 터뜨릴 수밖에 없었다.

그도 그럴 게.

['고롱이'가 '알 수 없는 끌림'에 역린을 세차게 흔듭니다.]

['고롱이'가 '알 수 없는 끌림'에 꼬리를 흔들며 반가워합니다.]

유난스러운 고롱이의 반응!

그 심상치 않은 흐름은 한 가지 결론으로 귀결된다.

"일이 재밌게 돌아가네."

거대한 까마귀.

어쩌면 목성을 금지로 만든 일등공신에 해당하는 마수.

강서준은 이놈을 알고 있다.

'마수 그래고리.'

레벨 150쯤에 만난 그의 오랜 펫인 '고롱이'의 본래 이름이
자, 던전을 먹는 마수라 불리는 그놈.

A급 몬스터라 수준은 다르겠지만 본질은 같을 것이다.

강서준은 까마귀, 아니 그래고리를 보면서 짧게 혀를 찼
다.

"정말…… 당황스럽다니까."

인간의 기준으로 봤을 때 마치 거인들의 나라 같던 목성
은, 아무래도 '마수 그래고리의 서식지'인 모양이었다.

그 시각.

목성에는 비를 피해 수풀 속에 몸을 웅크리고 있는 일련의
무리가 있었다.

화성에서 겨우 대피하여 이곳으로 건너온 피난민들.

그중 주변을 경계하며 미간을 찌푸린 한 남자를 향해 누군
가가 다가와 말을 걸었다.

"송명 님. 일단 쫓아오는 곤충은 없습니다."

"……다행이네요."

"하지만 실종된 사람만 20명입니다."

쏟아지는 빗줄기와 이를 겨우 막아 주는 여러 잎사귀. 가

만히 주변을 둘러보던 송명은 혀를 차더니 말했다.

"이거 원 비를 반겨야 할지 말아야 할지 모르겠군요."

송명의 시선엔 축 젖은 채로 겨우 숨을 고르는 사람들이 보였다. 이런 말하긴 뭣하지만 이들은 운이 좋은 편이었다.

"별안간 떨어진 비 때문에 날벌레는 피했지만…… 급류에 휩쓸린 사람만 20명이라."

목성에선 흔하디흔한 비겠지만, 해당 환경에 적응할 수 없는 인간의 입장에선 재해나 다름없다.

송명은 땅 위를 흐르는 급류를 살피며 침음을 삼켰다. 20명이나 실종된 현실에서 그가 할 수 있는 건 아무것도 없었다.

"리코 씨. 일단 다들 마음을 추스를 수 있게 좀 더 신경을 써 주세요. 여기서 무너지면 희생자만 더 늘어날 겁니다."

"네, 알겠습니다. 예정했던 회의는 어떻게 할까요?"

송명은 잠시 고민하다 이내 고개를 주억거리며 말했다.

"회의는 진행합니다. 상황이 상황이더라도 모두 알아야 할 게 있으니까요."

리코가 물러나고 오랜 시간이 흐르지 않아 몇몇의 사람들이 송명의 근처로 다가왔다.

화성의 피난민 중 대표 격에 해당하는 사람들.

다들 5황자 소속 기사단의 상급 기사들이었다.

기사단장 가르한 멜리는 송명을 똑바로 바라보며 물었다.

"우리가 알아야 할 게 있다고?"

"네. 목성에 관한 이야기입니다."

"……흐음."

송명은 비가 추적추적 떨어지는 주변을 둘러봤다. 그나마 고지대에 오른 그들은 나뭇잎에 가려져 빗방울이나 수몰된 웅덩이도 피할 수 있었다.

"여러분은 목성에서 가장 큰 위험이 무엇이라 생각하십니까?"

"……모든 것이 크다는 거겠지."

가르한 멜리는 당연하다는 듯 답했다. 그 말엔 다른 기사들도 여지없이 공감하며 고개를 끄덕였다.

송명도 고개를 주억거리며 가르한 멜리의 말에 긍정했다. 하지만 이후에 그의 입에서 나온 말은 의외의 내용이었다.

"물론 여긴 인간의 기준으로 봤을 때, 무척이나 커서 고작 빗방울조차 재난처럼 느껴지는 곳입니다. 근데 제가 말하고 싶은 건 그게 아닙니다."

송명의 말에 가르한 멜리는 잠시 입을 다물었다가 눈살을 찌푸리며 물었다.

"그럼 뭔가? 뭘 말하고 싶은 거지?"

"혹시 목성에 대해서 어디까지 알고 계십니까?"

목성은 리카온 제국에서도 꽤 특별한 행성이었다.

이곳은 행성 전쟁에서도 승리한 '리카온 제국'이 유일하게 정복을 시도조차 하지 않은 땅으로 유명했다.

그 크기가 과할 정도로 방대하기 때문에 메리트가 없다고 판단되었던 것이다.

송명은 눈을 날카롭게 빛냈다.

"많은 사람들은 알지 못하지만, 사실 리카온 제국은 목성을 공략하고자 한 적이 있습니다."

"……뭐?"

"우린 분명 이곳도 점령하려 했어요."

모든 행성을 아래에 둔 리카온 제국의 왕이 '목성'에 관심을 가지지 않을 수는 없었다.

패왕 '올 리카온'은 야욕이 상당한 왕이었고, 그 욕심을 고스란히 드러내며 목성으로 원정군을 보냈던 것이다.

"하지만 처참히 몰살당했습니다. 돌아온 사람은 한두 명에 불과했죠."

"……그럴 수가."

"여러분이 모를 법합니다. 올 리카온은 패배의 역사를 기록하질 않으니까요. 그날 이후로 관련된 이들은 모두 몰살당했죠. 하나같이 운이 나쁘게 '빅뱅'에 휩쓸렸다는 변명과 함께."

가르한 멜리가 저도 모르게 침음을 삼켰다. 불현듯 떠오른 게 있는지 입술을 꽉 깨물었다.

"설마 게이트 터미널 폭발로 생겨났던 빅뱅 사태가……."

"빅뱅은 없었습니다. 그저 관련자를 숙청하는 학살이 벌어졌을 뿐."

송명은 호흡을 가다듬더니 말했다.

"그 사건을 은폐한 게 접니다. 다시 말하지만, 빅뱅은 없었습니다."

가르한 멜리의 몸에서 순식간에 마력이 터져 나왔다. 이는 유형의 형태로 자라나 곧 송명의 목을 향해 겨누어졌다.

주변의 기사들이 말리질 않았더라면, 송명은 종전에 목이 잘려 죽을 뻔했다.

순식간에 목에 핏물이 맺힌 걸 확인한 송명은 긴장감에 목울대를 위아래로 움직였다.

가르한 멜리는 사나운 어조로 말했다.

"그걸 이제 와서 고백하는 저의가 뭐지? 죽여 달라고 시인하는 건가?"

"당시 게이트 터미널의 직원 중 한 명이 당신의 아들인 '글루턴 멜리'라는 걸 잘 압니다."

"그래. 죽여 달란 거로군."

송명은 고개를 가로저으며 말했다.

"죄송합니다만 당시 터미널 폭발은 진짜 사고였습니다. 목성의 사건을 은폐하기 위해 그곳을 이용하긴 했지만…… 의도적으로 폭발을 일으키진 않았어요. 우리가 한 건 여론 조작과 관련자를 제거한 게 전부입니다."

진심이었다.

폭발은 어디까지나 사고였고, 이후에 발생했다는 빅뱅이
거짓이었다.

당시 목성에서 전멸당한 사람들이나 관련자들을 공식적으
로 기록에서 없애려면, 그에 걸맞은 사태가 필요했을 뿐이다.

"제가 이런 얘기를 꺼내는 건 과거의 제 잘못을 고백하기
위함이 아닙니다."

그 말에 가르한 멜리는 또다시 분노를 터뜨릴 기세였지만,
그보다 송명의 말이 빨랐다.

"당시의 저도 살아남기 위해 필사적이었을 뿐이라는 걸 말
하고 싶군요. 해당 사건을 아는 저 또한 제거 대상이니까요."

"……."

"황제로부터 살아남으려면 제 능력을 증명하는 것 말고는
방법이 없었습니다."

송명이 황제에게 보여 줄 능력은 오직 비상한 머리였다.
이런 인재를 함부로 죽여선 득보다 실이 많다는 걸 알려야만
했다.

"전 그 일로 전 5황자님에게 몸을 의탁했습니다. 계속해서
황제의 곁에 머물다 죽고 싶진 않았으니까요."

그게 송명이 리오 리카온과 함께하게 된 사연이었다.

그리고 이후로 송명은 황제와 리오 리카온 사이에서 이중
첩자 노릇을 하며 알게 모르게 5황자 쪽에 큰 도움이 되었다.

그 내막을 어느 정도 알고 있는 가르한 멜리도 어쩔 수 없

이 고개를 끄덕여야 했다.

송명은 약간 긴장을 덜어내며 말했다.

"여러분. 진짜 중요한 건 다른 쪽입니다."

송명은 가르한 멜리를 비롯하여 기사들을 좀 더 가까이 붙도록 했다. 지금부터 할 말은 바깥으로 단 한마디도 새어 나가선 안 될 말이었다.

"이곳은 '올 리카온 황제'마저 포기한 행성입니다. 아까 말했듯 원정군이 몰살당했던 곳이란 얘기죠."

패배를 싫어하는 올 리카온이 행성을 점령하기보다……
점령하려 했던 기록마저 지운 이유.

송명은 낮게 한숨을 토해 내며 말했다.

"모두 목성의 마수 때문입니다. 그리고 그 마수는 지금 우리 곁에 있고요."

"……뭐, 뭣?"

"0115 채널에서 겨우 마수의 이름은 알아냈어요. 그들은 그를 '그래고리'라 하더군요."

송명은 알고 있는 정보를 고스란히 읊어줬다.

"마수 그래고리. 던전을 먹는 마수로…… 말하자면 먹는 걸 가리지 않아요. 돌도 씹어 먹습니다."

"괴이하군."

"네. 진짜 괴이한 건 녀석의 소화 능력입니다. 놈은 소화시킨 것에 한하여 변신하는 능력이 있어요."

송명의 시선은 비를 피해 휴식을 취하는 다른 사람들에게 향했다.

"전 목성에 넘어온 지 얼마 안 된 시점부터 의아하게 생각한 게 있어요."

"……뭐지?"

"전 분명 수시로 인원을 체크했거든요. 과거의 기록이 있으니 미리 대비해야겠다고 생각했죠."

송명은 약간 질린 안색으로 말했다.

"우리 인원이 자꾸 늘고 있습니다."

송명의 말에 가르한 멜리를 비롯한 기사단원들은 잠시 멍한 표정을 짓고 있었다.

"인원이 늘었다니?"

전혀 무슨 소리인지 모르겠다는 표정이었다.

화성에 떨어진 천벌을 피해 이동하느라 '희생자'가 늘면 늘었지. 생존자 수가 늘었다는 게 당췌 무슨 소리인지 알 수 없었던 것이다.

송명은 목소리를 낮추며 말했다.

"방금 전에 말한 '마수'의 능력요. 소화한 대상으로 변신할 수 있다는 것 때문입니다."

"그러니까 어떻게 인원이 더 늘어나냔 말이야."

가르한 멜리의 의문은 당연했다.

마수의 능력이 잡아먹어 소환하는 것이라면, 생존자 수는 이전과 다를 게 없어야 한다.

"이곳에 우리보다 먼저 전멸한 사람들이 있잖아요."

"……!"

"일전에 원정군을 잡아먹은 놈이라면 이미 인간으로 변신할 수 있는지도 모릅니다."

그리고 그 변신 능력으로 자연스럽게 그들의 무리 속에 섞여 있는지도 모르는 일이다.

제아무리 같은 그룹의 사람들이라 해도 모두의 얼굴을 기억하기란 불가능하니까.

게다가 피난민의 행성이던 화성은 그 특성상 여러 행성의 사람들이 모여 살던 곳이다.

애초에 다른 종족도 있을 수 있었다.

송명의 시선이 날카롭게 피난민 무리를 살폈다. 가르한 멜리도 같은 심정인지 착잡한 표정이었다.

"모르긴 몰라도 우리 중에 마수가 숨어 있어요. 우린 진즉에 호랑이의 아가리 속에 들어온 겁니다."

⁂

옹이구멍에 몸을 숨겨 잠시 숨을 고르던 강서준 일행은 내부에서 나무껍질을 조금 뜯어내 모닥불을 피우고 있었다.

당장 바깥에서 쏟아지는 커다란 빗방울은, 상황이 어떻든 그들을 이곳에서 한 발자국도 움직일 수 없게 만드는 요인이 되었다.

한창 레이더를 확인하던 반 마코스가 겨우 숨을 돌리며 말했다.

"놈이 멀어졌어요."

빨간 점으로 표기되던 마수의 위치가 완전히 사라졌다. 결국 까마귀 녀석이 이곳을 떠났다는 방증이었다.

리오 리카온은 그제야 한숨을 돌리며 모닥불 근처에 털썩 주저앉았다.

"정말 다행입니다. 레이더가 없었으면 우린……."

그러고 보면 조금 기이한 점이 있었다. 이들의 행동을 보아하면 분명 '그래고리'에 대해서 모르는 사람들 같았다.

근데 어떻게 그래고리를 레이더로 확인할 수 있는 거지?

머뭇거리지 않고 물어보자 리오 리카온은 차분하게 대답해 줬다.

"목성은 리카온 제국에 있어 씻을 수 없는 치욕이죠. 아버지가 유일하게 실패한 행성이니까요."

과거 목성을 공략하기 위해 사방팔방 노력하던 시기, 리카온 제국은 마수의 접근을 알아차리는 레이더를 개발해 냈다.

현시점에서는 워프 좌표를 계산하거나 그 이외의 용도로 더 유명했지만, 원형은 결국 그래고리를 탐사하도록 만든 물건이었다.

'근데 왜 고롱이에겐 반응하진 않지?'

그래고리를 탐사하는 레이더라면, 같은 종족인 '고롱이'도 진즉에 그 수색 범위에 들어가야 한다.

하지만 여태 단 한 번도 반 마코스의 레이더에 고롱이가 표기된 적은 없었다.

강서준은 그 의문에 대한 답을 간단히 유추해 낼 수 있었다.

'아마 나한테 귀속된 탓이겠지.'

고롱이는 일반적인 그래고리와 다르다. 적어도 6년은 함께한 그의 펫. 야생의 몬스터와 똑같은 취급이면 곤란했다.

고롱이가 마수 특유의 기운을 밖으로 흘리질 않은지도 오래됐으니까.

'게다가 종족값도 달라.'

고작 '까마귀'로 변신한 녀석과 '흑룡'으로 변신한 고롱이를 비교하는 것부터 말이 안 된다.

레이더가 표기할 수 있는 것도 한계가 있을 터.

설마 이 레이더를 제작한 사람도 그래고리가 용을 먹을 거라곤 생각하진 못했을 것이다.

'그나저나 A급 던전이라······.'

강서준은 머릿속에 떠오르는 일련의 생각을 착착 정리해 나갔다.

드림 사이드 1에서도 A급 던전에서 거주하던 그 레벨대의

'그래고리'는 몇 번 만난 적이 있다.

그들의 거점이나 던전도 수차례 공략했던 기억이 난다. 그 덕에 그는 그래고리를 더욱 자세히 이해했고, 상황을 냉철하게 분석했다.

결론이 나왔다.

'그놈도 있겠군.'

한편 옹이구멍으로 바깥을 경계하듯 살피던 최하나가 돌연 자리에서 벌떡 일어났다.

"사람이에요."

그녀의 말마따나 멀지않은 곳에서 사람 몇몇이 물살에 휩쓸려 떠내려 오고 있었다.

리오 리카온이 바로 알아차렸다.

"피난민들입니다!"

생존자들이 진짜 이곳으로 공간 이동해 온 모양이었다. 강서준은 이러지도 저러지도 못한 채 급류에 휩쓸려 오는 사람들을 확인했다.

최하나가 잠시 하늘을 올려다보며 말했다.

"어떡하죠?"

급류에 휩쓸린 사람들을 구하기 위해 목성에 온 그들이었다.

하지만 자칫 잘못하면 구하려던 사람들도 같이 휩쓸리기에 딱 좋은 상황이었다.

또한 하늘에서 쏟아지는 무수한 빗방울을 피해, 저들을 구해 낸다는 건 어쩌면 불가능한 일이 아닐까.

김훈의 공간 이동도 한계가 있었다.

사방에서 몰아치는 급류 속에서 특정 사람만 콕 집어 데려온다는 건 그조차 쉽지 않은 일이니까.

설령 한두 명은 해내더라도 문제는 남아 있었다.

'당장 보이는 것도 약 열댓 명은 되어 보여. 모두를 구할 순 없을 거야.'

어디서 저리 많은 인원이 휩쓸려 왔는지는 몰라도 몇 명은 포기해야만 하는 것이다.

근데 강서준은 최하나와 마찬가지로 하늘을 올려다보며 나지막이 말했다.

"잠시 비를 멈출게요."

"……네?"

"1초. 그보다 짧을 수도 있어요."

그 말을 끝으로 강서준은 호흡을 가다듬고 자세를 잡았다. 재앙의 유성검에 마력이 진동하며 맹수의 울음을 토해 냈다.

일행은 반신반의하면서도 일단 달려 나갈 태세를 갖췄다. 급류에 휩쓸린 사람들이 옹이구멍 근처까지 다다르고 있었다.

"이쪽! 이쪽으로!"

휩쓸려 오던 몇몇이 가까스로 리오 리카온을 발견하고 꺽

꺽대면서도 발버둥을 쳐 댔다.

　마력 진동이 강서준의 몸으로도 이어진 건 그즈음이었다.

　[스킬, '광속(S)'을 발동합니다.]

　숙련된 검사의 검은 태산을 가르기 마련이다. 또한 그 검의 한계는 없고 언젠가 바다도 가를 것이다.

　L급 스킬 '천지해'의 묘리는 결국 하늘과 태산과 바다를 가르는 검이니까.

　물론 수련이 부족한 그에게 바다를 가르는 건 아직 먼 이야기겠지.

　'다만 흉내는 가능할 거야.'

　그는 더 이상 호흡을 하질 않았다. 숨 쉬는 것조차 잊고 오직 한 점을 향해 집중하고 있었기 때문이다.

　[스킬, '집중(S)'을 발동합니다.]
　[가르고 싶은 대상에 대한 집념이 강합니다. 집중의 영향으로 '필사의 참격'을 사용할 수 있습니다.]

　그가 사용할 수 있는 최고의 절기.

　지난 퀘스트를 통해 온전히 깨달은 땅의 묘리가 지금 그의 검술에 고스란히 담겨 있었다.

콰드드득!

근육이 비명을 지르고 검끝에서 마치 전격이 휘몰아치듯 빛이 번쩍였고, 맹수의 울음이 사방에 울려 퍼졌다.

이내 강서준의 검이 빠르게 가로로 그어졌다.

[스킬, '태산 가르기(S)'를 발동합니다.]
[스킬, '필사의 참격(S)'을 발동합니다.]

터무니없지만 모든 공간이 숨을 죽인 듯 고요해졌다.

거짓말처럼 떨어지던 빗방울이 그 참격에 모조리 잘려 나가고, 하늘과 땅 사이에 일순 빈 공간이 생겨났다.

"지금입니다!"

강서준의 말이 나오기도 전에 사람들은 이미 밖으로 달려나가고 있었다.

번 블러드로 빠르게 접근한 최하나는 급류 속에 뛰어들었다.

일견 그녀도 같이 휩쓸려 나갈 것 같았지만, 발을 바닥에 박아 뒀는지 급류 속에서 그녀는 꿋꿋이 버티어 섰다.

"제 손을 잡아요!"

최하나는 인근에 도달한 사람들을 잡아당긴 것과 동시에 물 밖으로 냅다 던져 버렸다.

대기 중이던 김훈이 허공에서 사람을 낚아채고 바로 옹이구멍으로 공간 이동을 감행했다.

환상적인 팀워크였다.

킨 멜리나 반 마코스도 가진 능력을 십분 활용하여 사람들을 구출해 낼 수 있었다.

급류에 휩쓸렸던 사람들은 그 노력에 힘입어 겨우 땅을 디딜 수 있었다.

"……뛰어요!"

그들은 숨 쉴 틈도 없이 재차 달려야만 했다. 종전부터 빗방울이 다시 떨어지고 있었으니까.

"으아아아!"

사람들은 사력을 다해 옹이구멍을 향해 달렸다. 조금이라도 늦는다면 다시 급류에 휩쓸릴지도 모른다는 생각이 들었는지 표정엔 절박함이 가득했다.

하지만 아직 문제는 도처에 깔려 있었다.

"흐억!"

한쪽의 수풀이 갈라지며 커다란 곤충 한 마리가 모습을 드러냈다. 녀석은 입맛을 다시며 달리는 사람들을 향해 포악한 울음을 토해 냈다.

키이이잇!

녀석의 정체는 바로 알 수 있었다.

"……소금쟁이!"

어릴 적에 놀이터에 고인 물웅덩이마다 쉽게 볼 수 있었던 곤충.

소금쟁이는 기다란 다리로 바닥을 쿵 찍더니 사람들의 뒤를 쫓기 시작했다.

몇 차례 더 하늘을 향해 참격을 날리던 강서준은 짧게 혀를 차며 소금쟁이와의 거리를 가늠해 봤다.

"거슬리게……"

그의 몸은 아직 마력이 진동하고 있었다. 즉 '광속'을 유지하는 지금이라면 사용할 수 있는 기술이 더 있었다.

[스킬, '초상비(A)'를 발동합니다.]

[!]

[신체의 속도가 빛을 따라잡습니다. '광속'의 영향으로 '이형환위'를 사용할 수 있습니다.]

이렇듯 땅의 묘리를 이용하면 예상치 못한 시너지를 발휘하는 스킬이 더러 있다.

그중 이형환위(移形換位).

무협지에서도 상승의 무공으로 알려진 이 스킬은 신체를 빠르게 하는 '광속'에 '초상비'를 섞으면 사용할 수 있는 기술이다.

그리고 이 스킬을 발현하면.

츠으으읏!

마치 공간 이동이라도 하듯 그는 원하는 위치로 빠르게 이동할 수 있었다.

바로 지금 소금쟁이의 머리맡으로 순식간에 도달한 것처럼.

콰아아앙!

빠르게 휘두른 재앙의 유성검은 마치 폭발을 일으키듯 소금쟁이의 머리를 터뜨렸다.

빛과도 같은 가속이 공격력도 그만큼 상승시킨 것이다.

키에에엑!

하지만 소금쟁이의 레벨은 이곳의 평균인 300은 거뜬히 넘었다.

강서준은 머리가 터지고도 멀쩡히 살아 있는 소금쟁이를 보며 혀를 내둘렀다.

그리고 바로 몸을 돌렸다.

이놈을 상대로 무리해서 싸울 필요는 없었다.

투두두두두둑!

하늘에서 빗방울이 세차게 떨어지고 있었고, 옹이구멍으로 겨우 피신한 사람들이 이쪽을 바라보고 있었다.

그의 머리맡으로 소금쟁이의 주둥이가 쭉 찔러져 왔지만, 다시 이형환위를 발동했다.

광속의 여파는 아직 남아 있다.

키에엑?

소금쟁이가 아쉬움을 토로한 사이, 그는 이미 옹이구멍에 도달해 있었다.

모든 걸 지켜본 리오 리카온은 강서준을 향해 헛웃음을 지으며 말했다.

"……당신을 보면 정말 웃음밖에 안 나온다니까요."

"뭘요. 그보다 다들 어때요?"

"덕분에 살았어요. 다들 무사해요."

고개를 주억거리며 강서준은 모닥불 근처로 모여든 피난민에게 다가갔다. 최하나가 그들에게 따뜻한 찻잔을 건네고 있었다.

그들은 강서준을 보더니 바들바들 떨면서 말했다.

"구, 구해 주셔서 가, 가, 감사합니다."

"네, 뭐……."

"이 은혜를 어찌 갚아야 할지……."

강서준은 어깨를 으쓱이며 피난민들과 시선을 마주했다. 그리고 나지막이 그들에게 물었다.

"혹시 당신들 말고 몇 명이나 더 있죠?"

"……수십 명은 더 될 겁니다."

"흐음."

"다들 살아 있으실 겁니다. 저희야 비록 급류에 휩쓸려 이 모양이지만, 그쪽엔 송명 님이 함께니까……."

리오 리카온이 대화에 끼어든 건 그때였다.

"송명도 이곳에 있습니까?"

"화, 황자님……."

"정말 송명도 있냐니까요."

피난민은 황송한 얼굴로 그렇다고 대답했다. 리오 리카온은 화색이 도는 얼굴로 강서준에게 말했다.

"송명은 저희 쪽 참모입니다. 그가 있다면…… 정말 다들 괜찮을 겁니다."

"이름이 꽤 친숙하네요."

"네. 진 제국에 잠시 소속했으니 아실 수도 있습니다."

미간을 좁힌 강서준은 새삼스럽지만 리오 리카온을 아이템으로 만든 자가 누군지 알 수 있었다.

어쩐지 전혀 상관없는 진 제국의 창고에 리오 리카온이 갇혀 있다 싶었다.

강서준은 짧게 혀를 차며 피난민 쪽으로 시선을 돌렸다.

"그건 그렇고 묻고 싶은 게 있어요."

"네?"

"혹시 그쪽에 갑자기 말이 없어지거나 태도가 변한 사람은 없었습니까?"

진중한 강서준의 말에 피난민들은 고개를 갸웃했다. 그들은 조심스럽게 재차 입을 열었다.

"……글쎄요. 다들 정신이 없어서."

천벌을 피해 목성으로 피난 온 사람들이었다. 수많은 곤충의 습격과 예기치 못한 생태계 속에서 그들은 제정신을 유지할 여력은 없었을지도 모른다.

그럼에도 강서준은 물었다.

"분명 뭔가 다른 사람이 있었을 거예요. 특히 감정 표현이 서투른 누군가가……."

이에 의문을 갖는 건 리오 리카온이었다. 그는 어딘가 불안한 눈치로 강서준에게 물었다.

"왜 그런 걸 물으시는 거죠?"

강서준은 어깨를 으쓱이며 답했다.

"이곳엔 마수 '그래고리'가 있어요. 녀석은 분명 인간을 놓치지 않을 겁니다."

"……그래고리라고요?"

"그래고리는 기본적으로 독특한 음식을 먹길 좋아하는 종족이죠. 또한 소화시킨 것에 한하여 그 대상으로 변하는 기이한 능력도 있죠."

그즈음에야 리오 리카온도 강서준의 말이 무얼 뜻하는지 이해할 수 있었다.

"설마 이미 그래고리가 사람으로 변신했다고 생각하십니까?"

"……가능성은 충분해요."

"흐음."

잠시 침음을 흘리던 리오 리카온을 보며 강서준은 낮게 한숨을 내뱉었다.

"리오 리카온 님. 잘 들어요."

녀석들이 인간을 잡아먹는 건 사실 별일이 아닐지도 모른다.

제아무리 그래고리라 해도 고등 생명체인 인간을 잡아먹고, 이를 소화시키는 건 별개의 일이니까.

강서준은 짧게 혀를 차며 말했다.

그래.

진짜 문제는 따로 있다.

"A급 던전에 준하는 이곳이라면…… 분명 이곳엔 그들의 왕도 있을 겁니다."

그리고 이를 두고 게임에선 주로 '마수들의 왕', 즉 '마왕'이라 했다.

결론부터 말하자면, 여기엔 '왕'이 있다.

마수 그래고리의 종주 격.

도깨비들의 왕인 '이매망량'이 모든 도깨비를 다루듯, 수많은 그래고리를 다스리는 마수들의 왕.

"우린 그를 '마왕 쥬비온'이라 불렀습니다."

마왕 쥬비온.

그래고리의 왕이자, 어쩌면 목성의 주인이라 불릴 수 있는 존재.

강서준은 그래고리의 왕을 드림 사이드 1에서 만났던 적이 있다.

'만나자마자 나대기에 바로 소멸시켜 버렸었지만……'

강서준은 쓰게 웃으며 말했다.

"그래고리의 던전은 상당히 위험한 던전입니다. 제가 공략하기 전만 해도 그 던전에 삼켜진 인간만 수백에 달할 정도였으니까요."

알론 제국을 비롯한 드림 사이드 1의 인구수를 고려한다면 대단히 많은 피해자가 발생한 곳이었다.

그렇다면 왜 그곳만 유난히 많은 피해자가 나왔을까.

던전의 수준이 지나치게 높아서?

강서준은 모닥불 근처에서 몸을 말리는 고롱이를 응시했다.

"녀석들은 소화시킨 것에 한하여 변신하는 능력이 있어요. 설령 그 대상이 '인간'이라 해도 말이죠."

"……"

"물론 그 자체로는 위협이 되질 않아요. 말했듯 티가 나니까."

그래고리가 사람으로 변한들 그 사람을 완전히 따라 할 수는 없다. 말이 어눌해지고 아예 입조차 안 여는 게 바로 그래고리가 사람이 된 경우에 벌어지는 현상이었다.

그 어색한 모습에 '변이한 그래고리'는 쉽게 발각당하곤

했다.

"문제는 변이 자체에 있는 게 아닙니다. A급 던전…… 그곳의 주인인 쥬비온이 문제였죠."

쥬비온은 '왕'이라는 이름이 어울리게 지적 능력이 상당했다.

그래고리를 어떻게 이용해야 할지 누구보다 잘 알았던 것이다.

"녀석은 악랄하게도 사람들을 농락했어요. 일부러 사람 사이에 섞여 서로를 의심하게 만들었죠. 믿는 도끼에 발등이 찍히는 것만큼 아픈 것도 없으니까요."

특히 골칫덩이는 쥬비온의 측근이라 할 만한 '상급 몬스터'였다. 녀석들은 그래고리인 주제에 인간과 비슷한 수준의 지적 능력을 가졌으니까.

아무래도 상급의 그래고리에게는 잡아먹은 인간의 기억마저 훔치는 능력이 있었을 것이다.

고롱이도 종종 잡아먹은 개체의 특성을 따라 하는 걸 보면 이는 확실한 정보라 할 수 있다.

강서준은 문득 비슷한 스킬을 가진 한 녀석을 떠올렸다.

'용아병 크록…… 그놈도 비슷한 스킬을 갖고 있었지.'

우연은 아니었다.

녀석이 그래고리의 권능이나 다름없는 그 터무니없는 변신 능력을 비슷하게나마 가지게 된 연유가, 바로 '쥬비온'에게 있었으니까.

용아병은 '용'의 손에 만들어지는 몬스터였고, 헤츨링 '마그리트'는 '쥬비온'과 알게 모르게 돈독한 사이였다.

쥬비온의 거처를 지키던 가디언 중 하나도 용아병이었던 게 생각난다.

'과연 이쪽 세계는 어쩌려나……'

강서준은 모든 상황을 상정하되, 단정 짓진 않았다. 여긴 그가 살던 세계도 아니며, 그가 알던 세계도 아니기 때문이다.

0115 채널의 목성은 그저 가스 행성에 불과한 것처럼…… 이곳에 정말 그 '쥬비온'이 있을 수는 없다.

'있다면 0115 채널에 있겠지.'

놈도 마그리트나 켈처럼 비슷한 특징을 가지고 있다면, 분명 크록처럼 '전생'을 통해 부활할 것이다.

'그래. 여기엔 적어도 쥬비온이 있을 수는 없어.'

해서 강서준이 염두에 둔 건 쥬비온과 동급인 마왕 정도였다.

그 이외의 정보는 직접 확인해 봐야 알 수 있으리라.

"하나는 확신합니다."

강서준이 목에 힘을 주어 말하니 리오 리카온이 긴장감에 침을 꼴깍 삼켰다. 다른 생존자들의 시선도 오직 그에게 향해 있었다.

"그래고리는 먹는 걸 좋아하는 종족입니다. 그 특징이 같다면…… 놈들은 절대 인간을 가만히 두질 않아요. 어떤 식으로든 잡아먹으려 할 겁니다."

강서준의 시선이 세상을 무너뜨릴 기세로 비를 쏟아 내는 옹이구멍 너머의 밖으로 향했다.

모르긴 몰라도 저곳에 '그래고리'가 있고, '마왕'이 있으며, '생존자'들이 있다.

⟨⟨⟨⟩⟩⟩

비는 이튿날 해가 뜨니 서서히 잠잠해졌다. 눈부신 햇살이 옹이구멍에 들이닥쳤고, 정비를 마친 강서준은 밖을 둘러보며 중얼거렸다.

"슬슬 움직여도 되겠어요."

옆에서 그와 마찬가지로 주변을 둘러보던 최하나도 매의 눈을 해제했다.

"당장 시야에 걸리는 곤충은 없어요."

아마 그럴 것이다.

비 온 날에는 날개가 젖어 축 처져 있을 테니 날벌레에겐 비행이 쉬운 날이 아니다. 온도도 꽤 떨어져 벌레들의 활동성도 줄어들기 마련.

이런 날에 신나서 움직일 놈들은 지렁이나 소금쟁이 정도였다.

"그나저나 정말 그 계획대로 하실 거예요?"

한쪽에서 졸린 눈을 비비며 다가온 리오 리카온은 꽤 걱정이 많은 얼굴이었다.

밤새 고민이라도 하느라 잠을 설쳤을까.

강서준은 어깨를 으쓱였다.

"글쎄요. 더 좋은 방법이 있다면 그걸로 해야겠죠."

진심이었다.

그가 생각하기에도 '이번 작전'은 큰 위험을 담보로 한다. 자칫 잘못하면 모두를 위험에 빠뜨리고도 남는다.

하지만 다른 방법은 없다.

"이 넓은 목성을 단서도 없이 헤맬 수는 없어요. 그나마 흔적이라 할 것들도 지난밤에 쏟아진 비에 휩쓸려 갔잖아요."

옹이구멍 근처는 홍수라도 난 듯 잔뜩 불어난 물이 줄기차게 흐르고 있었다.

저 난리 속에 발자국이라도 남았을까. 그딴 희망은 진즉에 접어 던지는 게 나았다.

강서준은 리오 리카온을 흘겨보며 말했다.

"사실 이쯤에서 포기하고 게이트 터미널로 돌아가는 게 현실적일 겁니다. 불확실한 미래에 목숨을 거는 건……."

"그건 안 돼요."

"……역시 그렇겠죠?"

리오 리카온의 단호한 답에 강서준은 고개를 주억거렸다.

그는 화성 시민들에 대한 막중한 책임감을 갖고 있는 듯했다.

아무렴 천벌을 당해 몰살당했다고 알려진 사람들의 생존 소식이다.

그가 같은 상황이더라도 결코 포기할 수 없을 것이다.

'뭐…… 나도 이대로 돌아가는 건 영 마음에 들지 않아.'

혹시 위험해질지도 모르니 이대로 포기하고 돌아간다니!

그건 그가 여태껏 해 온 일들을 모조리 부정하는 일이었다.

N포 세대가 되기 싫고, 모든 걸 잃어버릴지언정 결코 포가하지 않는 선택을 하고 싶다.

그게 N무 세대를 살게 된 강서준의 아이덴티티였다.

"일단 다들 모여 봐요."

강서준은 전투 능력이 없는 자들은 옹이구멍에서 대기하도록 했고, 나머지 인원들만 그 앞에 모이도록 했다.

안타깝게도 지난밤에 구한 피난민 중에는 전투 가능 인원이 단 한 명도 없었다.

킨 멜리는 강서준을 향해 말했다.

"전 돌벽을 세울 수 있어요. 아직 수준이 미천하여 이 정도밖에 못 하지만……."

약간 자신감이 없는 눈치로 바닥에 손을 짚자, 킨 멜리의 앞으로 1m에 달하는 벽이 생성됐다.

확실히 애매한 능력이었다.

고작 1m의 돌벽을 만들어 봤자 전투에 대단한 도움을 줄 것 같진 않았으니까.

"······대신 다른 전투는 자신이 있습니다. 맡겨만 주십시오."

강서준은 고개를 주억거리며 킨 멜리를 일별했다. 화성 게이트 터미널을 총괄했고, 리오 리카온의 검술 스승을 역임할 정도로 그 실력이 뛰어난 자였다.

강서준이 물었다.

"혹시 그 벽은 손에서 떨어지면 사라집니까?"

"아뇨."

"······형태는요? 바꿀 수 있어요?"

"네. 면적은 같지만······."

킨 멜리는 꼬치꼬치 캐묻는 강서준에게 의아한 시선을 보냈다. 강서준은 씨익 웃으며 방금 떠올린 능력의 운용법을 알려 줬다.

킨 멜리는 고개를 주억거렸다.

"가능······할 것도 같습니다."

"그럼 해내세요."

강서준이 다음으로 시선을 둔 건 '반 마코스'였다. 그의 실력은 지난밤에 봐서 잘 알았다.

"나무줄기를 조종하셨죠?"

"네. 범위는 짧지만요."

"그 정도면 충분해요."

지난밤 옹이구멍을 나무줄기로 틀어막아, 빗방울의 범람을 막은 게 반 마코스의 능력이었다.

또한 사람들을 구조할 때부터 활약이 도드라졌다. 나무줄기로 엮어 떠내려가던 사람들을 가까스로 구출해 냈으니까.

강서준은 다소 만족한 듯 웃으며 리오 리카온과 시선을 마주했다. 그는 버프 마법에 특화되어 있었다.

"리오 리카온 님도 저와 공격을 전담하죠."

"네."

마지막으로 굳이 말하지 않아도 믿음직한 '최하나'와 '김훈'까지 확인했다. 강서준은 적당한 공터에 서서 인벤토리를 열었다.

곧 바닥에 나열된 건 여태 모아 왔던 아주 희귀한 잡템들.

던전에서 나고 자란 것 중에서도 특히 놈들이 사족을 못 쓰는 '특급 미끼'였다.

['고롱이'가 입맛을 다시며 침을 삼킵니다.]

['고롱이'가 간절한 눈빛으로 주인을 올려다봅니다.]

['고롱이'가 하나만 빼먹으면 티도 안 난다고 은근히 부추깁니다.]

고롱이의 반응만 봐도 녀석이 어떻게 나올지 알 수 있다. 강서준은 멀리 하늘에서 검은 점처럼 빠르게 쇄도하는 녀석을 발견했다.

"옵니다!"

예상대로였다.

그래고리가 가지는 먹을 것에 대한 집요함은 고작 몇 대 때렸다고 사라질 게 아니다. 거친 풍랑이 몰아쳐도 지워지지 않는다.

아마 놈도 비가 그치길 목이 빠져라 기다렸는지도 모르겠다. 옹이구멍에 숨은 인간을 먹고 싶어 안달이 났겠지.

거기에 맛있는 냄새까지 나면 녀석이 버틸 수나 있을까.

강서준이 희귀 잡템을 늘어놓은 데엔 그런 이유가 있다.

강서준이 반 마코스에게 물었다.

"더 오는 녀석이 있습니까?"

"아뇨. 없습니다."

이런 어그로에도 까마귀 한 마리만 나왔다는 건…… 이 근방엔 그래고리가 오직 까마귀뿐이란 증거다.

"최하나 씨!"

약속한 것처럼 부지불식간에 발사된 핏빛 마탄은 까마귀의 몸통을 노리고 날아갔다.

녀석은 고렘의 몬스터답게 곡예비행을 하며 공격을 피해 냈다.

하지만 저격은 이제 막 시작한 참이다.

콰콰카카캉!

최하나가 쏘아 낸 수십 발의 마탄은 하늘에 폭죽을 자아내듯 빠르게 폭발했다.

까마귀를 굳이 맞힐 생각도 없었다. 사방에서 터져 대니 놈도 당황한 듯 이러지도 저러지도 못하는 꼴이 되었으니까.

츠츠츠츳!

최하나의 마탄 폭격에 의해 까마귀의 고도가 살짝 낮아졌다. 그즈음 마법이 발동하며 나무줄기가 자라나 까마귀의 발목을 묶으려 했다.

반 마코스의 나무줄기 조종 능력이었다.

까아아아악!

아쉽지만 까마귀가 부리를 쪼아 나무줄기를 잘라 냈다. 아무렴 크기 차이가 컸으니 쉽게 바스라지고 말았다.

"흐아아아앗!"

한편 어느덧 공중에 나타난 김훈은 그 아래로 킨 멜리를 떨어뜨렸다. 킨 멜리는 쥐고 있던 돌멩이를 바닥에 던지며 그대로 벽을 만들어 냈다.

까악!

까마귀가 그조차 피해 냈지만 벽 뒤에 숨었던 킨 멜리는 본인이 만든 벽을 박차고 뛰어 까마귀의 한쪽 날갯죽지를 잘라 버렸다.

까아아아아악!

역시 화성 게이트 터미널의 총괄 기사단장을 역임한 실력

자였다.

이를 바라보던 리오 리카온이 나지막이 중얼거렸다.

"……목성의 마수가 원래 저렇게 약해요?"

그 의문이 이해되질 않는 건 아니다. 일전에 리카온 제국의 원정을 저지하고, 목성을 금지로 만들 정도로 그래고리의 악명은 대단했으니까.

강서준은 어깨를 으쓱이며 말했다.

"케이스에 따라 다르죠. 저놈이 먹은 게 고작 까마귀잖아요?"

그조차 목성의 크기에 비례하여 대단히 큰 괴수라는 생각이었지만, 종족값 자체는 별 볼일이 없었다.

즉 잘만 노린다면 별 어려움 없이 사냥할 수 있는 '조류'에 불과했다.

"우리 차례입니다. 가죠."

리오 리카온은 떨어지는 까마귀를 두고 호흡을 정돈했다. 그리고 스킬을 발동시켰는지 점차 용솟음치는 에너지를 느낄 수 있었다.

버프 스킬에 재능이 있다더니만.

생각보다 훨씬 강한 에너지였다.

'이 정도면…….'

[스킬, '맹수의 울음(S)'을 발동합니다.]

[스킬, '광속(S)'을 발동합니다.]

그의 전매특허나 다름없는 필살기.

[스킬, '태산 가르기(S)'를 발동합니다.]

리오 리카온의 버프까지 받아서인지 더욱 증폭된 공격이 그대로 까마귀를 향해 나아가고 있었다.

마왕

그로부터 얼마나 공격을 가했을까.

바닥에 널브러진 까마귀가 더는 까악거리질 못하고 물웅덩이에 부리를 처박았을 즈음.

강서준은 겨우 검을 거둘 수 있었다.

[몬스터 '마수 그래고리 : 까마귀(A)'를 처치했습니다.]
[레벨이 올랐습니다.]
[레벨이 올랐습니다.]
[레벨이 올랐습니다.]

강서준은 간당간당할 정도로 소모된 마력을 확인하며 거

친 숨을 뱉어 냈다.

제아무리 커다랄 뿐인 까마귀일지라도 역시 그 속은 레벨 300대의 몬스터인 마수 그래고리였다.

이곳에 와서 적잖이 레벨을 올려 두질 않았다면 이놈을 잡을 생각은 아예 하지도 못했을 것이다.

같은 A급 던전의 몬스터라 해도 그 수준은 천차만별이니까.

그것도 지렁이나 무당벌레처럼 진짜 커다란 곤충이 아닌, 까마귀를 삼켜 그로 변신한 마수였다.

'이런 놈들을 거느린 게 마왕이란 거지.'

까마귀를 상대해보니 더욱 확신할 수 있었다.

모르긴 몰라도 아직 그는 A급 던전을 공략할 역량은 없다는 것을.

일전에 '알페온의 지하수로'를 공략할 때보다 훨씬 강해졌다고 하더라도 그 수준은 미천할 뿐이었다.

'못해도 앞으로 40에서 50레벨은 더 올려야 해. 그래야 A급 보스랑 겨우 맞붙어 볼 만할 거야.'

차원 서고에서 한 달간 고생하며 쌓은 경험치와 악마들을 때려잡아 축적한 경험치.

그리고 목성에서의 레벨 업을 해도 아직 그 수준이 레벨 352 정도에 불과했다.

어쩔 수 없었다.

현 레벨보다 훨씬 수준 높은 던전에 들어왔다고 해도 이젠 무작정 레벨 업을 쉽게 할 수 있는 단계는 아니었으니까.

본래 RPG 게임이란 후반부로 갈수록 1레벨이 굉장히 올리기 어려워지는 법이다.

'뭐…… 됐어.'

그래도 강서준은 빠르게 스며든 경험치에 만족하며 녀석의 사체를 내려다봤다.

그에게 보상이 하나 더 남았다.

"일어나라."

그의 반지에서 푸른 불꽃이 불타오르며 까마귀의 전신에 닿았다. 그 속에 내장된 영혼은 괴성을 지르며 고개를 바짝 들었다.

[장비 '도깨비 왕의 반지'의 전용 스킬, '도깨비의 부름'을 발동합니다.]

[불러오려는 영혼의 등급이 플레이어의 수준보다 현저히 낮습니다.]

[몬스터 '마수 그래고리 : 까마귀'가 '도깨비 왕'의 부름에 응답합니다.]

예상대로 그래고리의 영혼도 강서준의 명에 따라 복종할 수밖에 없었다.

아무렴 강서준의 현 레벨이 낮다고 해도 그 영혼 등급까지 낮은 건 아니었다.

그의 영혼은 이전 세계의 랭킹 1위였던 '케이'를 담고 있다.

S등급 던전의 영혼도 그 앞에선 고개를 숙일 것이다.

"서, 성공입니까?"

비질땀을 흘리며 다가온 리오 리카온이 초조한 얼굴을 했다. 강서준은 까마귀의 부리를 내리는 걸로 그 대답을 대신했다.

"보다시피."

"그럼……."

"네. 이제부터 진짜입니다."

강서준은 어깨를 으쓱이며 까마귀의 찢어진 날갯죽지를 살폈다. 온몸이 넝마가 된 상태라 영혼 내구도도 상당히 소모되어 있었다.

하지만 강서준이 수선 도구로 휘저으니 금세 까마귀의 날개에 새살이 돋아났다.

[장비 '도깨비 왕의 수선 도구'의 전용 스킬, '영혼 수선'을 발동합니다.]

더욱 온전해진 까마귀가 강서준을 향해 충성의 눈빛을 보내왔다.

녀석은 이제 마왕의 명령은 듣지 않을 것이다.

강서준은 옹이구멍에 숨어 있던 사람들도 전부 이쪽으로 불러들여, 까마귀의 위에 탑승시키며 말했다.

"계획대로 가 봅시다."

까마귀는 나무 위를 활공하여 빠르게 이동했다.

하늘에서 보는 목성은 나무로 이루어진 바다라고 할 정도로 광활하게만 느껴졌다.

지평선 너머엔 무엇이 있을지 감조차 잡히질 않았다. 멀리 하늘에 수십 개의 위성들이 이곳이 지구와 다르다는 것만을 보여 줬다.

확실히 외계는 외계였다.

'정확힌 다른 차원이라 해야 하나.'

어쨌든 전혀 다른 풍경은 또 다른 감상을 던져 줬다.

모든 것이 커다랗게 자라난 이곳에서 인간은 고작 개미만도 못한 존재이지 않은가.

그게 참 무력하면서, 묘한 기분을 들게 했다.

'그런 인간이 이 행성을 제외한 태양계의 모든 행성을 점령했다는 거잖아. 웃기는 일이야.'

인간이란 존재는 참으로 거대한 건지…… 개미처럼 작은

생물에 불과한 건지.

강서준은 어깨를 으쓱이며 시선을 돌렸다. 불안함에 손톱마저 물어뜯는 리오 리카온이 보였다.

"너무 걱정하진 마세요."

"……."

"위기는 곧 기회라잖아요. 어쩌면 생각보다 훨씬 좋은 결과를 얻을 수도 있어요."

하지만 강서준의 말에도 리오 리카온의 미간은 좀처럼 펴지질 않았다. 강서준도 딱히 그에게 더 말을 해 주진 않았다.

솔직히 그도 본인이 한 말이 속 편한 말에 불과하다는 걸 알고 있었다.

'비록 직접 싸울 생각은 없다 해도…… 난 지금 적의 본거지로 쳐들어가는 입장이니까.'

강서준은 짧게 혀를 차며 어둠이 낮게 깔린 절벽을 발견했다. 그 아래에서 대단한 마력이 무수하게 쏟아져 나왔다.

투박하지만 그 끔찍한 기운에 어깨가 콱 짓눌리는 착각마저 들었다.

'무시무시하군. 고작 이게 한 놈이 쏘아 낸 마력이라 이거지?'

가히 마왕이라 불릴 법했다.

하기야 녀석은 레벨만 약 400에 달하는 '보스 몬스터'였다. 헤츨링 마그리트와도 동급이다.

까아아악…….

까마귀는 고도를 낮춰 절벽 아래로 향했다. 무저갱처럼 어두운 공간으로 들어가니 머지않아 절벽 아래의 한 동굴에 다다를 수 있었다.

단박에 알았다.

"저곳이 마왕성이군요."

크기는 목성의 기준으로 보자면 대단히 큰 동굴은 아니었다. 하지만 인간의 기준으로 봤을 땐, 수백 층의 타워를 쌓더라도 천장에 닿을 수 없는 아득함이 느껴졌다.

"다행이라고 해야 할지 모르겠네요. 아직 생존자가 이 안엔 없어요."

영안으로 동굴 내부를 들여다본 결과, 이 안엔 생령(生靈)이라 할 건 없었다.

물론 장거리에, 마왕 녀석의 짙은 마력으로 뒤덮인 탓에 정확성이 떨어진 상황이고 이미 잡아먹혔다면 별수 없겠지만.

강서준은 사람들이 아직 이곳에 잡혀 오질 않았다는 걸 알 수 있었다.

'마왕은 아직 인간을 찾고 있으니까.'

이 근방에 도달한 시점부터 고롱이나 까마귀에게 자꾸만 마왕의 명이 들려온 게 증거였다.

굳이 해석하자면.

-인간을 데려오라.

이런 간단한 메시지가 계속 쏟아지고 있었다. 아마 강서준에게 귀속된 둘이 아니었다면 진즉에 그들은 마왕에게 바쳐졌을 것이다.

"물론 오래 걸리진 않을 겁니다. 먹을 것엔 늘 진심인 종족이니까요."

확신한다.

분명 인간은 오늘내일 사이에 이곳에 잡혀 오고 말 것이다.

마왕의 인내심은 그리 크지 않으니까.

녀석이 직접 밖으로 나오든, 생존자가 그래고리에게 잡혀 오든…….

둘 중 하나로 결론이 난다.

해서 날이 밝자마자 까마귀를 사냥하여 여기까지 왔다.

"어? 저기!"

예상대로 주변의 흐름이 어지러워지기까지 긴 시간이 필요하지 않았다.

일행이 적당한 위치에 몸을 숨겼을 때였을까.

동굴이 내려다보이는 돌부리 위에서 무언가가 빠르게 마왕성을 향해 쇄도하는 걸 볼 수 있었다.

"왔군요."

고개를 들어 어둠 너머를 확인하니, 수많은 곤충이나 동물 따위가 동굴을 향해 떨어지고 있었다.

강서준을 비롯한 일행은 침음을 삼키며 수십의 그래고리가 자아내는 풍경을 바라봤다.

"……장관이군."

"저게 다 마수라고요?"

"허어……."

킨 멜리나 반 마코스, 다른 생존자들도 모두 비슷한 감정으로 몸을 떨었다.

단 한 마리의 까마귀를 상대하는 데도 전력을 다해야 했던 그들이었다.

리오 리카온이 입술을 잘근 깨물었다.

"이제 어쩌죠?"

"일단 사태를 지켜보죠. 아직 때가 아니에요."

여긴 적진의 한복판이다.

마수의 아가리 속에 들어와 있는 셈이었고, 자칫 잘못하면 누군가를 구하기도 전에 그들이 죽는다.

기회를 잘 봐야 한다.

"저기……!"

마침 최하나가 눈을 번뜩이며 말했다.

촘촘한 그물망에 사로잡혀 동굴로 인계되는 일련의 사람들을 발견한 것이다.

화성의 생존자들!

리오 리카온도 그물망을 확인하더니 말했다.

"정말 송명이에요. 살아 있어요!"

리오 리카온의 시선을 따라 올려다보니 사람들을 다독이며 비장한 얼굴을 한 남자가 있었다.

얼굴은 역시 꽤 낯이 익었다.

진 제국의 스파이 노릇을 했다더니…… 확실히 본 적이 있는 얼굴이었다.

그들은 꽤 소란스러웠다.

"모두 정신 바짝 차려요! 이건 예상했던 일이 아닙니까!"

"하지만 참모…… 적이 너무 많아!"

"걱정 마세요! 조금만 더 기다리면 '워프 게이지'가 회복돼요. 다시 이동할 수 있어요!"

"으으…… 알겠네!"

워프 게이지?

강서준은 미간을 좁혀 송명이 짊어진 가방을 주목했다. 그로부터 꽤 옹골찬 마력이 느껴졌다.

'저거로군. 천벌을 피한 신형 게이트.'

또한 그들의 대화로 미루어 보자면 머지않아 워프 게이지란 게 회복되는 모양이었다.

그러면 다시 워프를 할 수 있는 거겠지.

'물론 그때까지 살아남아야겠지만.'

끼아아악!

생존자들을 포획한 그물망은 정확하게 동굴의 앞에 떨어졌다.

그리고 동굴 안쪽에서 무시무시한 마력이 폭발하듯 터진 건 그때였다.

'……오금이 저리는군.'

그 마력의 흐름만으로도 숨이 턱 막히는 기분이었다. 의지로 다리를 곧추세우질 않았다면 꺾였을지도 모르겠다.

실제로 까마귀의 근처에서 몸을 숨기고 있던 생존자들은 픽픽 의식을 잃고 쓰러지기도 했다.

격이 다른 압도적인 존재 앞에서는 가만히 서 있는 것조차 대단한 것이다.

"허억…… 허억."

겨우 숨을 몰아쉬는 생존자들을 일별한 강서준은 다시 동굴 앞에 도열한 그래고리에게 시선을 던졌다.

녀석들은 왕을 맞이하기 위해 고개를 푹 숙이고 낮게 울음을 흘리고 있었다.

몇몇은 인간의 형태를 한 걸 보면 벌써 몇몇 인간은 먹어 치운 듯했다.

'상황이 좋지 않은데…….'

일단 강서준은 동굴 안에서 서서히 모습을 드러내는 마왕의 형태부터 확인해 보기로 했다.

지피지기면 백전백승이랬다.

모름지기 상대를 완전히 파악해 내면 공략 불가능한 상대도 이겨 낼 수 있다.

[스킬, '류안(S)'을 발동합니다.]

구오오오……!

낮게 깔린 마수들의 울음이 게임 속 BGM을 대신했고, 절벽 아래의 어두운 분위기와 한기가 무대연출 효과를 보여 주고 있었다.

강서준은 입술을 짓씹었다.

'트윈테일 타이거로군.'

레벨 300대의 몬스터 중 하나.

맹수인 호랑이 계열로 상당히 위협적인 몬스터였다.

불타오르는 꼬리와 얼어붙은 꼬리는 두 개의 속성 마법을 다룬다는 '트윈테일 타이거'만의 특징.

즉 눈앞의 마왕은 적어도 두 개의 마법을 부린다는 거다.

'새끼인 것 같지만…… 그래도 크군.'

또한 마왕 쥬비온의 경우를 생각해 보면 녀석의 능력은 아주 다방면으로 다양할 것이다.

일단 왕이니만큼 소화한 대상에 대해서 조건 없는 무한정 변신이 가능했다.

한 번 변신하고 나면 다른 개체로 변신하기 전까지 그 모습을 유지해야 했던 일반적인 그래고리와는 다른 부분이었다.

그래서 녀석이 어떤 걸 먹어 왔는지가 가장 중요했다.

'과연 이놈은…… 또 뭘 먹었으려나.'

강서준은 어깨를 으쓱이며 녀석의 얼굴을 훔쳐봤다. 물론 들여다본들 녀석의 소화 목록을 파악해 낼 마법은 그에게 없었다.

크릉…….

마왕은 콧김을 낮게 뱉어 내며 그물망 안의 사람을 발톱으로 이리저리 움직여 봤다.

새끼 트윈테일 타이거라 해도 목성의 규모로 보자면 대단히 커다란 개체.

놈의 콧김은 개미와도 같은 인간에겐 폭풍 같았다.

그리고 녀석이 나지막이 입을 열었다.

─쥐새끼들이 있군.

그러더니 껑충 뛰어올라 순식간에 강서준이 숨어 있던 돌부리의 앞에 도달했다.

녀석이 코앞에 도달하니 그 큼지막한 얼굴이 더 크게 보였고, 더더욱 가까워진 마력에 의해 온몸이 짓눌리기 시작했다.

─호오…… 이걸 버티어?

강서준은 입술을 잘근 깨물었다.

추정 레벨 400.

A급 던전의 보스 몬스터.

애초에 이런 놈을 상대로 몸을 숨긴다는 것 자체가 불가능한 얘기였는지도 모른다.

숨바꼭질을 할 때 어린아이가 얼굴만 숨긴다고 그 몸이 가려지는 게 아니듯, 강서준을 비롯한 일행은 그보다 레벨이 월등히 높은 마왕의 눈을 속일 수 없으니까.

아마 이놈은 처음부터 강서준의 존재를 눈치채고 있었을 것이다.

'즉 이건 예정된 일이고…… 전부 예상한 문제야.'

강서준은 침을 질질 흘리는 호랑이의 얼굴을 가만히 올려다봤다.

'중요한 건 이제부터야.'

처음 느낀 감상은 크다는 것이다.

'예상은 했지만 정말 어마어마하군. 가히 산군(山君)이라 해도 어색하지 않아.'

산군.

호랑이를 신격화해서 부르는 말.

올려다본 마왕은 새끼였지만 산처럼 드높은 덩치였다. 개미와도 같은 인간의 시점에선 당연히 위압감이 대단할 수밖에 없었다.

'저 정도 크기나 되니 마왕이겠지.'

목성은 상대적으로 모든 게 큰 행성이다. 인간은 개미처럼 작고 까마귀는 익룡처럼 큰 곳.

그래서인지 여긴 곤충에 불과한데도 A급 몬스터로 분류된다.

'아마 그래서 목성엔 유난히 동물이 없는 거겠지.'

목성에 온 이후로 그들이 마주한 건 대개 곤충이나 작은 동식물이었던 건 우연이 아니었다.

당장 마왕의 명에 의해 모여든 그래고리의 형태도 가장 큰 게 '참새'나 '제비' 같은 조류나 땅짐승인 '쥐' 정도였다.

거기엔 다 이유가 있다.

'어떤 생물이든 마력의 총량은 정해졌고, 그 총량에 따라 생물의 크기도 정해지니까.'

한마디로 마왕 정도나 되는 레벨이어야만 눈앞에서 으르렁대는 거구의 호랑이가 될 수 있다.

모르긴 몰라도 저 호랑이가 본래 이 목성의 주인이었을 것이며, 마왕 녀석이 저놈을 먹어 소화시키면서 이 땅은 그래고리의 영역이 됐다.

'그만큼 강하다는 게 문제인데.'

두말할 것도 없이 알 수 있는 건 이놈을 상대로는 싸움조차 성립할 수 없다는 것이다.

어린아이와 어른의 차이가 아니다.

한낱 미생물이 된 기분이 아마 이럴 것이다.

"흐음……."

썩 좋지 않은 기분에 미간을 구기며 나지막이 마왕을 올려다봤다.

한참을 말이 없던 강서준은 혀를 차며 입을 열었다.

"입 냄새 한번 지독하군. 마왕."

―호오?

"솔직히 불쾌할 정도야. 올려다보기 목 아프다고."

강서준의 도발적인 언사에 주변 사람들은 소리 없는 아우성을 토해 냈다. 잘 보여도 못마땅한 시점에 심기를 거슬려선 어떡하냐는 눈빛.

'아니야. 내 예상이 맞는다면 이 녀석은 이런 반응을 기다리고 있었어.'

강서준은 사람들의 시선을 무시하며 당당하게 마왕의 시선을 맞받아쳤다.

마왕이 입을 연 건 금방이었다.

―넌 내가 무섭지 않은가 보군.

"전혀."

―그래. 그렇단 말이지…….

무섭다. 더럽게 무섭다.

눈앞에 거인 같은 호랑이가 이빨 사이로 침을 뚝뚝 흘리는데 어찌 겁을 먹지 않을 수 있을까.

하지만 강서준은 잠시 입맛을 다시는 마왕을 올려다보며, 그의 예상이 모두 맞아떨어졌다는 걸 알 수 있었다.

대충 표정만 봐도 그렇다.

저놈…… 진심으로 좋아하고 있다.

'과거에 원정군이 전멸한 적이 있다더니만…… 역시 이놈은 거기서 맛을 보고 만 거로군.'

인간을 잡아먹는 전적이 확실하다면…… 그리고 놈의 수준이 마왕 '쥬비온'과 동급이라면.

놈은 아마 같은 문제를 겪고 있을 것이다.

강서준은 확신할 수 있었다.

'그래 봐야 그래고리야.'

그리고 강서준은 비록 게임 속이었지만 5년에 가까운 시간을 '고롱이'를 키워 온 주인이었고, 현실에선 직접 데리고 다니며 고롱이를 이해한 사람이었다.

즉 그는 그래고리의 움직임, 반응, 그 모든 걸 쉽게 파악할 수 있었고, 당장 마왕의 상태도 한눈에 꿰뚫어 보고 있었다.

'그러니 여기서 보여 줄 건 두려움에 덜덜 떠는 게 아니야. 강인한 모습을 증명해야 해.'

물론 앞서 말했듯 쉽진 않았다.

마주한 것만으로도 오금이 저리고 본능적으로 위축이 되는 게 마왕을 마주한 인간의 솔직한 반응이니까.

사람들이 괜히 입조차 열지 못하고 어버버 떨고 있는 게 아닌 것이다.

만약 강서준도 그 영혼이 마왕보다 낮은 수준이었다면…… 벌써 무릎부터 꺾였을지도 모른다.

몸의 제어권이 공포에 사로잡혔겠지.

이런 허세도 그만한 수준이 되어야 할 수 있는 거다. 강서준은 나약해지는 마음을 애써 밀어내며 마왕을 향해 더욱 힘을 주어 말했다.

"계약을 하자."

ー뭐?

"난 너에게 필요한 걸 제공해 줄 수 있어. 손해 보는 장사는 아닐……."

그 순간, 마왕은 지축이 흔들릴 정도로 크게 웃음을 터뜨렸다. 뭔 웃음소리가 벼락이 내리치듯 천둥을 동반한단 말인가.

강서준은 미간을 구기며 물었다.

"뭐가 웃기지?"

ー그럼 안 웃겨? 먹이가 먹이를 제공해 주겠다는데.

……틀린 말은 아니네.

강서준은 쓰게 웃으며 마왕을 올려다봤다. 비웃음이 가득한 그 표정엔 강서준을 무시하는 시선이 가득했다.

하기야 그라도 웃을 것이다.

어디서 듣도 보도 못한 작은 미생물이 나타나선, 느닷없이 계약을 제안해 오는 꼴이니까.

하지만 녀석은 강서준이 무얼 줄 수 있는지 아직 잘 모르는 눈치였다.

강서준은 거두절미하고 말했다.

"맛을 제대로 느껴 보고 싶지 않아?"

─흐음?

"수십 명의 인간을 먹었지만 그 맛이 밍밍한 데엔 명확한 이유가 있다고."

녀석은 이번엔 웃지 않았다. 안 그래도 커다란 눈을 크게 뜨더니 강서준을 뚫어져라 쳐다봤다.

─어떻게 알았지?

"어때. 계약할 마음이 좀 생겨?"

강서준의 말에 다시 마왕이 입을 다물었다. 이번에도 마왕의 고민은 길지 않았다.

금세 빛을 뿜어내더니 그 덩치가 줄어들고, 어느덧 강서준과 비슷한 크기의 외형으로 모습이 바뀌었다.

리오 리카온이 당황한 목소리를 냈다.

"수, 숙부……?"

강서준은 빛이 사라지고 차츰 완전한 인간의 형태로 변한 마왕을 바라보며 리오 리카온에게 물었다.

"아는 사람입니까?"

"원정군의 리더였던 저희 숙부입니다."

이것으로 더더욱 확실해졌다.

녀석은 원정군을 잡아먹었으며, 인간만이 가진 특별한 맛에 매료된 것이다.

그러니 그의 말에 순순히 넘어가고 있는 거겠지.

'애초에 그런 의도가 없었으면 우릴 봤을 때 말도 걸지 않았을 거야.'

늘 먹는 데엔 진심인 그래고리 종족은 결코 음식을 먹길 참질 않는다.

놈들이 인내심을 가지는 경우는 단 하나.

'맛을 깨달았을 때.'

강서준은 아무런 표정이 없는 마왕의 얼굴을 고스란히 마주할 수 있었다.

이젠 눈높이가 맞으니 목이 아프게 올려다볼 필요는 없었다.

놈이 강서준을 향해 말했다.

"일단 자리를 옮기도록 하지."

녀석은 총총걸음으로 동굴로 걸음을 옮겼다.

⁂

한편 화성의 생존자들은 동굴로 이동하는 길에 강서준의 무리에 합류할 수 있었다.

"화, 황자님?"

송명과 리오 리카온은 눈물의 재회를 했고, 곧 사태를 깨닫고 낮은 목소리로 송명은 이런 말을 꺼냈다.

"걱정 마십시오. 황자님이라도 빠져나갈 수 있도록 워프를 조정하겠습니다. 황자님은 아무 걱정하지 않으셔도 됩니다."

"……난 괜찮아요, 송명."

"아닙니다. 모두 제 불찰입니다."

송명은 진심으로 송구하다며 몇 번이나 고개를 숙였다. 리오 리카온이 지구에 있는 동안 화성의 안보는 모두 그의 책임이었으니, 백 번이고 천 번이고 사죄를 구해야 한다고 거듭 강조하기도 했다.

"정말 죄송합니다. 제가 부족해서……."

대신 송명은 이번에야말로 황자를 반드시 구해서 빠져나가겠다는 의지를 불태웠다.

같은 실수를 반복하진 않는다며 용케 마왕을 바라보며 칼에 손을 가져다 대는 것도 볼 수 있었다.

이대로 놔두면 정말 마왕의 뒤라도 칠 기세였기에, 강서준이 그들의 대화에 끼어들 수밖에 없었다.

"소용없을 겁니다."

"당신은…… 케이? 어떻게 여기에?"

"마왕의 뒤를 찌른들 성공하지 못할뿐더러, 워프도 여기선 사용할 수 없을 테니까."

동굴 내부는 바깥보다 더욱 촘촘한 마력으로 뒤덮여 있었다. 이게 전부 마왕이 이곳에서 거주하며 내뱉은 공기에서 비롯된 것들.

한데 송명이 의외의 부분에서 놀랐다.

"마, 마왕이라고요?"

"모르셨습니까?"

"괴물같이 강한 마수라고는 생각했지만 설마 마왕이었다니…… 허어."

마왕.

일전에 서울을 침략한 '몽마의 주인인 알리'나 자금성을 점령했다는 '견성' 따위와는 비교가 안 되는 마족 계열 중에서도 최상위 개체.

그중 마수 그래고리를 다스리는 마왕이 바로 눈앞의 이 녀석이다.

'개체값만 헤츨링과 동급이야. 이런 놈한테서 어떻게 도망쳐.'

결국 송명도 워프로 빠져나가겠다는 기존의 계획을 철회할 수밖에 없었다. 그는 약간 질린 안색으로 말했다.

"대체 어쩔 생각이죠? 듣기론 제 발로 이곳까지 찾아오신 모양이던데."

"네. 당신들을 구하려면 어쩔 수 없는 선택이었습니다."

"……그게 변명이 된다고 생각해요? 당신 실수한 겁니

다."

구하러 왔더니 이게 웬 말인가.

송명은 울 것 같은 얼굴로 말했다.

"황자님은 제국의 미래입니다. 여기서 희생되어선 안 된
단 말입니다……!"

"알아요. 리오 리카온 님이 없으면 지구도 무사하진 못할
테니까."

"그걸 아는 사람이……!"

"걱정 마요. 다 계획대로 되고 있다니까."

그리고 마왕의 뒤를 따라 도착한 곳엔 꽤 정갈하게 조성된
공간이 있었다.

어설프게나마 만든 테이블과 의자나 소파 따위가 보였고,
곳곳엔 인간의 흔적 같은 게 다분히 느껴졌다.

강서준은 이 모든 게 마왕의 손에서 만들어졌음을 직감했
다.

마왕은 능숙하게 안으로 들어가더니 찻잎을 몇 개 꺼내어
차를 우리기 시작했다.

"마, 마왕이 차를 끓이고 있어……."

송명의 반응을 뒤로하고 강서준은 마왕의 곁에 섰다. 그는
어설프지만 능숙한 솜씨로 차를 우려내더니 강서준에게 건
넸다.

ㅡ정말 원인을 알고 있나?

그리고 차를 건네면서 마주한 마왕의 표정은 여전히 아무런 감정도 담기지 않았다.

무표정.

아니, 기껏 짓는 표정은 화난 듯 일그러진 얼굴이 전부였다.

강서준은 고개를 주억거렸다.

"물론. 네가 갖는 그 기묘한 기분이 왜 느껴지는지 누구보다 잘 알고 있지."

ㅡ호오……?

"우선 통성명부터 하는 게 어때?"

ㅡ그래. 인간의 예법은 중요하지.

녀석은 나지막이 입을 열었다.

ㅡ내 이름은 '쥬톤'이라 한다.

"'쥬'자 돌림이냐."

ㅡ뭐?

"아니야."

강서준은 어깨를 으쓱이며 녀석의 눈을 마주했다. 쥬톤은 애써 인내심이 많은 것처럼 굴었지만 여전히 행동엔 초조함이 드러났다.

마왕이래야 그래고리.

놈들의 생각이야 훤하다.

강서준은 씨익 웃으며 말을 이었다.

"넌 우릴 먹고 싶을 거야."

쥬톤은 거리낌 없이 흔쾌하게 고개를 끄덕였다. 주변을 둘러보며 침마저 흘리는 통에 사람들이 기겁하는 소리가 대번에 들려왔다.

"근데 먹어도 소용이 없다는 걸 아니 쉽게 입에 담을 수는 없겠지.

—…….

"인간을 먹는들 넌 그들의 소중한 것까지 소화시킬 수 없을 테니까."

강서준의 말에 쥬톤은 고개를 주억거리며 긍정했다. 역시 모든 건 예상대로였다. 강서준은 이즈음에 녀석이 가려워하는 곳을 제대로 긁어 주기로 했다.

"먹어 봤자 전부 무서워하거나, 두려워하거나, 분노, 짜증…… 이런 것들뿐이었겠지."

—정말 다 알고 있군.

"난 거짓말 안 해."

강서준은 씨익 웃으며 쥬톤의 반응을 살폈다. 몇 번이나 입술을 적시며 혀를 날름거리는 건 먹고 싶은 걸 떠올릴 때 그래고리가 주로 하는 버릇이었다.

"네 문제는 아주 단순해. 제아무리 인간을 잡아먹어 봤자 그 인간의 기억…… 정확힌 그 감정까지 소화시킬 순 없었던 거야."

사실 이 모든 일은 녀석이 마왕이라는 터무니없는 개체값을 가졌기에 벌어지는 일이다.

그래고리는 인간을 먹을 수 있고, 역량에 따라 인간의 기억을 맛볼 수도 있다.

그리고 최상위 개체에 해당하는 마왕은 그 기억 속에 담긴 감정마저 취할 수 있다.

'감정이 곁들여진 건 여태 먹었던 어떤 음식에서도 느낄 수 없는 자극적인 맛이었겠지.'

한데 녀석은 인간을 먹어 봤자 늘 한정된 감정만을 맛보아야만 했던 것이다.

강서준은 그 이유를 알고 있었다.

'공포에 뒤덮인 인간은 무의식에 모든 감정을 감춰 버리니까.'

무의식은 의식 아래에 깊게 깔린 기억을 말한다. 한데 죽을 때에 공포만을 느낀 인간은 표면적인 감정인 '공포'만을 끄집어내기 마련.

특히 몬스터에게 잡아먹힐 땐 더더욱 그럴 법했다.

쥬톤의 문제는 바로 그것이다.

"근데 넌 기억을 읽어서 잘 알 거야. 인간이 고작 한 가지 감정으로 살아가는 존재가 아니라는 걸."

인간을 먹어서 그 기억을 읽었다 한들 느껴지는 감정은 오직 '공포'뿐이라면 어떨까.

기억 속에서 인간이 가졌던 다른 감정의 흔적만을 향유할 수밖에 없었으니 놈은 결국 인간을 궁금해할 수밖에 없다.

'그렇게 인간을 먹길 반복하는 존재.'

드림 사이드 1에서 그래고리의 왕인 '마왕 쥬비온'은 그래서 인간들 사이에서 '폭식의 마왕'이라 불렸다.

"어떻게 하면 다른 감정을 소화시킬 수 있는지 궁금한 거지?"

강서준은 쥬톤의 시선을 마주하며 다음에 할 말을 고민했다.

사실 이 순간을 위해서 여기까지 왔다고 해도 과언이 아닐 것이다.

강서준은 눈을 빛내며 말했다.

"난 그 방법을 알고 있어."

그리고 이것이 '헤츨링 마그리트'가 '마왕 쥬비온'을 같은 편으로 만들었던 방법일 것이다.

※

0116 채널의 목성.

모든 게 방대하고 커다랗기만 한 그곳에서도 가장 음침하고 어두운 공간.

가히 마왕성이라 불릴 만한 곳.

하지만 의외로 그 내부는 인간의 손길이 닿은 듯 정갈하게 꾸며지고, 테이블, 탁자, 침대까지 구비된 게 포근한 분위기마저 풍겨 났다.

어째서 마왕성에 이런 게 있을까. 아마 그 이유는 대단히 간단할 것이다.

강서준은 주변을 둘러보며 쓰게 웃었다.

'인간의 감정을 어떻게든 느껴 보고 싶었겠지. 뭐든 따라 해 보면 그 감정에 닿을 줄 안 거야.'

한편 한껏 초조한 얼굴로 강서준을 바라보는 한 시선을 의식할 수 있었다.

송명은 불안함이 가득한 얼굴로 물었다.

"이제 어떻게 되는 겁니까?"

"뭘요?"

"마왕과 계약하지 않았습니까."

강서준은 한쪽에서 사람들을 둘러보며 아쉬운 듯 입맛만 다시는 쥬톤을 볼 수 있었다.

이 상황을 타개할 유일한 방법.

강서준은 쥬톤과 계약을 통해 녀석의 바람을 들어주기로 약속했고, 놈은 대신 인간에게 섣불리 손대지 않기로 했다.

해서 녀석은 지금 계약의 여파로 인간에게 손도 대지 못한 채 멀찍이 떨어져 침만 흘려 대는 중이었다.

'어차피 먹어도 만족할 수 없으면서.'

이곳의 인간들 대다수는 마왕에게 본능적인 공포를 느끼고 있다.

이건 어쩔 수 없는 반응이었다.

포식자 앞에서 피식자가 평온할 수는 없는 노릇이니까.

'애초에 마력이라도 좀 감추든가.'

지독하게 풍겨 대는 마력에 숨이 막힐 지경이다. 과연 이 상황에서 누가 겁을 먹질 않을까.

송명은 쥬톤의 눈치를 살피며 물었다.

그도 계약 내용을 아는 만큼 강서준이 쥬톤에게 건네야 할 게 무언지 알고 있었다.

"누굴 바치실 생각이십니까?"

그 말에 잠시 고민해 봤다.

마왕과의 계약.

강서준은 마왕 '쥬톤'의 바람인 '감정을 취할 수 있는 인물'을 공급해 주기로 했다.

그리고 '감정을 취할 수 있는 인물'의 조건은 의외로 간단했다.

'공포를 제외한 감정을 맛보려면 마왕을 눈앞에 두고도 공포를 느끼질 않는 존재를 먹어야 해.'

즉 마왕을 보고도 두려워하질 않을 강자를 찾아야 한다.

과연 한 세계에 그런 인간이 몇이나 될까.

아마 당장 목성엔 강서준을 제외하곤 없을지도 모른다.

‘우선 내 분신을 줄 순 없어.’

이유는 강서준은 그에게 먹혀 봤자, 쥬톤이 감히 맛을 볼 수도 없다는 점이었다.

왜냐고?

이런 말하긴 뭣하지만…… 그의 영혼을 고작 쥬톤 따위가 감당해 낼 수 있을 리가 없기 때문이다.

실제로 쥬톤 녀석은 콧방귀를 끼며 다가오다, 강서준의 영혼을 마주한 뒤로는 더는 시도조차 못 하고 있었다.

‘비록 내 신체 능력이 쥬톤보다 못하더라도 영혼은 다르니까.’

케이는 무려 한 세계를 제패한 전적이 있다.

어찌 마왕 따위가 감당하겠는가.

그는 강서준을 먹는들 ‘공포’의 감정조차 맛볼 수 없을 것이다.

결국 쥬톤은 강서준의 영혼을 보고도 입맛만 다셔야만 했다.

강서준은 어깨를 으쓱이며 말했다.

“아마 데칼 정도나 되는 사람을 찾거나…….”

데칼은 0116 채널의 최강자라 불리는 존재. 직접 칼을 맞대어 봤으니 그의 강함은 누구보다 잘 알았다.

모르긴 몰라도 마왕을 눈앞에 두고도 바로 겁을 먹을 만한 위인은 아니었다.

하지만 데칼을 어디서 찾는단 말인가? 강서준이 쥬톤에게 공급할 음식이 될 수는 없었다.

"……대체제를 찾아야죠."

"대체제요?"

"인스턴트식품이랄까요."

강서준은 쥬톤의 방구석을 살펴볼 수 있었다. 그곳엔 이미 싸늘하게 죽은 몇 구의 사체가 있었다.

아마 목성의 곤충에게 사냥당했을 인간의 시체였다.

'인간을 데려오라는 명에 시체도 주워 온 거겠지.'

마왕의 명을 충실히 따른 그래고리의 업적이었다. 그리고 아이러니하지만 이 시체가 당장 강서준 일행을 살려 줄 튼튼한 동아줄이었다.

강서준은 조바심이 가득한 얼굴로 이쪽을 바라보는 쥬톤의 등쌀에 못 이겨, 시체 쪽으로 다가갔다.

[장비 '도깨비 왕의 반지'의 전용 스킬, '도깨비의 부름'을 발동합니다!]

[죽은 지 오래된 시체입니다. 영혼의 내구도가 현저히 떨어집니다.]

츠츠츠츳…….

강서준의 손길에 의해 푸른 불꽃과 함께 인간의 시체가 서서히 몸을 일으켰다.

썩은 살점, 군데군데 해골마저 보이는 시체. 하지만 도깨비 왕의 명에 의해 영혼은 되살아날 수 있었다.

'감정을 향유할 수 있는 인물은 찾는 두 번째 방법. 아예 공포라는 감정이 배제된 인형을 만들면 돼.'

도깨비 왕의 명에 의해 부활한 영혼은 죽음을 마다하고 달려드는 존재였다.

물론 그렇게 부활해 봤자 진짜 인간에 비해 그 감정의 농도는 현저히 낮고, 아마 맛을 보더라도 극적인 차이를 보이진 않을 것이다.

'하지만 다를 거야.'

평생 닭가슴살만 먹던 사람에게 소스 하나만 건네줘도 그 맛은 크게 달라지기 마련이다.

'여기에 약간의 감칠맛을 더한다면?'

[장비 '도깨비 왕의 수선 도구'의 전용 스킬, '영혼 수선'을 발동합니다.]

썩은 살점 위로 그의 감투에 보관해 뒀던 다른 몬스터의 영혼을 덧입혔다.

점점 그럴듯한 생김새가 만들어졌다.

일부러 목성에 존재하지 않는 몬스터를 위주로 영혼을 수선했으니, 어쩌면 쥬톤은 별미라고 생각해 줄지도 모르겠다.

강서준은 어느덧 완성된 영혼을 보며 만족하며 미소를 지을 수 있었다.

'이거면 충분해.'

예상대로 쥬톤도 눈을 반짝이며 홀린 듯이 영혼을 바라봤다. 공포를 느끼질 않는 인간이란 이유만으로 녀석의 흥미를 대단히 끌고 있었다.

강서준은 송명에게 말했다.

"이제 됐어요. 여길 빠져나갈 차례입니다."

하지만 송명은 누더기 같은 영혼을 게걸스럽게 먹어 대는 마왕을 살피며 몸을 떨었다.

"……정말 마왕이 우릴 놔줄까요?"

"그럴 겁니다. 계약은 시스템이 보장하니까."

분명 쥬톤과 계약할 때에도 적합한 절차를 밟고 시스템의 메시지마저 확인했다. 걱정하지 않아도 될 것이다.

약간 우려가 된다면 이 세계가 정식으로 운영되는 채널이 아니라는 건데…….

"뭐든 목성만 벗어나면 됩니다. 설마 우주까지 쫓아오겠습니까?"

강서준은 몇 개의 영혼을 더 제작해서 쥬톤의 앞에 늘어놨다. 실컷 포식하는 녀석은 당장 강서준에게 시선을 던질 기미가 없었다.

그리고 사람들을 데리고 빠르게 동굴을 빠져나올 수 있었다. 약속의 여파인지 밖에서 대기하던 그래고리들도 섣불리 그들에게 이빨을 들이대진 않았다.

마왕의 마력에서 가능한 한 멀리 떨어지려고 긴 시간을 이동할 수 있었다.

"얼른 돌아가죠. 놈의 마음이 변하기 전에."

설마 그러진 않겠지만…… 만에 하나라도 시스템이 제대로 작동되질 않는다면 어떨까.

정식으로 운영되는 채널이 아니다 보니 예외란 언제든 생겨나도 이상하지 않다.

송명도, 강서준도 은근히 걱정하는 이유였다.

'원래 여긴 버그도 많으니까.'

정식으로 운영되질 않는 만큼 피드백이 없을 수밖에 없는 세계.

강서준의 재촉에 리오 리카온도 약간 다급한 얼굴로 송명에게 시선을 돌렸다.

"워프 설정은요?"

"네. 화성 게이트 터미널로 맞춰 뒀습니다."

"바로 도망가죠."

그래도 아직 시스템은 제대로 작동하는 모양이었다. 주변은 여전히 고요한 적막이 가득했다.

사실 목성에서 곤충의 습격도 없고, 그래고리만 찾아오지 않는다면…… 이렇듯 조용하고 평화로운 행성이다.

실험0.001%
랭커의귀환

평생 어느 곳을 가더라도 볼 수 없는 풍경이 가득한 땅.

그저 나무를 올려다보면 만리장성을 연상케 하는 아득함에 압도되는 장소.

대자연과 맞물린 적막은 다양한 감상을 줬다. 최하나는 주변을 둘러보며 나지막이 입을 열었다.

"전 사실 이런 한적한 곳에서 전원생활을 하는 게 꿈이었어요. 한 달이라도 인적이 드문 곳에서 여유롭게 살고 싶었죠."

의외였다.

천생 연예인인 그녀가 인적이 드문 시골에서의 삶을 꿈꿨었다니.

셀럽 최하나를 상상해 보면 썩 어울리는 그림은 아니었다.

'아니, 그렇기에 더욱 원했던 건가.'

최하나는 스토커에게 쫓길 정도로 사생활이 없는 생활을 해 왔다.

그녀의 행동 하나하나가 인터넷 기사로 도배됐고, 무얼 하든 사람들의 관심이 쏟아졌다.

셀럽의 흔한 일상이었지만 직접 경험하는 입장에선 대단히 지칠 수밖에 없을 것이다.

"이젠 정말 이룰 수 없는 꿈이겠지만요."

자조적인 그녀의 웃음을 보며 강서준은 입술을 잘근 깨물었다.

그녀의 말마따나 지구는 일촉즉발의 시한폭탄 위에 서 있다고 해도 과언이 아니다.

예전처럼 일거수일투족을 따라다니는 시선은 없어졌지만, 이전보다 자유는 훨씬 억압된 세계였다.

한적한 시골에서의 전원생활?

그런 건 이제 꿈도 꿀 수 없다. 한적한 시골엔 사람은 없어도 몬스터는 즐비할 테니까.

강서준은 그다지 멀지 않은 위치에서 위이잉 하는 소리를 들을 수 있었다.

동시에 눈치챈 킨 멜리가 외쳤다.

"벌입니다!"

겉보기엔 평화롭고 여유가 가득한 이런 세계에도 몬스터는 존재하는 것처럼.

세상은 이제 평화와 거리가 멀다.

송명은 빠르게 외쳤다.

"워프 설정했어요! 모두 한곳으로!"

멀리서 벌이 날아오는 걸 보면서 미적거릴 사람은 없다. 금세 송명을 둘러싸고 모여든 사람들은 초조한 얼굴로 주먹만 꽉 쥐었다.

곧 송명의 가방에서 미증유의 기운이 쏟아지더니 그의 앞으로 포탈이 열리기 시작했다.

"열렸어요!"

타아아아앙!

최하나의 저격이 벌을 격추시키고 그게 신호탄이라도 된 듯, 사람들은 하나같이 빠르게 포탈로 접어들었다.

다행히 벌과의 거리가 조금 멀었고, 워프 게이트는 그보다 코앞이었다.

"여긴……?"

포탈을 넘어 주변을 둘러보니, 어느덧 목성의 위성 궤도를 따라 빙빙 돌던 '화성 게이트 터미널'의 전경이 보였다.

안심한 누군가가 바닥에 주저앉으며 중얼거린 건 그때였다.

"하아…… 이제 됐어요. 살았어요."

그 말을 기점으로 생존자들도 겨우 현실을 자각했는지 환호성을 질러 댔다.

마왕을 만나 죽음의 목전까지 다녀온 사람들이었으니, 저리 기뻐하는 게 심히 이해가 됐다.

한편 송명은 여전히 심각한 얼굴로 리오 리카온과 대화를 나누고 있었다.

"우선 화성에 천벌을 떨어뜨렸단 사실을 공론화해야 해요. 이런 천인공노할 짓을 벌인 걸 그대로 넘겨선 안 됩니다!"

"중앙군을 모아야겠군요."

"네. 리오 리카온 님이 건재하시다는 것만 알아도 이쪽으로 붙을 세력은 대단히 많을 겁니다."

목성에서의 탈출은 누군가에겐 '결론'이었지만, 또 누군가에겐 '새로운 시작'이었다.

사실 0116 채널의 문제는 이제 막 초입에 들어섰다고 볼 수 있었다.

'리카온 제국…… 우주를 집어삼킨 무적의 집단.'

적으로 삼기엔 너무 스케일이 큰 상대가 아닌가. 하지만 강서준은 머릿속에 떠오른 잡념을 흐트러뜨렸다.

난공불락의 적을 만나는 건 이게 처음이 아니다.

'망치고블린부터 마왕…… 리카온 제국. 여태 쉬운 일은 하나도 없었어.'

리카온 제국이 아무리 강력해도 겁을 먹을 필요는 없다. 앞으로 다가올 드림 사이드 2엔 그보다 더한 것들이 한 트럭으로 기다리고 있으니까.

'게다가 앞으로 여기서 할 일은 더 없어. 우리 목적은 딱 여기까지다.'

구태여 내전에 관여할 필요는 없다.

5황자의 세력이 좀 더 강성하게 성장하도록 도울 필요는 있겠지만, 굳이 리오 리카온을 승리로 이끌지 않아도 된다.

요점은 '집안싸움'만 일으키면 된다.

'그러면 침략은 꿈도 못 꿀 거야.'

집안에 불이 났는데도 다른 곳을 서성일 인물이 어디에 있을까.

"그럼 일단 사람들의 방을 배정하겠습니다. 간부들은 모두 함장실로 모여 주시고…… 회의는 1시간 후입니다."

송명의 명에 의해 일사불란하게 움직이는 사람들.

하지만 그들이 각자 맡은 임무를 수행하러 떠나기도 전에, 사람들 앞으로 홀로그램이 나타났다.

그 안에서 함장실을 지키던 게이트 터미널의 직원이 다급하게 말했다.

"화, 황자님! 큰일입니다!"

"무슨 일이죠?"

"'데드라인'이 형성됐어요!"

그 말은 한 가지 결론으로 이어진다.

"다수의 차원 게이트에서 활성 신호가 나타났어요!"

리카온 제국의 본격적인 지구 침략이 초읽기에 들어섰다는 것이다.

데드라인

리오 리카온은 초조한 듯 입술을 꽉 깨물었다. 그만큼 홀로그램에 재생되는 영상은 충격적이었다.

"벌써 차원 게이트를 활성화시켰다고요?"

"네. 그것도 다섯 개나 됩니다."

"미쳤군요. 어떻게 그리 빨리?"

강서준은 영상 속에서 찬란한 빛을 토해 내는 '차원 게이트'를 눈여겨봤다. 그 앞으로 벌써 수많은 군인이 도열해 있었다.

금방이라도 지구로 넘어갈 기세!

리오 리카온은 미간을 구기며 물었다.

"데드라인은 언제로 보는 거죠?"

"……빠르면 이틀 후입니다. 그 안에 게이트 다섯 정도의 동력은 충전될 겁니다."

데드라인(Deadline).

이 이상 넘어서는 안 되는 한계선으로, 당장 뜻하는 의미는 차원 게이트가 본격적으로 가동되는 시점이었다.

즉, 남은 시간은 이틀이었다.

'그 안에 뭐든 하질 않으면 리카온 제국군의 본대가 지구에 상륙한다 이거지.'

과연 우주를 정복하던 리카온 제국의 본대가 지구로 넘어가면 어떤 일이 벌어질까?

당장 선발대만으로도 크게 곤욕을 치르고 있는 지구였다. 강서준은 절로 떠오르는 불길한 상상에 한숨을 내뱉었다.

"이건…… 반드시 막아야겠군요."

리오 리카온은 강서준의 말에 고개를 끄덕여 긍정했다. 그리고 송명에게 시선을 돌려 바쁘게 입을 열었다.

"대책을 세워야 해요. 중앙군을 더 빨리 모을 수 있을까요?"

하지만 송명은 부정의 뜻을 밝혔다.

"……이틀이면 너무 촉박합니다. 그 안에 중앙군을 소집하는 건 불가능해요."

안 그래도 뿔뿔이 흩어진 세력이었다. 길게 시간을 들여 모아도 될까 말까 한 상황.

이틀 만에 저들의 세력과 맞붙는 수준의 군사를 일으키는 건 현실적으로 무리였다.

리오 리카온은 눈을 빛내며 물었다.

"제가 5황자의 신분으로 '공식 성명'을 밝히죠. 화성에서 벌어진 일을 기사화하겠어요. 만약 데칼이 시민들을 향해 학살을 명령했다는 사실이 알려진다면 제국군도 그에게서 등을 돌릴지도 몰라요."

데칼의 수하에 있다고 무조건 그의 수족이 되는 건 아니다. 대다수는 평범한 리카온 제국의 시민들.

만약 그들에게 진실이 전해진다면?

제아무리 황권이 강해도 자신들의 터전을 짓밟는 자를 따를 사람은 이 세상에 없다.

하지만 송명은 이번에도 리오 리카온의 말에 동조해 주질 않았다.

"이미 군사들이 모여든 시점입니다. 이제 와서 그런 말을 해 봤자, '정치 공작'으로만 여겨질 겁니다."

전쟁은 가벼운 놀이가 아니다.

이미 출정이 결정됐고, 실제로 집결하고 있는 시점에선 그 흐름을 뒤흔들 어떤 정보도 보도될 수 없다.

그게 여태껏 리카온 제국이 전쟁을 하면서 똘똘 뭉쳐 싸움을 이을 수 있는 이유였다.

또한 병사들도 믿지 않을 것이다.

숱한 전쟁을 치러 왔던 그들은 실제로 비슷한 정치 공작도 수차례 당해 봤고, 그로 인해 피해도 꽤 크게 입어 봤다.

비슷한 상황을 학습한 병사들은 결국 이 시점에서 무엇이 터지든, 회군하진 않을 것이다.

"결국 방법은 무력으로 견제하는 것뿐이겠군요."

"네. 일단 가까운 행성에 연락을 취해 보겠습니다만……크게 기대하진 않는 게 좋을 겁니다."

"뭐든 할 수 있는 데까진 해 보죠."

본래 강서준이 이곳에 와서 만들고자 했던 상황은 '집안싸움'.

말하자면 집에 불을 일으키면 누구든 섣불리 바깥에 시선을 돌릴 수 없는 그 단순한 작전이 당장 필요한 것이다.

하지만 인근의 행성으로 연락을 돌려 본 송명은 암담한 얼굴로 입을 열었다.

"기껏해야 1천 명입니다."

"그런……."

"이 상태로 공격했다간 우린 전멸할 겁니다."

이곳은 리카온 제국군의 모든 병사가 움직일 수 있는 0116 채널.

우주를 정복한 제국을 공격하는 입장에서 1천의 군사는 대단히 부족한 숫자일 수밖에 없었다.

이건 계란으로 바위를 치는 격이다.

결국 리오 리카온은 암운이 깃든 얼굴로 강서준에게 다가오더니, 고개를 푹 숙이며 말했다.

"죄송합니다. 할 수 있는 데까지 해 보려 했지만……."

몇 번이나 고개를 숙이는 리오 리카온을 보며 강서준은 쓰게 웃을 수밖에 없었다.

그가 열심히 이 사태를 해결하기 위해 분주하게 움직였다는 건 누구보다 잘 알았다.

그는 전쟁을 막기 위해서 스스로 위험을 감당하고 '아이템'이 된 자였다.

여기까지 해 준 것만으로도 고마웠다.

무작정 지구를 침공할 생각으로 움직이는 여타 다른 리카온 제국인들을 떠올려 보면 그는 천사나 다름없었다.

하지만 이런 생각도 들었다.

'포기가 빨라.'

하기야 이들에겐 절실할 이유가 없다.

침공을 받는 건 어디까지나 '지구'였고, 이들은 엄연히 침공을 하는 입장이다.

이들이 지구와 협상을 제안한 건 쓸데없는 피를 흘리길 원치 않을 뿐.

되면 좋고, 안 되면 어쩔 수 없다.

'내 일'이 아니니까.

'위험을 감수할 필요가 없겠지.'

이해한다.

당연한 일이다.

누가 남을 위해서 질 수도 있는 게임을 시도하겠는가.

그라도 같은 상황이었다면 비슷한 결론을 내렸을지도 모른다.

'하지만 당사자의 입장에선 쉽게 포기할 순 없지.'

강서준은 최하나와 김훈을 쭉 둘러봤다. 상황이 이 정도로 불리하게 흘러간다면 이제 별수 없다.

"어쩔 수 없네요. 그걸 쓸 수밖에요."

"네?"

"상황 자체를 뒤집어 봅시다."

⊰⊱

이후 일행은 화성 게이트 터미널을 이용하여 빠르게 워프를 개시했다.

도착한 곳은 군인들이 한창 집결 중인 차원 게이트 터미널 인근.

"생각보다 규모가 엄청나네요. 게이트 터미널 하나가 행성 하나와 같은 크기라니……."

"아무렴요. 대리자가 건설에 직접 관여한 곳입니다."

강서준은 고개를 주억거리며 차원 게이트 터미널로 진입

했다.

곳곳에 솟은 빌딩과 그 주변을 날아다니는 다양한 우주선들.

그 아래에 생성된 여러 게이트는 우주 곳곳을 연결했고, 지금도 수많은 군인이 이곳으로 집결하고 있었다.

안내를 맡은 송명은 약간 조심스러운 기색으로 물었다.

"정말…… 그게 가능한 일인가요?"

"뭘요?"

"강서준 님을 못 믿는다는 얘기는 아닌데요. 조금…… 뭐랄까. 걱정이 됩니다."

그때 근처로 일련의 병사가 무리 지어 걸어갔다. 대략 레벨만 200대 후반의 병사들이라 흘려 대는 마력량이 꽤 농밀했다.

잠시 그들이 지나갈 때까지 몸을 숨기던 일행은 한참이 지나서야 다시 이동을 개시했다.

그들이 향하는 곳은 차원 터미널 게이트의 핵심이라 불리는 '관제 타워'였다.

송명은 작은 목소리로 물었다.

"정말 관제 타워를 해킹할 수 있는 겁니까?"

"아마도요."

"……역시 확신하진 못하는군요."

관제 타워의 안으로 들어가는 건 생각보다 어렵지 않았다.

이곳의 규모가 방대한 만큼 빈 공간도 많았고, 이곳을 건설할 때에 간부로 참여했던 송명은 지도를 보지 않아도 그 내부를 꿰고 있었다.

실제로 만약을 대비해서 차원 게이트 터미널의 설계 도면까지 외우고 있는 그였다.

그도 나름 이 세계의 천재.

하기야 0115 채널의 관리자의 입김이 닿았다 해도…… 리오 리카온을 아이템으로 만든 당사자였다.

일반적인 인물은 아니었다.

"이런 말 하긴 뭣하지만 지구의 기술력과 이 세계의 기술력은 비교할 바가 못 됩니다. 저도 관제 타워를 해킹한다는 생각을 안 해 본 게 아니라고요."

강서준은 말없이 그의 말을 경청했고, 송명은 인적이 드문 길로 일행을 안내하며 계속해서 말을 이어 나갔다.

"해킹을 한다면 분명 여태 채워 뒀던 게이트의 에너지를 의미 없이 소모시킬 수도 있겠죠. 혼란을 야기하고 당장 지구로 건너간 이들의 생명을 빼앗을 수도 있을 겁니다."

"……."

"하지만 그렇기에 더더욱 해킹이 불가능하다는 겁니다. 위험할수록 그 보안은 상당히 높기 마련이니까."

해서 송명의 우려는 이해할 수 있었다.

안 그래도 과학기술로부터 뒤떨어진 지구의 사람들인

데…… 대뜸 해킹을 계획이라 내세운 꼴이니까.

만약 목성에서 마왕으로부터 그들을 살려 냈던 전적이 없었더라면, 그가 아무리 케이라고 해도 송명은 이 작전에 동참하진 않았을 것이다.

이미 불가능을 가능으로 만든 전적은 혹시나 하는 희망 정도를 갖게 했을 뿐이다.

"어쨌든 전 여러분을 안전하게 데리고 나가는 것까지 목적입니다. 부디 돌발 행동은 자제해 주세요."

그때 강서준이 주먹을 꽉 쥐어 위로 올리며 일행에게 멈추라는 수신호를 보냈다.

가까운 복도에서 인기척이 들려왔다.

당장 보이는 문을 열고 들어가 몸을 숨긴 일행은 문틈으로 복도를 지나는 사람들을 볼 수 있었다.

"……이번에 또 떨어졌잖아. 왜 나만 안 붙는 거야?"

"평소에 착하게 살았어야지."

"내가 얼마나 착하게 살았는데. 기억 안 나? 토성에서 내가 어?"

"개뿔."

들리는 목소리는 나이대가 조금 어린 편이었다. 실제로 모습을 드러낸 이들은 20대 초반으로 보이는 앳된 얼굴을 하고 있었다.

"그때 네가 개빡쳐서 저지른 짓 때문에 죽은 사람만 수십

인데. 착해? 누가?"

"인마 그건 씨…… 그것들이 감히."

"아서라. 우리가 여기에 있다는 자체가 착한 걸 부정하는 꼴이니까."

남자는 쓰게 웃으며 말을 이었다.

"우린 전부 데칼 님의 눈에 든 거야. 그 사이코패스 새끼한테 잘 보일 정도라면 어느 정도겠냐?"

"……꼭 그렇게 전부 말했어야 속이 후련하냐?"

"뭘. 사실인데."

그는 고개를 절레절레 저으며 말했다.

"그냥 포기해. 너도 데칼 님과 함께 움직여야 한다는 걸 알면서도 친위대에 지원서를 낸 거잖아."

"그야 혹시 모르니까."

"혹시는 개뿔."

강서준은 놈들이 멀리 있는 복도 끝에 있는 계단으로 갈 때까지 숨을 죽이며 기다렸다.

아득하게 녀석들의 소리가 들렸다.

"그나저나 선발대 놈들은 꿀 빨고 있겠지? 아, 나도 현장 나가고 싶다아!"

그렇게 녀석들의 인기척이 완전히 사라지고 나서야 일행은 다시 복도로 나올 수 있었다.

송명은 식은땀을 닦아 내며 말했다.

"저 사람들, 데칼 황자의 친위대입니다."

"그 말은……."

"네. 아무래도 데칼 황자도 이 건물에 있는 것 같아요."

데칼 리카온.

올 리카온의 사생아였지만, 그 전투 실력이 '전신(戰神)'이라 불릴 정도로 대단하여 어느덧 리카온 제국의 최고사령관 자리에 앉은 자.

송명은 입술을 꽉 깨물었다.

"그가 아무리 팔이 잘려 나갔다 해도 강한 건 여전해요. 정말…… 위험한 사람입니다."

강서준은 의외의 사실에 고개를 갸웃했다.

"팔이 잘렸다고요?"

"네. 어떤 연유로 그리된지는 모르지만 데칼 황자는 현재 외팔입니다."

"호오……."

강서준은 일전에 '필사의 참격'으로 데칼의 팔을 잘랐던 때를 떠올렸다.

'팔을 회복시켰을 줄 알았는데…….'

그가 날렸던 참격은 '드림 사이드 2'인 지구에서 날린 공격이다.

아마도 플레이어의 입장에서 진입했던 데칼은 그 공격에 팔에 상처를 입는들…… 실제 몸에 아무런 대미지도 생기지 않아야 했다.

이번에 부산에서 쓰러트렸던 리카온 제국인들이 죽음과 동시에 그들의 세계로 송환된 것처럼.

그런데 아직도 외팔이라면……?

'역시 차원 너머로 공격이 닿는 거구나.'

모르긴 몰라도 강서준의 공격은 차원 너머에 있는 데칼의 팔에 닿았다. 결국 '게임'이 아닌, '현실'에서 당한 공격인 것이다.

그래서 본체에 영향을 준 것.

'잠깐…… 그렇다면.'

한 가지 잊고 있던 사실을 깨닫는다. 어째서 이제야 떠올렸을까 싶을 정도로 황당한 진실.

'이곳은 0116 채널. 아직 게임이 되지 않은 세계야.'

즉 이곳에서라면 리카온 제국인이라 한들 지구인과 별반 다를 게 없다.

'목숨이 하나야.'

이젠 놈들은 죽어도 부활할 수 없다는 것이다. 그리고 앞서 걸어가던 송명이 발을 멈춰 섰다.

"이곳입니다. 여기가 관제 타워의 서버실이에요."

거두절미하고 안쪽으로 진입하니 수많은 기계가 일렬로 나열되어 있었다. 한창 가동 중인 공간이라 열기도 상당했다.

첩보 영화에서나 볼 법한 장면이다.

"이게 메인 프레임 서버입니다. 아마 해킹을 시도해 본다면 이걸……."

하지만 그때였다.

"아냐. 그게 정답이 아니야."

강서준은 대뜸 송명의 말을 잘라 먹고 모습을 드러낸 '이루리'를 볼 수 있었다.

그녀는 서버실을 쭉 둘러보더니 말했다.

"여긴 진짜 서버실이 아니야."

"뭐?"

"잘 봐."

이루리가 서버실 벽면 한쪽을 꾹 누르자 돌연 그곳에서 패널이 튀어나왔다.

거침없이 패널을 조작하길 잠깐.

"진짜는 여기야."

곧 벽면이 열리고 있었다.

아무것도 없던 벽면에 새로 뚫린 비밀 통로!

한 치 앞도 안 보이는 어두운 공간을 바라보며 송명이 황망한 눈을 했다.

"어떻게 여기에 이런 공간이……?"

그가 놀라는 이유는 단순했다.

이 벽 너머는 본래 아무것도 없어야 하는 곳이니까.

서버실의 안전을 위해 단단한 미스릴 합금 소재로 내벽을 가득 채웠다고 설계 도면에 나와 있던 것이다.

한데 생뚱맞게도 어두운 통로가 나왔다. 설계 도면을 모조리 외우고 있는 송명의 입장에선 터무니없을 뿐이었다.

강서준은 어깨를 으쓱이며 물었다.

"여긴 어떻게 찾았어?"

"……비슷한 곳에 와 본 적이 있어."

이루리는 그렇게 말하며 패널을 다시 조작했다. 활짝 열린 문 너머로 조명도 켜졌다.

긴 통로 끝에는 문이 하나 있었다.

이루리가 말했다.

"아마 여기가 진짜 서버실일 거야. 차원 게이트 터미널은 이곳에서 관리되고 있어."

강서준은 고개를 주억거리며 통로 너머에 있는 방을 바라봤다.

솔직히 이상하긴 했다.

제아무리 리카온 제국이 차원 게이트 터미널을 만드는 데 일조했다고 해도 정말 그들이 차원 이동을 조정할 수 있을 리가 없다고 생각했으니까.

'같은 세계에서의 공간 이동'과 '다른 세계로의 차원 이동'은 그 규모나 형식부터 차이가 난다.

막말로 차원 이동은 시스템이 간섭하지 않고서야 어디 가능한 일일까.

'그걸 일개 인간의 손으로 관리하도록 꺼내 놨다는 게 말이나 되냐고.'

시스템에 간섭하는 건 오직 채널 관리자의 권한.

리카온 제국인들은 차원 게이트 터미널을 '이용'할 뿐이지, '관리'하는 입장이 아니다.

그리고 새삼스럽지만 이러한 추론은 한 가지 결론으로 이어진다.

'여긴 채널 관리자의 공간인 거야.'

차원 게이트 터미널이 만들어질 때 그가 관여했다고도 했으니 아마 합리적인 추측일 것이다.

"누가 오기 전에 얼른 들어가죠."

이루리에 대해서 잘 알고 있는 김훈이나 최하나는 별 의심 없이 통로로 발을 디뎠다. 강서준도 뒤따라 안으로 들어가려니 송명이 그의 소맷자락을 먼저 움켜쥐었다.

"잠깐만요! 대체 이게 어떻게 된 일인지…… 그러니까 저 사람은 누구고, 어디서 튀어나온 거죠?"

송명의 시선에 서슴없이 비밀 통로로 걸어 들어가는 이루리가 있었다. 그녀는 뭔가 골똘히 생각하느라 송명의 말이 들리지 않는 듯했다.

강서준은 어깨를 으쓱이며 송명의 질문에 답해 주기로 했다.

이루리가 누구냐고?

"해커요."

그것도 드림 사이드 역사상 '시스템 자체를 해킹했던 전무후무한 천재 해커'일 것이다.

⬦⬦⬦

사실 '도깨비의 비사'를 확인한 지 얼마 안 됐을 때, 이루리는 기억의 일부를 되찾았을 수 있었다.

그리고 그녀가 과거에 무슨 짓을 벌였는지도 알아낼 수 있었다.

'시스템을 해킹했다고 했지.'

솔직히 믿기 어려운 얘기였지만 '진실의 성물'인 그녀가 거짓말을 할 리 만무했다.

또한 굳이 할 이유도 없었다.

결국 이루리는 과거의 언젠가 시스템을 해킹하는 데 성공했고, 그 때문에 버그로 분류되어 소멸될 위기까지 겪었던 것이다.

'정말 터무니없다니까.'

강서준은 상념을 접으며 비밀 통로를 가로질렀다. 송명까지 들어오고 나니 열렸던 문이 닫히고 퇴로가 사라졌다. 정확히는 '문의 흔적' 자체가 없어진 것이다.

식은땀을 흘리던 송명이 물었다.

"여긴 대체……."

그리고 머지않아 통로의 끝자락에 있는 어느 방에 도달할 수 있었다.

단순히 '서버실'인 줄 알았는데, 내부는 의외로 누군가가 있던 흔적이 다분히 보였다.

다만 인기척만 없었다.

가만히 구동되는 컴퓨터는 단 한 대.

이루리는 거대한 모니터 앞에 자리를 잡고 앉았다.

"적합자. 이것 좀 봐."

그녀가 능숙하게 컴퓨터를 조작하자 모니터에 일련의 영상이 나타났다. 차원 게이트 터미널에 존재하는 수많은 플레이어를 어떤 시점에서든 볼 수 있는 '허공의 CCTV'였다.

"허어……."

송명의 탄식을 뒤로하고, 강서준은 모니터 영상 중 익숙한 외관의 외팔이 한 명을 발견했다.

"데칼."

그의 앞으로는 수많은 병사가 도열해 있었다. 각 행성의 강자들을 모아서 꾸린 리카온 제국의 본대.

선두에 선 몇몇을 보며 강서준이 침음을 삼켰다.

"강하군요."

"네. 규격이 달라요."

이곳에 오기 전에 '데칼의 직속 기사'란 녀석들을 보고 적 잖이 안심했었던 과거를 반성한다.

아무래도 그들은 말단인 모양이다.

당장 데칼의 앞에 도열한 열댓 명의 기사를 확인하며 강서 준은 입술을 잘근 깨물었다.

[스킬, '류안(S)'을 발동합니다.]

확신할 수 있었다.

'저들이 이 세계의 천외천이군.'

특히 연신 말을 잇고 있는 데칼은 지난번보다 훨씬 강해 보였다.

'둘 중 하나겠지.'

지난 한 달간 데칼도 수련을 통해 거듭 강해졌거나, 지난 번에 마주쳤을 때부터 전력이 아니었던 거다.

강서준은 후자에 무게를 뒀다.

만약 지난번과 같은 수준의 실력이었다면 이쪽 세계의 우 주 정복은 아무래도 무리였을 테니까.

"혹시 저쪽 소리도 들을 수 있을까?"

"흐음…… 잠시만."

이루리가 패널을 다시 조작했다. 영상은 하나로 고정하고 볼륨도 조금씩 올렸다. 곧 데칼의 목소리가 스피커를 통해 들려왔다.

─……구로 넘어가면 우린 먼저 포탈 던전부터 점령할 것이다. 그곳엔 지구의 수많은 플레이어가 모여 있다. 아마 '케이'도 있을 것이다.

강서준은 미간을 구겼다.

포탈 던전이라고?

녀석들이 노림수가 너무 빤하게 보여 불쾌할 정도였다.

'대놓고 지구를 정복하려 하는구나.'

포탈 던전은 지구 전역으로 포탈이 열리는 편의성 끝판왕 던전.

만약 그곳이 리카온 제국의 손에 넘어간다면 지구는 도처에서 쏟아지는 제국군을 맞이하게 된다.

리카온 제국군이 나타나질 못하는 서울이나, 한 차례 막아 낸 전적이 있는 부산도 그 여파에서 안전할 수는 없겠지.

광명동굴을 통해 대단위 군사가 진입한다면 별수 없이 전면전을 벌여야 한다.

─두려울 것 없다. 케이는 내 손으로 죽일 것이니!

호기롭게 외치는 데칼의 말에 병사들은 우레와 같은 함성을 터뜨렸다. 벌써 승리를 장담하고 있었다.

강서준은 쓰게 웃으며 말했다.

"빨리 움직여야겠어. 저 녀석들 뜻대로 되도록 놔둘 순 없어."

이루리는 본격적으로 CMD 창을 화면에 띄워 키보드를

두드리기 시작했다. 수많은 수식어가 빠르게 올라갔고 모니터에 나오던 화면도 다채롭게 변화했다.

단순히 영상을 보는 게 아니라 컴퓨터를 제어해서 이곳을 관리하려면 최소한의 해킹이 필요했기 때문이다.

즉 그녀는 지금 관리자의 컴퓨터 자체를 해킹하고 있었다.

이루리는 눈살을 찌푸리며 말했다.

"……이거 시스템까진 안 닿겠는데? 연결이 된 곳은 오직 차원 게이트 터미널 하나야."

'혹시나' 했지만 '역시나'였다.

여긴 '차원 게이트 터미널'에 개입하도록 만든 장소.

그 이상은 아예 연결된 통로조차 없었다. 이루리는 아쉬움에 입맛을 다시며 말했다.

"억지로라도 통로를 만들 수는 있겠지만…… 섣불리 접근했다간 역풍만 맞을 거야."

역풍이 무엇인지는 누구보다 잘 알고 있었다. 이루리는 이미 역풍을 맞아 본 적이 있질 않은가.

'기억을 잃고 아이템이 됐지.'

아니, 그조차 당시의 관리자가 개입한 결과였다.

만약 관리자가 개입하질 않았다면 어떻게 됐을까.

물어보나 마나 빤했다.

'소멸됐겠지.'

시스템은 버그를 용납하지 않을 것이며, 어떤 방식으로든 버그를 지우려 할 것이다.

심하면 공간 자체를 리셋시켜 버리는 게 시스템의 극단적인 대처 방식이었으니까.

강서준은 짧게 한숨을 내쉬었다.

"괜찮아. 우린 목적만 달성하면 돼."

"응. 그건 가능해. 이 방은 오직 차원 게이트 터미널을 편하게 운영하려고 만든 공간이니까."

이루리의 해킹은 순조로웠다.

CMD 창엔 알 수 없는 단어가 입력될 때마다 방화벽은 순식간에 무너졌고, 게이트 터미널의 제어권은 점차 그녀의 손아귀로 들어오고 있었다.

송명이 헛웃음을 지었다.

"정말 굉장하군요. 과연…… 진짜 메인 프레임 서버가 이곳에 있으니 제 해킹은 통하지 않았던 거였어요."

그러더니 혼자 무어라 중얼거리던 그는 돌연 박수까지 치며 깜짝 놀라 외쳤다.

"이걸 그리 쉽게 푼다고? 허어…… 그게 가능한 거였나?"

바둑의 기보는 문외한이 보기엔 그다지 대단해 보이질 않는다.

하지만 아는 사람이 보기엔 그 안엔 수많은 묘리가 담겼고, 대단히 심오한 전략이 숨어 있다.

해킹에 있어서 일가견이 있는 송명은 그런 의미에서 이루리의 해킹을 누구보다 잘 이해하고 있었다.

그래서 감탄은 끊이질 않았다.

"나이도 어려 보이는데…… 정말 대단하군요."

과연 이루리의 나이가 이곳에 있는 자들의 나이를 전부 합해도 많다는 걸 알면 어떻게 생각하려나.

그렇게 상념을 잇는 사이 돌연 차원 게이트 터미널이 크게 흔들리기 시작했다.

쿠우우웅!

바깥에서 생겨난 폭발이다.

이루리가 빠르게 모니터에 영상을 띄웠다.

송명이 중얼거렸다.

"……황자님이 위험해요."

근방에 숨어 있던 화성 게이트 터미널이 기어코 걸리고 만 것이다.

아마도 가까운 우주엔 일천에 다다른 군사가 숨을 죽이고 숨었을 테지만, 섣불리 화성 게이트 터미널을 구하려고 움직이진 않았다.

송명은 이유를 알았다.

"대응하면 전면전이라는 걸 아는 겁니다. 도망치는 수밖에 없어요."

그리고 강서준을 향해 재촉하듯 말했다.

"오래 버티지 못할 겁니다. 조금이라도 더 빨리 일을 마무리 지어야 해요!"

한편 이루리가 명쾌하게 키보드를 두드리더니 말했다.

"안 그래도……."

마지막으로 엔터를 내리치는 그녀의 작은 손. 갑자기 송명의 눈앞으로 복잡한 모양을 한 기계가 나타났다.

"방금 콘솔에 접근했어."

차원 게이트 터미널의 각 구역을 관리하는 콘솔.

이루리는 이를 증명이라도 하듯 콘솔을 조작해서 차원 게이트 터미널의 포대의 조준점을 모조리 비틀었다.

몇몇 개는 자폭을 했고, 또 몇몇 개는 애꿎은 허공을 휘저었다.

그녀는 송명에게 콘솔을 건네며 말했다.

"조작은 당신에게 맡길게."

"……그래도 됩니까?"

"설계도를 외우고 있다며? 나보다 당신이 더 유용하게 쓸수 있을 거야."

나지막이 고개를 끄덕인 송명은 빠르게 콘솔 조작에 들어섰다. 화성 게이트 터미널의 습격을 위해 바쁘게 움직이던 병사들의 앞으로 방화벽이 내려가고 있었다.

각 우주선의 잠금이 체결됐고, 일부러 기름을 유실시키기도 했다.

하지만 곧 서버실로 접근하는 일련의 무리도 발견할 수 있었다.

송명이 불안한 듯 중얼거렸다.

"설마 여기로 들어오진 않겠죠?"

여긴 비밀 통로를 통해서만 접근할 수 있는 관리자의 숨겨진 방이다.

평소라면 적들이 여길 발견할 일은 없을 것이다.

하지만 강서준은 고개를 가로저었다.

"들어올 겁니다."

"네?"

"여길 아는 녀석이 있을 테니까."

강서준은 이루리가 모니터에 띄운 영상을 확인했다.

서버실로 빠르게 접근하는 일련의 부대원들.

어쩌면 저들 중 '관리자'가 숨어 있는지도 모른다. 아이크를 생각해 보면 외관만 봐선 관리자를 구분할 수 없으니까.

강서준은 한숨을 삼키며 말했다.

"……이루리. 얼마나 걸리겠어?"

"음. 적합자가 어떻게 하느냐에 따라 다를 거야."

강서준은 이루리가 한 말의 의미를 깨닫고 차분하게 무기를 꺼내 쥐었다. 싸우지 않고 빠져나가려 했지만 결국 전투는 피할 수 없는 듯했다.

'좋아. 관리자라고 무적은 아니겠지.'

비록 섭종 이후의 일이라고는 해도 '아이크'도 NPC에게 붙잡혀 고문을 받은 전적이 있다.

관리자에겐 플레이어에게 해를 끼칠 수 없는 어떤 제약이 걸려 있는지도 모른다.

"이루리. 가능한 한 빨리 끝내야 해. 시간은 최대한 끌어 볼 테니까."

그렇게 보무도 당당하게 밖으로 나가려는 찰나.

이루리가 고개를 갸웃하며 물었다.

"무슨 소리야? 적합자가 저길 왜 가?"

"응?"

"해킹은 거의 다 끝났어. 마지막 방화벽만 뚫으면 되는데…… 이거 영 풀리질 않거든. 일반적인 방법으로는 풀 수 없어."

이루리가 다루던 화면엔 커서만 깜빡이고 있었다.

여태껏 그 어떤 패스워드조차 해킹으로 뚫던 그녀는 이번엔 무리라고 말하고 있었다.

마지막이라 난이도가 더 어려운 걸까.

이루리는 단정 지으며 말했다.

"못해도 이틀은 걸려."

"……그렇게까지 시간은 못 끌어."

"그러니 하는 말이야."

이루리는 강서준과 시선을 똑바로 마주했다.

"내 기억을 읽어 줘야겠어."

그 내용은 생각보다 훨씬 터무니없었다.

"내 무의식에 이 방화벽마저 뚫을 수 있는 공식이 숨어 있을 거야. 그걸 찾아내야 해."

이루리의 무의식

진실의 성물 이루리.

사실 그녀에 대해서 아는 건 많지 않았다.

그녀는 달 던전, 일명 '재앙의 유성'의 메인이 되는 NPC이자 가장 핵심이 되는 아이템이었다.

또한 도깨비의 장비로 분류되며, 시스템을 해킹하다 관리자에게 발각되어 아이템이 되었다는 과거까지 갖고 있었다.

강서준은 미간을 좁혔다.

'한마디로 미스터리란 거지.'

과연 그녀는 어쩌다 시스템을 해킹하게 된 걸까.

관리자가 굳이 그녀를 아이템으로 만든 이유는 무엇이고, 무슨 일을 겪었기에 '재앙의 유성'에 귀속되어 있었을까.

사실 강서준은 그 답을 찾을 방법을 알고 있었다.

'이루리의 무의식을 들여다보면 돼. 거기에 답이 있을 테니까.'

하지만 강서준은 섣불리 찾아볼 시도를 하진 못했다.

[스킬, '위기 감지(A)'를 발동합니다.]

무심코 그녀의 무의식을 확인하려 할 때마다 여지없이 떠오르는 메시지가 있었으니까.

이루리는 고개를 주억거리며 말했다.

"위험하다는 거 알아. 하지만 이것 말고는 방법이 없어서 그래."

"……정말 무의식을 확인해 보면 해킹을 마무리할 수 있는 거지?"

"응. 확실해."

"하아…… 그렇단 말이지."

강서준은 한숨을 내쉬며 생각을 정리하기로 했다.

어쨌든 이루리는 거짓말을 하지 않았을 것이다.

진실의 성물인 그녀가 느닷없이 허튼 소리를 할 이유가 없었다.

'게다가 상황이 바뀌었어.'

[스킬, '위기 감지(A)'를 발동합니다.]

터무니없지만 이놈의 위기 감지는 두 개의 선택지를 두고 동시에 발동하고 있었다.

'무의식을 들여다봐도 문제고, 확인하지 않아도 문제란 거냐.'

당장 그에게 주어진 선택지는 '두 개'였고, 그 전부가 파멸로 이어질지도 모른다는 뜻이다.

강서준은 결정을 내려야 했다.

'불행 중 선택하라면 덜 나쁜 쪽을 골라야겠지.'

가만히 앉아서 당하느니 뭐라도 하고 당하는 게 낫다.

강서준은 이루리의 무의식 속으로 들어가기로 마음먹었다.

그리고 선택했다면 망설일 필요가 없다.

"최하나 씨와 김훈 씨가 조금 수고해 주셔야겠어요. 최대한 시간을 끌어 주셔야 해요."

최하나는 총열을 확인하는 것으로 대답을 대신했다. 김훈도 비장한 얼굴로 고개를 끄덕이며 서버실 인근으로 다가오는 무리를 확인했다.

송명은 콘솔을 빠르게 조작했다.

"무인 로봇이 있어요. 이걸 이용하면 혼란을 유도할 수 있을 겁니다."

"부탁드립니다."

강서준은 일행을 모두 일별한 뒤 이루리에게 시선을 던졌다.

그녀는 다소 초연한 얼굴이었다.

아마 강서준이 그녀의 무의식으로 들어가고, 그 내부를 보게 된다면 그녀도 자신의 기억을 들춰 보게 될 것이다.

어쩌면 시스템이 봉인했던 기억도 일부 확인하게 될지도 모르는 일이다.

"준비됐어?"

이루리는 어깨를 으쓱이며 말했다.

"내 무의식에서 사고나 치지 말라고. 이래봬도 나 섬세한 편이야."

먹을 것엔 늘 진심인 그래고리보다 더 집착이 강한 주제에……

라는 생각이 턱끝까지 밀려왔지만 사나운 이루리의 눈초리를 느끼고 생각을 삼켰다.

어쨌든 강서준은 스킬을 발동시켰다.

[스킬, '인 투 더 드림(E)'을 발동합니다.]
[주의! '드림 키퍼'를 조심하십시오.]

강력한 흡입력과 함께 잠시 눈을 감았던 강서준은, 어느덧 새카만 어둠을 앞두고 있었다.

멀리 태양에 반사되어 별들이 번쩍이는 '우주'였다.

"제대로 들어온 거 맞지?"

0116 채널에서 한참 우주를 넘나들어 익숙한 장면이었다. 무의식으로 들어왔는데도 풍경은 여전한 것이다.

-맞을걸. 옆에 봐.

이루리의 말마따나 시선을 돌리니 푸른빛이 우거진 커다란 행성이 보였다.

지구.

그가 알기로는 차원 게이트 터미널의 근처엔 지구 같은 행성은 없었다.

"여기…… 달이야?"

정확히는 달의 근처를 공전하는 인공위성이었다.

강서준은 가까이 보이는 달을 확인하며 미간을 좁혔다.

혹시 이루리가 '재앙의 유성'의 NPC가 된 연유가 이곳에 있지 않을까?

이루리는 어깨를 으쓱했다.

-글쎄. 답을 알아낼 수 있는 가장 강렬한 표면기억이 이거라…… 던전과 관련됐는지는 모르겠네.

"표면기억?"

-지난번에 부산에서 고유진의 꿈속으로 들어갔던 때 생각나?

"응."

-그때 섬네일과 함께 있던 영상들이 바로 표면기억이야.

인간의 기억은 크게 두 개로 나눈다.

강렬하게 기록되어 언제든 회상할 수 있는 '표면기억'과 무의식에 완전히 파묻혀 다시 떠올리기조차 버거운 '수면기억'.

이루리의 말대로라면 이곳은 그녀가 '해킹 공식'을 찾을 수 있는 유일한 표면기억이었다.

"근데 조금 다르네. 난 네 기억을 더 자세하게 살펴볼 수 있을 줄 알았는데."

분명 '인 투 더 드림'의 등급이 성장해서 기억을 선택할 수 있지 않았던가.

너튜브의 형태든, 블로그의 형태든, 서재의 형태든…… 뭐든 선택창이 나올 줄 알았다.

이루리는 혀를 차며 말했다.

-숙녀의 기억을 멋대로 들춰 보려는 건 실례야.

"……하지만 내 스킬이잖아."

-내 꿈이야.

문득 강서준은 옆에서 형상을 드러낸 이루리를 볼 수 있었다. 그리고 그녀의 모습을 살펴보던 강서준은 새삼스럽게도 그녀의 정체를 파악할 수 있었다.

강서준은 헛웃음을 지었다.

"네가 드림 키퍼야?"

ㅡ나보다 뛰어난 사람은 세상에 없으니까.

자아상이 지금의 얼굴을 고스란히 빼다 박았다. 이 얼마나 대단한 자존감이란 말인가.

하지만 부정할 수도 없었다.

그녀는 시스템마저 해킹해 버린 천재였으니까.

"……됐다. 네가 드림 키퍼면 더 잘된 일이지."

그리고 어째서 기억을 선택할 수 없었는지도 알 수 있었다.

'꿈은 어디까지나 당사자의 영역. 무의식을 조종하는 건 오직 드림 키퍼의 능력이니까.'

드림 키퍼인 그녀가 개입했더라면 당연한 결과였다. 고유진의 꿈속에서도 드림 키퍼의 개입으로 기억 영상에서 튕겨 나오질 않았던가.

'그땐 제발 멈춰 달라고 호소하긴 했지만…….'

영혼이 묶여 있는 이루리는 강서준의 영혼 등급으로 인한 문제는 발생하지 않았다.

애초에 수백 년을 살았을지도 모를 그녀의 무의식이 강서준에게 쉽게 밀리진 않으리라.

"얼른 방법부터 찾아보자."

－흐음…… 그게 말처럼 쉽진 않아.

"응?"

－내 기억은 시스템에 의해 봉인되어 있어.

이루리는 미간을 구기며 말했다.

－이렇게 '자각몽'을 꾸니 더욱 선명하게 느껴져. 내 몸속에 뭔가가 더 있어.

강서준에게 이루리로부터 전해져 오는 공포의 감각을 고스란히 느낄 수 있었다.

과연 그녀를 꿈속에서조차 이토록 떨게 하는 존재가 무엇일까.

모르긴 몰라도 그것이 '위기 감지'를 발동시킨 원인일 것이다.

강서준은 호흡을 가다듬으며 말했다.

"일단 가 보자. 확인해 보질 않으면 알 수 있는 건 아무것도 없어."

강서준은 펼쳐진 복도를 따라 쭉 걸음을 옮겼다. 일단 인공위성 내부는 도서관처럼 고요하기만 했다.

－적합자, 잠깐만…….

그녀의 말이 끝나기 무섭게 문이 열리면서 '이루리'가 다급한 얼굴로 달려 나왔다.

어깨에 닿는 중단발, 너저분한 옷차림 속에서도 빛이 나는 외모.

이루리는 성인의 모습을 하고 있었다.

'과거의 모습이구나.'

그녀는 무언가에 쫓기고 있었다.

"진짜…… 미치겠네?"

바로 패널을 조작해서 문을 닫았지만 그보다 빨리 복도로 쫓아온 녀석이 있었다.

강서준은 그녀의 뒤를 쫓던 거무튀튀한 몬스터를 눈여겨 봤다.

'재앙의 몬스터잖아?'

일견 쉐도우와 비슷한 모습이었지만 심연으로 빨아들이 는 저 눈빛은 두말할 것도 없이 S급 몬스터인 '재앙의 몬스 터'였다.

또한 크기가 성체 정도로 보였으니 레벨도 S급의 중견 정 도는 될 법했다.

이루리는 신경질적으로 패널을 조작했다.

"그만 좀 쫓아오라고!"

그녀의 일갈과 함께 공중에 떠오른 키보드. 이루리는 신들 린 타자 실력을 선보이더니 말끔하게 엔터를 누르는 것으로 퍼포먼스를 종료했다.

결과는 놀라웠다.

그웨에에에엑!

달려들던 재앙의 몬스터인 '재앙의 병사'가 괴성을 지르며 푸른 불꽃과 함께 소멸한 것이다.

강서준은 새삼스러운 눈으로 이루리를 살폈다.

'너…… 레벨이 몇이었어?'

ㅡ몰라. 기억 안 나.

'흐으으음……'

솔직히 놀라울 따름이었다.

재앙의 병사는 S급 던전 '재앙의 탑'에서도 중층에 거주하는 개체.

대단히 강하진 못해도 레벨만 무려 400을 가뿐히 넘는 몬스터였다.

조잡한 생김새였지만 일전에 만난 마왕 쥬톤조차 녀석에 겐 한 주먹거리도 안 된다.

옆에서 드림 키퍼인 이루리가 작은 목소리로 첨언했다.

ㅡ레벨이 높아서 쓰러트린 건 아닐 거야. 저건 그냥…… 해킹한 것 같은데?

'해킹?'

ㅡ몬스터도 결국 시스템에 귀속된 존재니까. 시스템을 일부라도 해킹할 수 있으면 못 할 것도 없지.

'터무니없는 소리를 쉽게도 하네.'

어쨌든 강서준은 초상비를 발동하며 '과거의 이루리'를 은밀하게 쫓았다.

특별히 드림 키퍼의 권능으로 인기척을 지웠기에 들킬 염려는 없었다.

이후 도착한 곳은 잔뜩 어지럽혀진 어느 방이었다.

'관리자의 방?'

도깨비의 비사에서 봤던 '관리자의 방'과 똑같이 생긴 공간이었다.

강서준은 주변을 둘러보다 새로운 사실을 알 수 있었다.

'……여기 관리자의 방이 아니었구나.'

말하자면 이곳은 인공위성에서 이루리가 몸을 숨기고 지내는 장소였다. 그녀는 이 방을 거점으로 삼아 먹고 자길 반복하는 듯했다.

"후우…… 방을 나설 때마다 목숨을 걸어야 한다니. 정말 못 할 짓이야."

약간 신경질적으로 소리를 낸 그녀는 패널을 조작했다. 곧 미증유의 흐름이 방을 뒤덮어 굳건한 벽처럼 주변을 감싸기 시작했다.

―방화벽을 치는 거야. 몬스터가 접근하지 못하도록.

'안전거점을 임의로 설정한다고?'

―뭘 놀래. 나잖아.

'……어련하시겠어.'

이루리는 한결 여유로운 태도로 도넛을 입에 물고 커피까지 내렸다.

일전에 들어 본 적이 있는 '정체불명의 노래'까지 재생한 그녀는 한껏 음을 흥얼거리며 키보드를 두드렸다.

"뭐 됐어. 이 고생도 오늘로 끝이다."

혼자 중얼거리며 모니터에 띄운 건 CMD 창이었다.

가만히 보고 있던 이루리가 작게 중얼거렸다.

─이날이구나.

'응?'

─이때 시스템을 해킹했어.

과연…….

확실히 시스템을 해킹한 날의 기억이라면 충분히 차원 게이트 터미널을 해킹하는 공식쯤은 찾아낼 수 있을 것이다.

이루리는 슬금슬금 움직여 방 안을 둘러봤다. 과거의 그녀가 CMD 창에 빠르게 무언가를 입력하는 동안 두 사람은 해킹 공식을 찾아 방 안을 헤맸다.

쿠우우우웅!

그때였다.

멀지 않은 곳에서 커다란 울림이 생겨났다. 그리고 엄청난 마력의 흐름이 그쪽에서부터 파생됐다.

'뭐지?'

의문도 잠시였다.

마침 해킹이 마무리됐는지 키보드를 두드리던 과거의 이루리가 쾌재를 부르며 자리에서 일어났다.

결국 해킹을 성공한 모양이다.

─……과연 이런 단순한 방법이었나.

옆에 선 이루리의 중얼거림을 들으며 소기의 목적도 달성했다는 걸 알 수 있었다.

그리고 그즈음.

'……온다.'

무언가가 빠르게 이쪽으로 쇄도하고 있었다.

[스킬, '위기 감지(A)'를 발동합니다.]

강서준은 저도 모르게 재앙의 유성검을 꺼내 쥘 정도로 엄청난 살기를 느꼈다.

이곳으로 치닫는 무언가는 방화벽조차 소용이 없었다. 어두운 무언가가 스멀스멀 스며들어왔다.

'재앙의 몬스터가 아니야.'

아니, 그전에 몬스터라고 볼 수 있을까? 서서히 모습을 드러낸 존재는 황당하게도 '인간'이었다.

턱수염이 너저분하게 자랐고 헝클어진 머리칼을 한 남자. 안경을 고쳐 쓴 그는 하얀 가운을 펄럭이며 '과거의 이루리'의 뒤에 섰다.

그녀는 전혀 눈치채질 못하고 있었다.

"결국 저질러 버렸군."

말없이 중얼거린 남자가 이루리의 어깨에 손을 얹으니,

마치 실이 끊어진 것처럼 그녀는 의식을 잃고 앞으로 널브러졌다.

그녀의 앞엔 모니터가 껌뻑이며 지구 곳곳에서 한창 전투를 펼치는 플레이어를 비추고 있었다.

'도깨비의 비사'에서 봤었던 장면이 그제야 이해됐다.

"흐음?"

이루리를 고꾸라트린 남자는 잠시 고개를 갸웃하더니 나지막이 중얼거렸다.

"뭔가가 더 있군."

그러더니 시선이 강서준이 선 자리에 꽂히는 게 아닌가?

남자가 미간을 구기며 입을 열었다.

그 눈빛에 강렬한 살기가 담겼다.

"너는…… 흐음?"

그 순간 강서준은 엄청난 충격을 받고 뒤로 튕겨 나갔다. 남자의 얼굴이나 행동을 지켜볼 여유는 없었다.

단 일격에, 의식이 흩어졌다가 재조립되는 기분이었다.

머릿속으로 낯설지만 익숙한 목소리가 울린 건 그때였다.

그리고 목소리의 주인은 눈앞의 남자가 아니었다.

「넌 아직 감당할 준비가 되질 않았어. 돌아가.」

['알 수 없는 힘'에 의해, 스킬 '인 투 더 드림(E)'이 해제되었습니다.]

[……]

[……]

[……]

[시스템이 당신을 예의주시합니다.]

데칼

강서준은 전신을 휘감은 전류에 몸을 부르르 떨었다. 별안간 눈을 떴을 때는 현실로 돌아와 있었다.

'대체 무슨 일이 벌어진 거지?'

눈을 몇 번 깜빡여 보니 '차원 게이트 터미널'의 서버실 풍경이 선명하게 보였다.

송명은 한창 분주하게 콘솔을 조작하고 있었고, CCTV의 영상 속에서의 최하나는 김훈과 함께 전투를 잇고 있었다.

강서준은 길게 호흡을 내뱉으며 복잡한 머릿속을 정리해 보기로 했다.

'그놈은 뭐였지?'

이루리의 무의식엔 무지막지한 기운을 쏟아 내며 등장한

정체불명의 남자가 있었다.

여기서 확실한 건 그놈은 분명 '투명화'로 모습을 감추고 있던 강서준과 이루리를 발견했다는 사실이었다.

'무의식에서 드림 키퍼의 권능을 무시한다고?'

이는 단 하나의 결론으로 이어진다.

'무의식에 속한 존재가 드림 키퍼를 무시할 수 있을 리가 없어. 즉 녀석은 이루리의 무의식이 아닌 거야.'

그리고 그녀의 무의식에 영향을 줄 수 있는 외지인이 누군지는 빤했다.

'아마도 시스템.'

이루리의 기억을 봉인하고 있는 시스템은 그녀의 무의식에 개입할 여지가 충분했다.

애초에 그녀가 어쩌다 현재에 이르렀던가.

전부 시스템을 해킹한 대가였다.

'게다가 마지막 메시지가……'

솔직히 인정하긴 싫지만 로그 기록에 버젓이 그 증거가 나와 있었다.

[시스템이 당신을 예의주시합니다.]

높은 확률로 너저분한 머리 꼴에 안경을 쓴 백의의 남자가 '시스템'이라는 걸 증명하고 있었다.

설마 시스템이 인간의 형태를 하고 있을 줄은 상상도 못했지만……

'혹은 관리자일지도 몰라.'

두 번째 용의자.

이루리를 아이템으로 만든 관리자는 도깨비의 비사에서 봤듯, 그녀를 마지막으로 만난 존재였다.

가능성은 충분했다.

하지만 이내 강서준은 생각을 부정했다.

무의식에서 본 백의의 남자와 도깨비의 비사에서 확인한 관리자의 얼굴은 확연히 달랐으니까.

그보다 그에게 '알 수 없는 힘'을 발휘하여 스킬을 취소시킨 당사자가 '시스템'이 아닌, '관리자'라는 걸 알 수 있었다.

'그렇게 살기를 흘리던 놈이 친절하게 꿈에서 튕겨 내는 정도로 끝낼 리가 없어.'

강서준은 미간을 구기며 당시를 회상했다. 적어도 이루리의 무의식엔 둘 이상의 존재가 개입한 정황이었다.

'백의의 남자가 시스템, 모습을 드러내지 않고 날 튕겨 낸 존재가 관리자.'

상황은 명확해졌다.

그리고 한편으론 이런 생각도 들었다.

'결국 관리자가 날 구한 건가?'

자고로 시스템은 버그로 분류되는 존재를 서슴지 않고 지올 수 있다. 그리고 게임에서 치트를 쓰는 존재는 누구보다 버그라 불리기 쉬운 법.

'플레이어가 해킹 공식을 알아내려는 것부터 문제 될 소지는 많았어.'

아마 강서준이 그 이상으로 무의식에 남았더라면 어떻게 됐을까.

거기서 그를 튕겨 낸 건 그를 공격한 게 아니라, 되레 그를 구해 낸 것이다.

강서준은 이루리를 내려다보며 생각을 이어 나갔다.

'그렇다면 왜 날 구했을까.'

시스템이 지우려던 이루리를 아이템으로 만든 저의도, 또한 강서준을 시스템으로부터 구한 이유도 알 수 없었다.

대체 이름 모를 그 관리자는 무슨 목적으로 그러는 거지?

'……도깨비 장비를 더 모으면 진실에 닿을 수 있으려나.'

모르긴 몰라도 관리자가 그에게 마지막으로 건넨 메시지인, '아직 감당할 준비가 되질 않았다'는 말은 반대로 '감당할 준비만 된다면 그녀의 기억을 열람해도 된다'는 뜻이었다.

그리고 여태껏 도깨비 장비를 모은 과정으로 보아, 그 자격은 각인한 도깨비 장비가 관련되어 있다.

'도깨비 장비를 모을 이유가 하나 더 생겼군.'

한편 이루리는 그 난리가 벌어진 뒤에도 평소와 다를 게 없는 표정이었다.

과연 이 작은 아이 안엔 얼마나 거대한 비밀이 숨겨져 있는 걸까.

그렇게 강서준과 시선을 마주친 이루리가 나지막이 입을 열었다.

"근데 적합자. 대체 무슨 계획이야?"

"뭘?"

"적합자의 목적은 '해킹'으로 게이트의 동력을 빼돌리는 게 아니잖아."

강서준은 말없이 이루리와 송명을 돌아봤다. 그리고 CCTV 영상마저 살펴보고는 어깨를 으쓱했다.

그녀의 말마따나 강서준의 계획은 따로 있었다.

"기왕 저지를 거라면 화끈하게 해야지."

로그 기록에 걸린 시스템이 예의주시한다는 문장이 자꾸 머릿속에 아른거렸지만 강서준은 애써 밀어내기로 했다.

최하나는 호흡을 가다듬으며 복도 너머를 응시했다. 이쪽으로 다가오는 군인들이 곳곳에 은폐하고 있었다.

[장비 '마탄의 라이플'의 전용 스킬, '공간 이동탄'을 발동합니다.]

하지만 고작 벽이나 엄폐물 따위로 최하나의 저격을 피할
도리는 없었다. 그녀의 저격은 언제 어디서든 반드시 적중하
니까.

"저격수부터 처리해야 해!"

"젠장…… 도대체 어떻게 맞히는 거야?"

이어서 송명의 콘솔 조작은 적들을 혼란시키는 데 큰 역할
을 해냈다.

갑자기 방화벽이 내려와 부대가 둘로 나뉘곤 했으니까.

김훈이 적들의 허공에 나타난 건 그때였다.

"뭐, 뭐야?"

당황하면서도 김훈의 공격을 막는 군인이었지만 부지불식
간에 발사된 최하나의 저격까지 막아 내긴 무리였다.

또한 김훈은 휘두르던 단검을 상대편의 심장으로 공간 이
동시키는 기예까지 펼쳐보였다.

"커헉……!"

그리 넓지 않은 복도에서 공간 이동을 철저하게 활용하는
두 사람은 가히 무적이었다.

처음엔 숫자만 믿고 기세등등하게 밀고 들어오던 군인들
도 이젠 섣불리 얼굴을 내밀 수조차 없었다.

'좋아. 이대로만 버티자.'

최하나는 마탄을 예열시키며 복도를 겨냥했다. 짧은 순간
이지만 개미 한 마리조차 감히 움직일 수 없을 것이다.

벌써 10분은 이어진 대치 상태!

이대로 얼마나 이어질지는 몰라도 강서준이 목적을 달성하고 돌아올 때까지는 버텨야만 했다.

'오래 걸리진 않을 거야.'

하지만 그때 적진에서 막대한 마력이 터져 나왔다.

"최하나 씨……!"

김훈이 공간 이동으로 최하나에게 날아왔고, 두 사람은 빛처럼 빠르게 멀찍이 뒤로 물러났다.

곧 다시 모습을 드러낸 두 사람은 눈앞에 휑히 만들어진 거대한 공터에 헛웃음을 지었다.

"이게 뭔……."

"지구인이로군."

갑자기 들려온 목소리에 최하나는 총구를 앞으로 겨눴다. 복도의 벽을 모조리 부수고 근방을 넓은 공터로 만들어 버린 주범이 유유자적 걸음을 옮기고 있었다.

최하나는 미간을 좁혀 상대를 확인했다.

"……데칼."

"호오. 넌 천외천 클라크로구나."

리카온 제국의 최강이라 일컫는 존재. 또한 잠시지만 지구에서도 랭킹 1위를 차지했던 남자.

최하나는 저도 모르게 총구가 떨리고 있다는 걸 깨달았다.

'나도석도 데칼을 이기지 못했다.'

헬 난이도 튜토리얼을 돌파하여 누구보다 규격 외의 강함을 지닌 걸로 판명된 존재가 바로 나도석이다.

　아마 리트리하를 제외하고 강서준과 합을 겨룰 수 있는 유일무이한 플레이어.

　그런 존재를 이겼다는 것만으로도 데칼의 강함은 충분히 증명됐다.

　'실제로 보니 더하네.'

　최하나는 번 블러드를 극성으로 발동시키며 떨리는 몸을 억지로 제어했다. 그 행동에 데칼이 휘파람을 불었다.

　"꽤 강하네?"

　동시에 눈앞으로 거대한 압력이 밀려왔다. 최하나가 본능적으로 몸을 뒤로 젖히는 순간이었다.

　"근데 기대보다는 못해."

　쿠우우우우우우웅!

　마탄의 라이플을 방패 삼아 데칼의 주먹을 막았지만, 그녀는 멀리 뒤로 튕겨 나가야만 했다.

　젠장…… 미사일에 부딪친 것만 같다.

　최하나는 겨우 몸을 겨누고 정면을 바라봤다. 김훈이 겁도 없이 데칼에게 달려들고 있었다.

　"잔챙이는 볼일 없다."

　공간 이동으로 순식간에 배후를 잡았지만 데칼은 파리 잡듯 대충 손을 휘둘러 김훈을 패대기쳐 버렸다.

규격을 압도적으로 넘어선 강함!

소싯적의 케이를 보는 듯한 날 선 느낌에 최하나는 입술을 꽉 깨물었다. 당장이라도 이곳을 벗어나라는 위기 감각이 그녀의 전신을 짓눌렀다.

자칫 잘못하면 죽는다는 생각이 몇 번이나 떠올랐는지 모르겠다.

하지만.

'여기서 물러설 수는 없어.'

최하나는 이를 악물고 마탄의 라이플을 조작했다. 데칼 같은 강자에겐 공간 이동탄은 대미지만 뒤떨어지는 잔기술에 불과했다.

한 방을 맞히더라도 최대한의 일격을 담아야 한다.

"재밌는 장난감을 가지고 있군."

최하나는 목전에서 들리는 소리에 주저 없이 방아쇠를 당겼다. 순식간에 접근한 데칼은 바로 쏘아진 총알의 반경에 있었지만 터무니없게도 맨손으로 마탄을 잡아 냈다.

"근데 시시하군."

"……과연 그럴까?"

콰아아아아앙!

데칼의 면전에서 폭발한 마탄은 뒤이어 주변으로 수많은 연기를 흩뿌려 댔다.

녀석의 공격으로 훤히 넓어졌던 공터가 연기로 가득 차 시야가 좁아지고 있었다.

물론 최하나에겐 통용되지 않는 이야기.

'거리를 벌려야 해.'

최하나는 어디까지나 저격수 포지션에 있는 플레이어였다.

근접전의 대가인 '데칼' 같은 강자를 상대로 정면으로 싸우는 것 자체가 불리했다.

좁았던 복도가 훤히 드러나 은폐엄폐조차 어려워졌다면…… 전장을 새로 만들면 된다.

그리고 무엇보다 그녀는 데칼을 상대로 전면전을 벌일 생각이 없었다.

'버티면 돼. 어떻게든…….'

강서준의 계획이 성공하면 모두 끝날 싸움이다. 구태여 그를 상대로 여기서 힘을 뺄 이유가 있을까?

게다가 데칼의 상대는 그녀가 아니잖은가.

"또 잔재주를……."

연기에 휩싸였던 데칼은 호흡을 길게 들이마시더니 짧은 탄성과 함께 주먹을 내질렀다.

그와 동반한 거대한 풍압!

연기가 일시에 날아가고 그 충격에 멀리 벽마저 부서졌다. 최하나는 단번에 그녀의 묘수를 날려 버린 데칼을 보며 중얼거렸다.

"……터미널이 무너져도 상관없어?"

데칼은 씨익 웃으며 답했다.

"건물이야 다시 지으면 돼."

"많은 사람들이 죽을 거야."

"그야 약자들의 사정이지."

어떻게든 말을 길게 끌고 갈 목적이었지만, 데칼은 그 의도조차 파악해 낸 모양이었다.

놈이 거두절미하고 물었다.

"우리 스승은 어디 있지?"

"……스승?"

"케이 말이야. 너 혼자 오진 않았을 텐데?"

데칼의 시선은 그의 공격도 멀쩡하게 버틴 서버실로 향했다. 내벽을 튼튼하게 지었다더니만 실제로 전혀 손상조차 없었다.

하기야 관리자가 개입한 공간이다. 쉽게 망가진다면 그게 더 이상한 일이다.

데칼은 눈에 광기를 담으며 말했다.

"벌써 한 달이나 기다렸어. 더는 못 참는다고."

넘실넘실 피어오르는 막대한 마력에 숨이 턱 막히는 기분이 들었다. 또한 최하나는 자신의 판단이 잘못됐다는 걸 여실히 깨달을 수 있었다.

'안일했군.'

강자의 앞에서 여유는 사치다.

겨우 시간을 벌면 될 거라고?

그조차 힘이 있어야만 할 수 있는 일. 새삼스럽지만 데칼이 여태껏 그녀를 봐주고 있었다는 걸 깨달았다.

만약 그가 진심이었다면 최하나는 죽었어도 진즉에 죽었다.

"이렇게 빨리 약속을 깨는 건 미안한 일이지만……."

"응?"

"아무래도 무리해야겠네."

최하나의 전신으로 붉은 연기가 흘러나오고 온몸이 뜨겁게 불타오르기 시작했다.

오직 적을 꿰뚫기 위해서 스스로를 파괴할지언정 극한의 공격력을 쥐어짜 내는 기술.

[장비 '마탄의 리볼버'의 전용 스킬, '영역 선포'를 발동합니다.]

[칭호, '마탄의 사수'를 확인했습니다.]

['무한의 사격장'이 선언됩니다.]

차원 서고에서 레벨을 300을 넘기면서 기어코 완성해 낸 '마탄의 리볼버'가 가진 진정한 힘이다.

모든 봉인이 해제된 마탄의 리볼버가 서서히 푸른 불꽃을 일으키고 있었다.

'이게 내 전력…….'

최하나의 시선이 오롯이 데칼에게 향했다. 마탄의 리볼버에서 타오른 불꽃은 최하나의 전신으로 옮겨붙어 그녀의 시야도 푸르게 물들었다.

"호오…… 꽤!"

이는 '피'를 불태워 힘을 강화하는 그 이상의 능력.

영혼 그 자체를 불태우는 스킬.

[장비 '마탄의 리볼버'의 전용 스킬, '번 소울(Burn soul)'을 발동합니다.]

최하나가 전심전력으로 뽑아낸 정수였다. 데칼은 눈을 빛내며 나지막이 중얼거렸다.

"꽤 따듯하군."

타아아아아앙!

대체 뭐가 어떻게 된 걸까.

김훈은 깨질 것만 같은 아찔한 두통을 느끼며 눈을 떴다.

머리를 만진 손을 보니 끈적하게 피가 묻어 있었다.

'……뭐야. 난 분명?'

정신이 드니 그는 '포션 치료'를 감행할 수도 있었다. 빠르게 전신으로 퍼진 포션은 깨질 것만 같던 통증도 조금씩 지워 냈다.

"여긴…… 어디지?"

김훈은 수많은 별들이 촘촘히 박힌 하늘을 올려다봤다. 광활한 우주. 그 아래에서 여러 비행체들이 서로 포격을 해 대며 전투를 잇고 있었다.

콰아아아앙!

어디선가 쏘아진 광선이 우주선 하나를 타격했다. 배리어로 이를 막아 낸 함선은 웅장한 엔진 소리를 내며 움직이고 있었다.

김훈은 저게 무언지 알고 있었다.

"화성 게이트 터미널?"

그들은 수많은 우주선에게 쫓기고 있었다.

송명이 말하길, 오래 버티진 못한다고 했지만…… 저 정도면 1분을 버틴다는 것도 신기할 정도였다.

"……흐음."

몸이 완전히 회복되어 정신이 또렷하게 드니, 그는 본인이 선 곳이 어딘지도 알 수 있었다.

터무니없지만 그는 관제 타워에서 조금 떨어진 어느 돌산위에 널브러져 있었다.

'본능적으로 공간 이동을 한다는 게 이리됐나…….'

공간 이동 술사는 생명에 위협을 느낄 때면 본능적으로 안전한 위치로 공간 이동을 하곤 한다.

버릇과도 같은 건데, 그만큼 이번에 김훈이 당한 일격이 목숨을 위태롭게 했다는 방증이었다.

'……데칼.'

김훈의 시선이 엄청난 폭음을 일으키는 관제 타워로 향했다.

대관절 어떤 싸움이 벌어지고 있기에.

꽤 떨어진 위치에서도 마력이 폭발하는 게 두 눈에 보일 정도였다. 김훈은 저도 모르게 등줄기를 적신 식은땀을 깨달았다.

'저곳에 최하나 씨가 있어.'

"도와야……."

바로 공간 이동으로 관제 타워로 돌아가려던 김훈은 본능적으로 스킬 발동을 머뭇거렸다.

머릿속에서 한 가지 장면이 재생됐기 때문이다.

'내가 간들 도움이 될까?'

단 일격에 쓰러진 그였다.

데칼은 상식을 파괴할 정도로 강했고, 그를 상대로 전투를 펼친다는 것 자체가 상상할 수 없는 일이었다.

오히려 방해가 될 것이다.

'날 지키려다 최하나 씨가 더 위험해질지도 몰라.'

하지만 꽉 깨문 입술로 피가 주룩 흘러내렸다. 부들부들 떨리는 손이 그의 심정을 대변해 줬다.

안다.

모든 건 변명이다.

'난 그냥 겁먹은 거야.'

죽을지도 모른다는 사실.

본능적으로 느껴지는 막연한 공포!

두려움이 그의 목을 숨이 막히도록 조르고 있었다.

"……시발. 머저리 같은 새끼."

애써 욕을 내뱉으며 스스로를 다그쳐 봤지만 이미 턱 끝까지 밀려온 공포는 쉽게 사라지질 않았다.

콰아아아아앙!

그때 멀리 큰 폭발이 일어나면서 가까운 건물의 일부가 옆으로 기울었다. 온갖 구조물이 지상으로 낙하하는 게 훤히 보였다.

그 아래로 수많은 사람들이 우왕좌왕 도망치며 붕괴되는 건물로부터 도망치고 있었다.

'……난 지금 뭘 하고 있는 거지.'

망연자실한 눈으로 붕괴현장을 바라보던 김훈의 시야엔, 과거의 한 장면이 오버랩되고 있었다.

1년 전…… 그날.

드림 사이드 1이 오픈했고, 엄마가 입원했던 병원이 무너지던 그 순간이.

그의 뇌리에 또렷하게 떠오르고 있었다.

'난…….'

그가 어쩌다 공간 이동을 갖게 됐을까. 단순히 '시각 디자인'을 전공했기에 이런 희귀한 스킬을 얻게 됐다고 생각한 적은 없었다.

김훈이 튜토리얼에서 가장 원했던 능력을 꼽으라면……
그는 단언컨대 '공간 이동'을 말할 수 있었으니까.

무너지는 건물을 올려다보며 차마 구할 수 없었던 '엄마'를.

그는 너무나도 구하고 싶었으니까.

"움직여, 움직여, 움직이라고……!"

김훈은 본인의 얼굴을 주먹으로 콱콱 두드려 팼다. 허벅지도 멍이 들 정도로 세게 때리다 못해 단검으로 찌르기까지 했다.

상처가 누적되고 통증이 머리까지 올라오니, 공포로 잠식되던 정신이 그나마 돌아오고 있었다.

"죽더라도 가야 해."

이건 약속이었다.

차마 구하지 못했던 과거를 딛고, 다시는 같은 일이 반복되지 않도록 하는 자신과의 약속.

김훈은 잠시 눈을 감았다 떴다.

"……공간 이동."

호흡을 정돈하며 나지막이 입을 열자, 그의 몸이 붕 떠오르기 시작했다.

의지로 공포를 이겨 내고 기어코 스킬을 발동해 내는 데 성공한 것이다.

[!]
[당신은 강력한 의지로 인하여 '절대자의 살기'를 이겨 냈습니다.]
[놀라운 업적입니다!]
[칭호, '공포에 굴복하지 않는 약자'를 습득했습니다.]

메시지는 그게 끝이 아니었다.

[스킬, '공간 이동(A)'의 등급이 '공간 이동(S)'가 되었습니다.]

부지불식간에 발생한 공간 이동의 등급 상승!

김훈은 비약적으로 성장한 능력을 바탕으로 순식간에 반쯤은 붕괴된 관제 타워 내부에 도달할 수 있었다.

"최하나 씨!"

하지만 이미…… 너무 늦어 버렸는지도 모르겠다.

❦

강서준은 빠르게 키보드를 두드리는 이루리를 내려다보고

있었다.

그 옆에서 송명도 조마조마한 눈으로 모니터를 바라봤다.

아쉽게도 종전에 밖에서 터진 큰 폭발로 인하여, 관제 타워의 콘솔은 완전히 먹통이 된 상태.

바깥의 영상도 더는 볼 수 없었고 조작하는 것조차 이젠 할 수 없는 일이 되어 있었다.

이곳에서 가능한 건 오직 '차원 게이트'에 개입하는 것 정도였다.

"시간이 없어요……!"

다행히 무의식에서 해당 해킹 공식을 완전히 숙지한 이루리는 차원 게이트의 제어권을 모두 차지한 상태였다.

원한다면 잠시라도 차원 게이트의 문을 닫아 둘 수도 있었다.

그게 송명이나 리오 리카온이 가장 원했덜 결말.

타닥, 타다다닥!

하지만 이루리는 그 뒤로도 한참동안 키보드를 두드렸다. 강서준은 옆에서 두 손을 맞잡고 거의 기도하듯 빌고 있는 송명을 살핀 뒤 이루리에게 말을 건넸다.

대화는 속으로 이어졌다.

'어때, 할 수 있겠어?'

ㅡ날 뭘로 보는 거야. 당연히 가능하지.

'우리가 돌아간 이후에 발동해야 해. 그때까지 관리자한테

들켜서도 안 되고.'

－걱정 마. 나 이루리야!

자신만만한 이루리의 대답을 들으며 강서준은 일단 송명에게 전염됐던 조바심을 내려놓기로 했다.

그녀가 어련히 잘 해낼까.

'게다가 이건 아이크가 개입한 물건이야. 제아무리 시스템이 주시하고 있다 해도 괜찮을 거야.'

고개를 주억거리며 모니터를 보고 있자니, 문득 이루리가 이쪽을 올려다보고 있다는 사실을 깨달았다.

'뭐야. 안 해?'

－아니. 그냥…… 새삼스럽지만 우리 적합자는 미친놈이다 싶어서.

'갑자기 무슨 소리야?'

이루리는 당이 떨어졌다면서 아까 받아 갔던 초코바를 입에 한 움큼 씹어 삼키더니 말을 이었다.

－킬 스위치를 활용한다는 계획 말이야. 설마 그걸 여기서 쓸 줄이야…….

강서준은 송명 몰래 컴퓨터의 한쪽에 꽂힌 USB를 확인했다.

드림 사이드 1을 떠날 적에 아이크에게 받아 뒀던 '일회성 킬 스위치'가 저장된 물건이었다.

'쓰라고 준 건데. 알차게 써야지?'

아주 간단한 계획이었다.

차원 게이트를 잠시 멈추는 걸로 끝내지 않고, 아예 그 자체를 지우는 방법.

시스템에 의해 무엇이든 지울 수 있는 힘을 가진 이것이라면, 분명 0115 채널로 넘어가는 길목도 지울 수 있을 것이다.

사실 강서준은 리카온 제국으로 넘어올 때부터 이걸 염두에 두고 있었다.

'잠깐 막아 봤자 의미는 없으니까.'

'채널의 주도권'이란 생각보다 중요하다.

드림 사이드 1에서 멜빈 황제가 강서준을 죽이려 했던 것도 사실 채널의 주도권을 차지하기 위함이 아니던가.

켈이 호크 알론에게 독을 심었던 것도 다가오는 미래에 채널의 주도권을 강서준이 가져갈 게 뻔해서 그랬다.

또한 리카온 제국도 마찬가지였다.

놈들도 그저 0115 채널의 주도권을 뺏어 오기 위해 전쟁을 준비하고 있었다.

'이 참에 아예 싹을 잘라야지.'

강서준은 멜빈 황제와 같은 길을 걸을 생각은 추호도 없었다.

어디까지나 드림 사이드는 0115 채널. 그러니까 지구에서 공략될 것이다.

문득 이루리가 물었다.

-데칼은 어쩔 거야?

강서준은 포탈 던전에서 그를 상대로 싸웠던 데칼의 얼굴을 나지막이 떠올렸다.

외팔이 됐다고 해도 그 강함은 크게 변하지 않았을 것이다.

강서준은 어깨를 으쓱이며 말했다.

'굳이 싸울 필요가 있어? 우린 이곳만 빠져나가면 돼.'

0115 채널로 돌아간 뒤, 킬 스위치만 제대로 작동하면…… 적들은 닭 쫓던 개가 될 수밖에 없다.

강서준이 노리는 건 그것이다.

-조금 싱겁네. 난 또 재대결이라도 벌이는 줄?

'내가 나도석처럼 싸움에 미친 건 아니잖아.'

-거짓말. 사실을 싸워 보고 싶으면서.

'호승심이야 뭐…….'

진실의 성물인 이루리에게 그의 솔직한 감정까지 속일 순 없다. 강서준은 순순히 인정하며 고개를 주억거렸다.

'그만한 강자는 보기 드무니까. 싸워서 얻는 게 꽤 있겠지.'

하지만 자신의 이기심으로 인해 불필요한 위험을 감수할 수는 없는 노릇이다.

데칼은 이 세계의 최강자!

만약 지구에서 맞붙었던 것들이 녀석의 일부에 한한다면, 어쩌면 강서준은 목숨을 걸고 싸워야 할지도 모른다.

그건 이득보다 실이 더 크다.

'우리 목표는 0115 채널로 넘어가는 길목을 지우는 거야. 그리고 안전하게 지구로 돌아가는 거지.'

한편 강서준은 이루리의 손이 멈췄다는 사실을 깨달았다. 강서준은 미간을 좁히며 물었다.

'뭐야. 더 안 해?'

-다 했어.

이루리는 씨익 웃으면서 손을 털고 일어났다. 드디어 작전대로 해킹이 끝나고 폭탄의 설치마저 완료된 것이다.

-타임오버는 30분. 그 전에 지구로 돌아가지 못하면 우린 **영원히 이 세계에 남아야 할 거야.**

강서준은 고개를 끄덕이며 몸을 풀었다. 적을 상대로 전면전을 벌이는 것도 아니고 그저 빠르게 내빼기만 하면 될 일이라면…… 30분은 차고 넘치는 시간이다.

-3번 게이트를 활성화했어. 그곳으로 가야 해.

'오케이. 그럼 나가 볼까.'

강서준은 지친 듯 기지개를 켜는 이루리를 일별하고 천천히 걸음을 옮겼다.

그녀가 게이트를 관리하는 시스템에 여러 방화벽도 만들었다고 하니, 설령 관리자가 개입하더라도 큰 걱정은 없었다.

다른 누구도 아닌 이루리가 한 일이다.

'어련히 잘했겠지.'

곧 메인 서버실을 나서는 문이 바라봤다. 아쉽게도 벽이 너무 두꺼웠는지 이 너머로 마력의 흐름은 느껴지지 않았다.

'근데 그 폭발은 뭐였지?'

콘솔을 망가트리고 CCTV조차 볼 수 없도록 이 근방을 무너뜨린 폭발의 정체는 아직 알지 못했다.

모르긴 몰라도 허공의 CCTV가 보이질 않는 데엔 그만한 마력이 근방에서 폭풍처럼 휘몰아쳤기 때문이다.

즉 밖에 무엇이 있는지 알 수 없는 상황.

'일단 두 사람과 합류하자.'

밖에 뭐가 있든 그가 할 일은 간단했다. 강서준은 재앙의 유성검을 꽉 쥐고 패널을 조작하는 이루리와 시선을 마주했다.

"가자."

푸쉬이익!

바람 빠지는 소리와 함께 양옆으로 갈라진 문.

그의 얼굴을 향해 농밀한 마력이 폭풍처럼 휘몰아친 건 그때였다.

[스킬, '절대자의 살기'를 마주했습니다.]

하지만 신경질적으로 머리를 털어 얼굴을 때려 대던 마력을 강제로 흐트러뜨렸다.

[스킬, '절대자의 살기'를 파훼했습니다.]

이어서 코끝에 저미는 건 지독한 피 냄새였다. 정신이 아찔할 정도로 풍겨 나는 혈향에 미간이 구겨졌다.

"정신 차려요…… 최하나 씨!"

완전히 바깥으로 나온 강서준은 바닥에 빨갛게 물든 무언가를 붙들고 간절히 외치는 김훈을 발견했다.

대관절 그 옆에서 누군가가 탄식하며 입을 열었다.

"오오…… 드디어 납셨군."

"……."

"너무 늦었잖아. 조금만 더 빨리 나오지!"

거두절미하고 강서준은 김훈의 품에 안긴 게 누군지 알 수 있었다.

피칠갑을 한 채로 얼굴의 형체조차 알아볼 수 없을 정도로 짓이겨진 모습.

분명 '최하나'였다.

"……."

강서준은 말없이 누워 있는 최하나를 바라봤다. 세상이 멈춰 버린 것처럼 소음이 멀어지고 그 어떤 생각도 떠오르지 않았다.

데칼이 박수를 치며 입을 열었다.

"자, 자! 이제 놀이는 그만하고!"

그로부터 막대한 마력이 쏟아져 나왔다. 그 어마어마한 마력은 마치 태산을 보는 듯하여 막연한 느낌마저 들었다.

옆에서 송명이 꺽꺽대며 괴로워했다.

그때에도 강서준의 시선은 오직 최하나에게 닿아 있었다.

[스킬, '침착(S)'을 발동합니다.]

[스킬, '침착(S)'을 발동합니다.]

[스킬, '침착(S)'을 발동합니다.]

그의 내면 상태를 알려 주듯 로그 기록이 빠르게 갱신됐다. 수차례 스킬이 발동하고 나서야 강서준의 시선이 데칼에게 닿았다.

감히.

녀석이 입을 열고 있었다.

"본 게임을 시작해 볼."

"닥쳐."

"……!"

부지불식간에 데칼의 얼굴에 주먹이 꽂히는 순간이었다.

휘두른 주먹에 공기가 터지고, 데칼의 면상에 꽂히는 감각까지 고스란히 느껴졌다.

되는대로 힘껏 들어간 일격.

약간 짓이겨진 데칼의 면상을 노려보며 분통이 풀리기는커녕 되레 치솟는 건 어째서일까.

과연…… 최하나는 그 상태가 되기까지 얼마나 많은 공격을 당해야 했을까.

-적합자……!

아득하게 들려오는 음성에 강서준은 일단 내면의 소리에 집중하기로 했다.

아까부터 이루리가 계속 말을 걸고 있었다.

-진정해! 싸울 필요는 없다며?

'계획은 늘 바뀌기 마련이야.'

-일단 침착하자. 응? 적합자아!

'난 아주 침착해.'

강서준은 바로 다리의 근육을 당기며 데칼의 전면에 접근했다. 종전의 일격이 얕았다는 걸 깨달았으니 이번엔 더더욱 큰 공격을 준비하고 있었다.

이미 도깨비 갑주가 온몸을 뒤덮었고 그의 손엔 핏빛으로 일렁이는 재앙의 유성검이 쥐어져 있었다.

"그래! 이래야 케이지!"

얻어맞고도 좋아서 연호하는 데칼을 향해 강서준의 검은

여지없이 휘둘러졌다.

이번엔 데칼도 맞고만 있진 않았다. 일시에 부딪친 검격이 거대한 충격을 일으켰다.

폼으로 랭킹 1위를 달았던 건 아니란 거겠지.

매서운 도깨비 검무를 모조리 받아치는 데칼을 향해 강서준은 더더욱 속력을 높이기로 했다.

콰아아앙!

주변으로 충격파가 빠르게 번지고 있었다.

미처 피하지 못한 누군가가 그 충격파에 짓이겨지고, 그나마 버티어 섰던 관제 타워의 일부가 완전히 무너지기 시작했다.

각 세계관 최강자의 전투는 그만한 파괴력이 있었다.

그리고 강서준은 속으로 자꾸만 말을 거는 이루리를 향해 몇 번이고 같은 말을 되풀이했다.

'난 진짜 침착해.'

진심이었다.

비록 최하나의 얼굴을 보자마자 머리끝까지 화가 치밀어 올랐었지만, 이성을 잃은 건 단언컨대 아니었다.

[스킬, '침착(S)'을 발동합니다!]

이렇게 스킬이 친히 나서 그의 뜨거운 분노를 식혀 주질 않은가. 이러고도 이성을 잃을 수 있다면 그게 더 이상할 것이다.

'가슴은 뜨겁지만 머리는 차갑게.'

천무지체는 전투에 최적화하는 능력이다. 그리고 차가운 분노는 전투의 효율을 극대화시켜 준다.

–적합자가 그렇다면 그런 거겠지만…….

진실의 성물인 이루리도 강서준의 생각이 진심이라는 걸 알 수 있었다. 강서준은 데칼의 검격을 강하게 맞부딪치며 이루리에게 질문을 던졌다.

'상태는 어때?'

현재 이루리는 최하나의 곁에 붙어서 김훈의 치료를 지켜보고 있었다. 그녀의 답은 금방 돌아왔다.

–다행히 목숨은 건진 듯해.

그럴 것이다. 트롤의 심장을 가졌으며 최근엔 '초재생' 등급을 S급까지 상승시킨 그녀였다.

설령 몸이 반 토막이 난다 해도 그녀는 죽지 않는다. 강서준은 고개를 주억거리며 더는 그쪽에 신경을 쓰지 않기로 했다.

'반드시 그녀를 회복시키라고 전해 줘. 포션이 부족하면 뭐든 줄 테니까.'

–알았어. 근데 적합자.

이루리는 걱정스러운 낌새로 말을 전달해 왔다.

－우리한테 시간제한이 있다는 걸 잊지 마. 30분…… 아니 이제 28분 정도야.

데칼이 높이 뛰어오르며 위에서 아래로 검을 내리찍은 건 그때였다. 검에 담겨진 묵직한 마력이 무게를 더하고 있었다.

강서준은 이를 맞부딪치며 답했다.

'충분해.'

[스킬, '태산 가르기(S)'를 발동합니다.]

떨어지는 검격에 태산을 가를 가공할 일격이 다가섰다. 하지만 녀석도 '태산 가르기'를 발동시켜 강서준의 공격을 상쇄했다.

녀석이 이죽이며 말했다.

"이 정도면 실망인데……."

녀석은 재차 공격을 이어 나갔다.

"한 달 전과 달라진 게 없잖아?"

콰아아아앙!

강서준은 놈의 공격을 맞받아치거나 피하며 연신 뒤로 물러났다. 공세에 접어든 데칼의 위력은 솔직히 대단했다. 한시도 긴장을 놓을 수 없었다.

'집중이 흐트러지면 당한다.'

매서운 검격에 도깨비 갑주가 수시로 터져 나갔다. 강서준은 미간을 좁히며 오른쪽으로 접어들었다.

외팔이라 왼손으로 검을 쥐었기에 당연히 우측이 곧 그의 허점이 되었다.

강서준이 눈을 빛내며 말했다.

"너야말로 별 볼일 없는데."

[스킬, '집중(S)'을 발동합니다.]

[가르고 싶은 대상에 대한 집념이 강합니다. 집중의 영향으로 '필사의 참격'을 사용할 수 있습니다.]

빠르게 휘두른 '필사의 참격'이 데칼의 오른쪽 옆구리를 스치고 지나갔다.

그때 데칼의 몸이 허공에서 사라지더니 돌연 강서준의 뒤에 나타났다.

공간 이동이었다.

'김훈의 스킬을 복사한 건가?'

데칼은 미간을 구기며 영 불쾌하다는 듯 중얼거렸다.

"그게 내 오른팔을 자른 기술인가?"

"왜…… 반가워?"

데칼의 두 눈엔 분노가 담겼고, 입가엔 섬뜩한 미소가 걸렸다.

"몹시!"

쿠우우우웅!

강서준은 순식간에 짓쳐 든 참격을 피해 몸을 던졌다. 터무니없지만 녀석은 종전에 강서준이 사용했던 '필사의 참격'을 따라 하고 있었다.

그리고 이것으로 확실해졌다.

'역시 스킬을 복사하고 있어. 그것도 S급 스킬조차 아주 간단히…….'

좋은 소식은 아니었다.

PVP에서 중요한 건 상대에 대한 정보.

하지만 이처럼 복사를 통해 그 능력을 늘려 가는 자라면 필요한 정보의 양이 상당할 것이다.

하물며 그는 이미 한 세계를 정복한 '전신'이라 불리는 존재.

'행성 전쟁이 있었다고 했지.'

이곳에서 숱한 전투를 치르며, 그는 이미 수많은 스킬을 손에 얻은 뒤일 것이다.

어쩌면 강서준은 한 세계의 수많은 강자를 동시에 상대하고 있다고 해도 과언이 아니었다.

'정말 괴물이군.'

쓰게 웃으며 데칼에 대한 일화를 떠올렸다. 리오 리카온은 데칼을 두고 '스승을 살해하는 사이코패스'라고 말한 적이 있었다.

'녀석이 제일 좋아하는 단어가 청출어람이고, 스승을 벨 때 쾌락을 느낀다지?'

그리고 새삼스럽게도 데칼은 이미 강서준을 향해 '스승'이란 단어를 언급한 적이 있다.

그땐 그게 뭔 개소리인지 황당했었는데, 알고 보니 그야말로 선전포고였다.

'복사 능력이라……'

강서준은 류안을 번뜩이며 데칼의 공격을 피해 냈다. 그 와중에도 강서준의 머리는 팽팽하게 돌아가고 있었다.

'……과연 그 능력에 한계가 없을까?'

거두절미하고 양옆으로 소환한 백귀가 아성을 내지르며 데칼에게 달려들었다.

라이칸은 히드라의 마검을 쥐었고 오가닉도 로켓의 등에 올라탄 채로 창을 꽉 쥐어 데칼에게 다다랐다.

"호오?"

데칼은 전혀 개의치 않는 듯 입꼬리를 올려 대며 백귀의 공격을 차례로 받아치기 시작했다.

우선 라이칸이 휘두른 히드라의 마검이 각종 마법을 발현하고 시야를 가렸다.

스아아앗!

뒤이어 오가닉이 창을 찔러 데칼의 목을 노렸고, 아래쪽으로 로켓이 파고들어 날카로운 송곳니를 놈의 허리에 박아 넣으려 했다.

하지만.

투콰아아앙!

데칼은 용케 왼팔 하나로 세 백귀의 공격을 모조리 튕겨 냈다.

강서준은 미간을 좁혔다.

'분명 제약이 있을 거야.'

리오 리카온의 말대로라면 확실히 데칼은 규격을 벗어난 존재였다.

여태 싸워 온 모든 사람들의 스킬을 복사해서 사용할 수 있다니!

그 말도 안 되는 전투 방식은 드림 사이드 1의 케이조차 할 수 없는 기예였다.

해서 더욱 확신한다.

'그건 밸런스 붕괴잖아.'

아무리 정규 채널이 아니라고 하더라도 이곳엔 시스템의 힘이 닿기 마련이다.

0116 채널의 관리자가 그 증거였다.

또한 0115 채널의 공략이 실패한다면, 결국 이곳은 정규 채널로 편성될 예정이었다.

그렇다면 데칼은 존재 자체가 치트였다.

'데칼이 아무리 강해도 저 정도나 되는 사기적인 스킬을

보유할 만한 레벨이 아니야. 수준에 비해 시기가 너무 빨라.'

즉 스킬의 등급이 낮을 거란 뜻이다.

'개수에 제한이 있을까?'

한 달 전에 사용했던 '태산 가르기'를 아직 쓸 수 있는 걸 보면 복사한 뒤의 시간제한이 따라붙는 건 아니었다.

'아마 복사할 수 있는 스킬의 개수에 제한이 있을 거야.'

해서 강서준은 백귀를 활용하여 녀석을 극한으로 밀어 넣었고, 일부러 다양한 스킬을 놈에게 사용해봤다.

하지만 곧이어 데칼이 사용하는 여러 스킬들을 보면서 강서준은 고개를 저어야 했다.

'개수에 제약이랄 건 없겠어.'

설령 제약이 있다 해도 당장 녀석이 오가닉의 스킬이나 로켓의 스킬을 따라 한 것만 나열해도 벌써 10개를 넘어섰다.

그 정도 양이면 거의 없다고 봐도 무방했다.

'분명 조건이 있을 텐데……'

강서준은 두 눈을 금빛으로 빛내며 창졸간에 녀석의 뒤로 접근했다.

아쉽게도 기습은 통하지 않았다.

"아까부터 얕은수를 쓰는군."

채애애앵!

녀석이 백귀의 공격을 무시하며 아예 강서준만을 향해 크게 도약했다.

여태까지의 모든 공격이 장난이었던 것처럼 놈의 검엔 어마어마한 마력이 휘감겨 있었다.

아마 부딪치면 제아무리 도깨비 갑주를 걸친 그라고 해도 전부 막아 낼 수 없을 위력이었다.

'잠깐……'

강서준은 미간을 좁히며 데칼의 전신을 살펴봤다.

'왜 도깨비 갑주는 따라 하질 않지?'

데칼은 청출어람이랍시고 상대의 스킬을 빼앗아 사용하는 변태적인 취미를 갖고 있다.

태산 가르기부터 필사의 참격은 빼앗았으면서…… 어째서 '도깨비 갑주'를 뺏진 않는 걸까.

[스킬, '집중(S)'을 발동합니다.]

집중해서 상황을 분석해 보니, 생각이 가속하는 느낌이 들었다. 데칼의 움직임이 느릿하게 보이는 건 착각이 아니었다.

'만약…… 빼앗지 못한 거라면?'

도깨비 갑주는 강서준이 체득한 스킬이 아니다. 그저 '도깨비 왕의 감투'에 내장된 스킬 '이매망량'에서 발현된 힘.

그러고 보면 종전에 백귀들과 싸울 때도 오가닉의 창술은 따라 하면서, 라이칸의 마법은 따라 하질 않았다.

단순히 효율을 따져서 복사하질 않는 줄만 알았는데.

'라이칸의 마법도 히드라의 마검에서 비롯됐지.'

데칼의 검이 강서준의 목전에 이르고 있었다. 마찬가지로 강서준도 본능적으로 재앙의 유성검을 그쪽에 대면서 방어 태세를 갖췄다.

그때에도 그의 가속된 사고는 멈추지 않았다. 집중의 여파로 한순간을 여러 개로 쪼개서 사용할 수 있었다.

'생각해 보면 녀석의 복사는 한정적이었어.'

언뜻 보기엔 만능의 능력으로 보일 정도로 S급 스킬마저 복사하는 데칼의 능력.

한데 조금만 들여다보면 녀석이 모든 스킬을 복사한 게 아니라는 걸 알 수 있었다.

'초상비나 초재생, 류안…… 이런 건 따라 하지 못해.'

만약 '필사의 참격'도 '집중'을 응용해서 쓴 기술이 아니라 그저 형태만을 따라서 휘둘렀다면?

강서준은 눈을 빛내며 놈을 노려봤다.

'액티브 스킬이 한계일지도.'

복사의 개수엔 제한이 없지만 그 종류엔 제한이 있는 것이다.

그리고 그 스킬은 대개 눈에 보이는 액티브 스킬이나 아이템이 아닌 스킬에 한정되었겠지.

'그것만으로도 사기적인 스킬이겠지만…….'

강서준은 씨익 웃으며 '집중'을 끊었다. 동시에 세상이 빨라지면서 데칼의 검과 맞부딪쳐 커다란 충격이 터졌다.

이를 악물고 이를 튕겨 낸 강서준은 데칼에게 접근하려던 백귀들을 알아서 뒤로 물러나도록 했다.

데칼이 고개를 갸웃하며 물었다.

"무슨 속셈이지?"

속으로 명령을 내리자 백귀들은 빠르게 최하나가 있는 방향으로 달려갔다.

로켓의 위로 조금은 회복된 최하나가 탑승했고, 그 뒤로 김훈이 앉도록 말을 전했다.

마지막으로 이루리를 살폈다.

아무 말도 하지 않았지만 그녀는 분명 '조심해'라는 말을 하는 듯했다.

강서준은 씨익 웃으며 그녀를 일별하고 다시 데칼과 시선을 마주했다.

"이제 널 공략하는 방법을 알겠거든."

"뭐?"

"청출어람이라며? 네가 여태 해 온 만행이."

"만행이라니! 제자가 스승을 뛰어넘는 신성한 의식이거늘."

강서준은 짧게 혀를 찼다.

"그간 네가 진짜 스승을 뛰어넘었다고 생각해?"

"뭐?"

"아니야. 넌 여태 단 한 명의 스승도 뛰어넘지 못했을 거야."

이에 데칼은 피식 웃음을 터뜨리더니 말했다.

"웃기는군. 스승들은 하나같이 나한테 기술을 빼앗겨 목숨을 구걸하다 죽어 갔어. 청출어람! 말 그대로 스승을 이겼기에 지금의 내가 있는 거라고!"

맞는 말이다.

'청출어람'이란 제자가 스승보다 나을 때 쓰는 말이니까.

하지만 녀석의 논리엔 맹점이 있다.

"어떻게 그게 스승을 뛰어넘었다는 거냐?"

"……무얼 말하고 싶은 거지?"

"고작 이겼기 때문에? 아니야. 진정한 청출어람은 제자가 스승의 기술을 더 나은 기술로 발전시켰을 때야 쓸 말이야."

단순히 스킬을 복사해서 따라 하는 정도에 그친다면 그건 스승을 뛰어넘은 게 아니다.

그저 단순한 현상 유지.

해서 녀석은 그 편리한 스킬 때문에 영원히 스승을 뛰어넘을 수 없는 저주에 걸려 있다.

"넌 깊이가 없어."

강서준의 심장에서부터 시작된 진동이 서서히 전신으로 퍼졌다. 곧 검에도 마력이 진동하며 세상을 향해 울부짖기 시작했다.

"그러니 넌 날 이길 수 없어."

강서준은 검 끝에 마력을 진동시키며 시선은 데칼에게 고정했다.

'복사 능력은 정말 편하겠지. 하지만 그렇기에 영원히 그 수준을 뛰어넘을 수 없어.'

데칼은 S급 스킬마저 복사하는 터무니없는 능력을 갖고 있다. '태산 가르기'마저 바로 사용했으니까.

이는 확실히 사기적인 능력이다.

리카온 제국이 행성 전쟁을 승리로 이끈 주역이었고, 이 세계에선 그를 전신으로 만든 능력이었다.

문제는 그게 전부라는 거다.

[스킬, '맹수의 울음(S)'을 발동합니다.]

[스킬, '광속(S)'을 발동합니다.]

전신에 걸쳐 마력이 진동하며 강서준의 모든 수준이 한 단계 올라갔다. 이것이 '땅의 묘리'인 '지'를 응용한 결과.

데칼은 이걸 따라 할 수 없다.

"넌 날 이길 수 없어."

강서준이 빠르게 놈에게 짓쳐들며 태산 가르기를 발동했다. 데칼도 마찬가지로 태산 가르기를 사용했지만, 강서준은 녀석을 검째로 베어 낼 수 있었다.

"크아아앗!"

가슴팍이 크게 베여 뒤로 물러난 데칼이 표독스러운 눈을
뜨며 물었다.

"……무슨 짓을 한 거지?"

"말했잖아. 넌 날 이길 수 없다고."

"그럴 리가 없어. 나는…….”

강서준은 씨익 웃으며 녀석을 향해 필사의 참격을 날렸다.
녀석도 맞대응하기 위해 참격을 사용했지만 이번에도 결과
는 녀석의 뜻대로 흘러가질 않았다.

스거어어억!

강서준이 날린 필사의 참격은 녀석의 스킬 자체를 베어 내
고 나아가고 있었으니까.

놈이 기겁하며 옆으로 뛰었다.

"대체 어떻게……!"

"잘."

씨익 웃으며 수차례 휘두른 필사의 참격이 녀석의 주변을
휘감았다. 데칼의 전신이 난도질당해 피칠갑을 하는 건 금방
이었다.

"끄아아아악!"

놈이 대응하기 위해서 수차례 참격을 휘둘러도 소용없는
짓이었다.

애초에 '집중'이 빠진 공격이다.

형태만 따라 해 봤자 내실이 부족한 '참격'은 결코 '필사의 참격'을 뛰어넘을 수 없다.

강서준은 이죽이며 말했다.

"겉핥기식 따라 하기가 언제까지 통할 줄 알았어?"

청출어람(靑出於藍).

보통 제자가 스승을 뛰어넘을 적에 쓰기 좋은 말이다.

하지만 다른 사람의 스킬을 형태만 보고 따라 할 뿐인 녀석이 쓸 말은 아니었다.

"넌 날 뛰어넘을 수 없어."

액티브 스킬만을 복사하는 능력엔 한계가 있기에.

'태산 가르기'가 '맹수의 울음'과 '광속'이 더해져 급격하게 그 수준이 올라가는 것처럼.

'필사의 참격'이 '집중'의 영향으로 그 공격력이 상상을 초월할 정도로 강해지는 것처럼……

진짜배기 스킬을 마주한다면 녀석의 겉핥기식 복사본은 별 볼일 없는 수준에 불과하다.

"애초에 너 같은 제자를 둔 적이 없어. 이 도둑놈 새끼야!"

강서준이 하늘에 파이어볼을 수놓았다. 녀석도 그를 따라 공중에 파이어볼을 응축해 냈지만 부지불식간에 놈의 다리를 벤 단검을 피하진 못했다.

[스킬, '이기어검술(C)'을 발동합니다.]

"끄으으으윽!"

재앙의 유성검이 게걸스럽게도 피를 빨아들였다. 검의 능력으로 녀석의 스킬을 강탈해 볼까 고민해 봤지만, 구태여 의미 있는 행동이 아니라 접었다.

"네 스킬은 구려."

"끄으윽…… 으아앗!"

데칼의 다리가 돌처럼 단단해진 건 그때였다. 강서준은 재앙의 유성검을 회수했고 일단 놈에게서 거리를 벌렸다.

꽤 강대한 마력이 놈의 몸에서 솟구치고 있었다.

또한 녀석의 주변으로 우후죽순 공간이 열리더니 모습을 드러낸 자들이 있었다.

"흐음……."

일전에 서버실의 CCTV를 통해 본 적이 있는 이 세계의 강자들.

리카온 제국의 천외천이었다.

그들은 일제히 검을 뽑아 들고 데칼의 주변에 섰다.

"……최후의 스킬을 사용하겠다!"

"명을 따르겠습니다."

강서준은 짧게 혀를 찼다.

"이거였나. 너의 비밀이."

데칼은 깊이가 부족하다. 이는 녀석이 여태 싸워 왔을 리카온 제국의 강자들에게도 적용되는 문제였다.

놈은 결코 스승을 뛰어넘을 수 없으며, 어떤 스킬을 복사했어도 진짜 힘을 뛰어넘는다는 건 불가능하다.

'그런데도 이겨 왔지.'

한마디로 놈에겐 '복사 능력'을 제외하고 다른 비장의 수가 있다고 봐야 하는 게 마땅하다.

"근데 그게 고작 다굴이냐?"

입맛이 다소 썼다.

뭐 생각해 보면 전략적인 행동이다. 강자를 쓰러트리기 위해선 약자가 뭉치는 게 정답이니까.

하지만 실망스러운 것도 사실이다.

"널 과대평가했어."

강서준은 미간을 구기며 녀석에게 접근했다. 그의 걸음걸이마다 마력이 진동하며 커다란 울림이 생겨났다.

"데칼 님을 지켜라!"

콰아아아아앙!

전면에 맹수의 울음을 활용한 검격이 폭발했다. 한 놈이 비명에 사라졌지만 또 다른 한 놈이 강서준의 정면을 막아섰다.

강서준의 검은 매몰차게 적을 분쇄하고 나아갔다. 이 세계의 강자들이 그만을 죽이고자 달려들어도 소용이 없었다.

[스킬, '분신(S)'을 발동합니다.]

사방으로 흩어진 그의 분신이 녀석들을 상대했고, 강서준
은 활짝 열린 길을 넘어 데칼의 정면에 다다랐다.

놈의 몸에서 미증유의 마력이 솟구치고 있었다.

'뭔가를 꾸미고 있군.'

어쩌면 군인들조차 연막이었던 걸까. 강서준은 미간을 구
기며 창졸간에 데칼의 목을 겨냥했다.

수상한 낌새를 눈치채고도 가만히 기다리는 건 고구마를
백 개는 처먹은 소설 속 주인공이나 할 법한 일.

강서준의 검이 진동하며 태산 가르기를 발동해 냈다.

"데칼 니이이임!"

하지만 창졸간에 목숨을 내던지며 강서준에게 육탄 돌진
을 감행한 적 때문에 미묘하게 검로가 비틀어졌다.

"……쯧."

그럼에도 목의 반절 이상을 잘라 냈기에 공격은 성공이었
다.

강서준은 짜증을 밀어내며 그를 방해한 군인도 일거에 베
어 버렸다.

하지만 그때 데칼의 전신에서 걷잡을 수 없는 마력이 폭증
했다.

반쯤 잘려 목이 달랑거리는 데칼이 이쪽을 돌아보더니 말

했다.

갈라진 목소리였다.

ㅡ정말 괴물같이 강하군.

목이 잘린 사람치고는 상당히 멀쩡한 말투. 그 기괴한 형상에 눈살이 찌푸려졌다.

녀석의 몸이 점차 희미해지고 사방은 뿌옇게 변하고 있었다.

언제부터였을까.

['데칼의 카피 공간'에 진입했습니다.]

그 순간 시야가 반전하며 주변에 섰던 수많은 군인들이 흔적도 없이 사라졌다.

세상에 오롯이 홀로 선 느낌.

배경은 하얗게 물들고, 주변에서 느껴지는 인기척은 단 하나도 없었다.

강서준은 일단 류안을 발동했다.

'이건…….'

모르긴 몰라도 사방이 마력으로 뒤덮인 공간이다. 그리고 마력의 흐름을 둘러보던 그는 한 가지 사실을 더 확인할 수 있었다.

'한 사람의 마력이 아니군.'

적어도 수백 개의 마력이 어지럽게 흐르고 있었다. 허공에서 데칼의 음성이 다시 들려왔다.

　―케이. 나야말로 널 과소평가했어.

　목소리의 실체는 느껴지지 않았다. 대신 그의 앞으로 서서히 형상을 갖추는 무언가를 볼 수 있었다.

　생김새는 상당히 낯익었다.

　―설마 최후의 스킬마저 꺼내게 할 줄이야.

　완전히 형체를 갖춘 건, 그와 똑같이 생긴 도깨비였다.

　도깨비 갑주를 걸치고 재앙의 유성검마저 쥔 모습.

　강서준은 거울에 비춘 듯한 자신의 모습에 미간을 구겼다.

　―이로써 내 수명은 10년 정도 날아가겠지만 뭐 어때. 널 뛰어넘는 걸로 싼 값이지.

　['카피캣'을 마주했습니다.]

　카피캣은 강서준을 향해 일단 필사의 참격을 날려 왔다. 근데 그 수준이 일전에 데칼이 휘두르던 것과 차원이 달랐다.

　정말 그가 집중해서 사용한 느낌이다.

　'이게 진짜였군.'

　쓸데없이 부하들을 내세우고 뒤로 빠지더니만…… 이런 골치 아픈 공간을 만들고 있었단 말이지.

　'재밌네.'

입꼬리를 올린 강서준은 카피캣에게 접근했다. 녀석도 용케 '맹수의 울음'부터 '광속'을 활용한 '태산 가르기'를 발동하고 있었다.

콰아아아아앙!

일격에 공간이 무너질 듯한 충격이 느껴졌다. 실제로 사방을 뒤덮은 마력이 거세게 흔들렸다.

데칼이 이죽이며 말했다.

─정말 어마어마하군. 어떻게 한 달 사이에 이 정도나 변할 수 있지?

"글쎄."

강서준은 카피캣을 상대로 도깨비 검무를 잇더니 한순간에 녀석의 다리를 베고, 균형이 무너진 틈을 노려 머리에 칼을 꽂아 넣었다.

"교과서 위주로 공부했다고 할까."

─재수 없군.

허공이 일렁이더니 새로운 카피캣이 나타났다. 이번엔 하나도 아니고, 셋이나 되는 카피캣이 주변을 뒤덮었다.

"너무 무리하는 거 아니야?"

카피캣이 셋이나 등장한 만큼 주변을 뒤덮은 마력도 상당히 옅어졌다. 이대로면 그가 뭘 더 하질 않더라도 알아서 스킬이 해제될 터.

─쓸데없는 걱정을 하는군.

콰아아앙!

강서준은 지척에 접근한 카피캣의 공격을 피해 연신 뒤로 물러났다.

사방에서 다가오는 세 카피캣은 확실히 홀로 감당해 내기란 쉬운 일이 아니었다.

－슬슬 한계인 모양인데.

"뭐…… 그런 셈이지. 근데 너도 마찬가지잖아?"

강서준은 순순히 긍정하며 하나의 카피캣을 또 쓰러트렸다.

제아무리 그를 복사해서 만든 카피캣이라고는 하나, 그의 전투 스타일까지 모조리 따라 할 수는 없었다.

기어코 두 카피캣마저 쓰러트린 강서준은 거친 숨을 뱉어 내며 호흡을 정돈했다.

－정말…… 말이 안 나오는군.

"칭찬 고마워."

－그러니 더 탐나.

강서준은 주변으로 새로 나타난 다섯의 카피캣을 보며 짧게 혀를 찼다.

이번엔 정말 위기라는 생각도 들었다.

물론 주변을 뒤덮은 마력도 상당히 옅어져 더는 이 공간을 유지할 여력조차 얼마 남지 않은 듯했지만…….

녀석도 순순히 인정하며 말했다.

─마지막이다. 이것마저 쓰러트린다면 널 인정하지.

"웃기고 자빠졌네."

강서준은 짧게 혀를 차며 다가오는 카피캣을 향해 다시 검을 휘둘렀다. 단검조차 무겁게 느껴질 정도로 체력이 떨어진 걸까.

이번엔 다가온 카피캣에 의해 허리 쪽이 크게 베이고 말았다.

"……크윽."

다행히 아이템의 효능까지 복사할 순 없는 듯했다. 재앙의 유성검의 전매특허인 '블러드 석션'이 발동하진 않았다.

─꽤 힘들어 보이는군?

녀석의 이죽거림을 들으며 강서준은 빠르게 하나의 카피캣을 쓰러트릴 수 있었다.

대신 넷이나 되는 놈들이 주변을 에워쌌다.

강서준은 미간을 구기며 카피캣을 둘러봤다.

'대체 이 스킬을 위해 몇 명이나 희생되고 있는 거지?'

보아하니 이 스킬은 데칼 단일이 사용하는 게 아니다. 주변을 뒤덮은 각양각색의 마력이 그 증거였고, 이런 공간 자체를 만들어 냈다는 것부터 혼자 해낼 수준이 아니었다.

새삼스럽지만 이런 생각도 들었다.

'일개 플레이어가 가질 힘도 아니야.'

과연 수백의 마력을 본인의 스킬에 욱여넣는 일을 데칼 혼자서 저지른다는 게 가능한 일일까.

그것도 상대를 완전히 복사하는 능력이라니?

강서준은 쓰게 웃으며 입술을 짓씹었다.

'이것도 관리자가 개입한 건가.'

대체 0116 채널의 관리자는 리카온 제국인에게 얼마나 많은 특혜를 주고 있단 말인가.

강서준은 짜증 섞인 목소리로 말했다.

"이제 그만 끝내야겠어."

─바라던 바다.

주변에서 카피캣들이 가공할 만한 기세로 자세를 잡았다. 강서준도 호흡을 가다듬고 녀석들을 경계했다.

'여길 빠져나가기 위해 아껴 둔 스킬이지만······.'

아무래도 '영역 선포'를 한다면 이 공간을 빠져나가는 건 무리도 아닐 것이다.

주변으로부터 원거리로 흡혈하는 기술은 그 자체로도 강서준을 어느 정도 회복시켜 주니까.

자고로 '피'에는 '마력'도 포함된다.

사용 제한이 있어 유사시에 쓰는 게 최선이겠지만 지금 아니면 또 언제 쓸까 싶다.

'······아끼다 똥 되기 전에.'

그렇게 강서준이 재앙의 유성검에 집중하며 스킬을 발동시키려 할 즈음이었다.

['계약'이 발동합니다.]

뭐?

[마왕 '쥬톤'이 '계약'을 이행할 것을 강렬하게 요구합니다.]

이 상황 자체를 뒤집을 황당한 메시지가 나타나고 있었다.

곧 강서준은 허공이 일렁이면서 공간을 찢고 나타난 한 형체를 마주할 수 있었다.

잔뜩 굶주린 아귀와 같은 얼굴.

"……쥬톤?"

마왕의 강림이었다.

예상하지 못한 일은 아니었다.

'그래고리의 먹을 것에 대한 집착은 아무도 못 말리니까.'

하지만 이렇게나 빨리 목성을 뛰쳐나와 우주까지 건너올 줄이야.

강서준은 허공을 찢고 나타난 쥬톤을 가만히 응시했다. 사실 그가 '킬 스위치'를 사용하고자 확신한 이유 중 하나가 이놈이다.

'만에 하나라도 쥬톤이 내 뒤를 쫓아 지구까지 넘어오면 정말 큰일이니까.'

그래고리는 먹을 것에 한하여 그 집착이 타의 추종을 불허

하고, 이렇듯 우주를 건너뛸 정도로 집요하기 그지없다.

계약으로 인해 어느 정도 영혼이 묶인 상태라면…… 녀석이 어떻게든 쫓아올 빌미가 있었다.

해서 녀석의 접근을 완전히 막을 방법이 필요했다.

'통로가 사라지면 제아무리 마왕이라 해도 쫓을 수 없을 테니까.'

즉 마왕의 등장은 불가피한 필연이고, 예상보다 빠르게 일어난 우연이었다.

강서준은 쓰게 웃으며 중얼거렸다.

"하여간 종잡을 수 없다니까."

정말 쥬톤의 등장이 이렇게 반가울 줄은 몰랐다.

강서준은 미간을 좁혔다.

'이건 기회야.'

쥬톤과의 계약은 '감정을 취할 수 있는 인물'을 공급해 주는 것.

아무래도 녀석이 여기까지 쫓아온 이유는 대체제로 마련해 준 인스턴트식이 성에 차질 않기 때문이다.

불량품을 환불하거나 교환을 요청하는 건 소비자의 권리니까.

'근데 마침 여기에 좋은 게 있지.'

강서준은 바로 입을 열었다.

"물론 계약을 이행해야지."

─그냥 도망간 줄 알고 조금 서운할 뻔했어.

"우리 사이에 설마."

─그래서 내 먹이는 어디에 있지?

강서준은 한쪽에서 어안이 벙벙한 채로 이쪽을 바라보는 카피캣으로 시선을 돌렸다. 그쪽을 바라본 쥬톤은 미간을 구겼다.

─저건 먹이가 아니다.

맞는 말이다.

저건 형태를 갖춘 스킬에 불과하다. 강서준이 가리키는 건 그보다 뒤에 있다.

쥬톤도 금세 알아차렸다.

─흐음…….

쥬톤은 주변을 둘러보며 고개를 갸웃했다. 데칼의 카피 공간 너머의 냄새를 맡은 모양이다.

─인간이 가득하군.

금세 눈동자가 탐욕으로 물들었다. 입가로 벌써 침이 줄줄 흐르고, 광기에 젖은 웃음이 새어 나왔다.

그럴 만도 했다.

그래고리, 그것도 '폭식의 마왕'의 입장에서 이곳은 말 그대로 뷔페나 다름없다.

'리카온 제국의 강자가 가득하니까.'

허공에서 데칼이 당황한 듯 중얼거린 건 그때였다.

-대체 내 공간에 뭘 들인 거지?

마왕을 못 알아보는 건가?

데칼은 다행스럽게도 쥬톤을 향해 결코 기죽지 않는 패기를 보여 줬다.

-네놈이 뭘 꾸민들…… 다 소용 없는 짓이다! 순순히 내 양분이 되어라!

쥬톤은 허공에서 앵앵대는 데칼의 목소리에 신기해하는 한편, 전혀 주눅 들지 않는 모습에 입꼬리를 씨익 올려 웃었다.

그가 강서준에게 시선을 맞추더니 말했다.

-확실히 계약대로군.

"내가 뭐랬어. 나 거짓말하는 사람 아니라니까?"

쥬톤은 바로 달려드는 카피캣을 향해 손을 내밀었다. 공격의 의사 따위는 보이지 않을 정도로 느릿한 움직임.

하지만 결과는 차원이 달랐다.

마치 파리라도 잡는 듯한 가벼운 움직임에 카피캣들이 속수무책으로 소멸당하고 있었다.

문득 기묘한 기분이 든다.

'저게 내 모습이 될 수도 있잖아.'

복사본이라 해도 외관은 강서준과 같다. 또한 마왕은 영원히 강서준의 편일 수 없다.

카피캣의 몰골이, 괜히 그의 미래처럼 안쓰럽게 느껴졌다.

절로 경각심이 들었다.

'맛을 보고 난 뒤에 녀석의 생각이 어떻게 변할지 누가 알아.'

당장 강서준의 영혼까지 삼킬 수 없다는 점과, 그와의 계약이 유효하기 때문에 쥬톤은 호의를 품고 있다.

그러나 계약 뒤엔 어떨까.

뭐든 볼일을 보기 전과 후는 다른 법. 강서준의 머리는 냉각수로 적신 듯 빠르게 식었다.

'……남은 시간이.'

이루리에게 의사를 건네자, 바로 돌아온 건 약 13분가량 남았다는 사실이었다.

'준비해. 바로 갈 테니까.'

─응. 근데 꽤 불안한 감정이 느껴지는데. 무슨 일 있어?

'별일 아냐.'

쥬톤은 이어서 손을 몇 번 더 휘저어 데칼의 카피 공간 자체를 찢어 버렸다.

역시 레벨이 깡패긴 깡패다.

강서준을 위기로 몰았고, 이쪽 세계를 제패하는 데 가장 유효한 역할을 한 능력도.

수백 명의 마력이 뭉친 힘조차…….

결국 고렙의 몬스터에겐 통하지 않는다.

이게 RPG 게임의 현실이겠지.

"크윽…… 이게 대체 무슨?"

스킬이 강제로 해제됨에 따라 피를 토하는 데칼이 정면에 나타났다.

동시에 강서준은 초상비를 극성으로 발동시켰다.

[스킬, '광속(S)'을 발동합니다.]

[신체의 속도가 빛을 따라잡습니다. '광속'의 영향으로 '이형환위'를 사용할 수 있습니다.]

마치 분신을 남기듯 그 자리를 빠르게 벗어난 강서준은, 약속했던 3번 게이트로 내달렸다.

뒤쪽에서 폭발이 일어나고 쥬톤의 기운이 더욱 커져 감에 따라, 강서준은 더욱 힘껏 다리 근육을 당겼다.

머지않아 3번 게이트 근처에서 서성이던 일행을 발견할 수 있었다.

"강서준 님!"

김훈이 먼저 반겼고, 꽤 상처가 호전된 최하나도 이쪽을 보며 힘없이 웃었다.

꽤 조마조마한 얼굴을 하던 이루리가 그를 향해 물었다.

"데칼은?"

"그딴 놈은 이제 문제가 아니야."

"응?"

"그보다 빨리 돌아가자."

한편 옆에서 서성이던 송명이 강서준에게 다가왔다.

"얘기는 들었어요. 아예 통로를 지워 버린다고 하셨죠?"

"네. 미안하게 됐습니다."

"아뇨. 차라리 잘된 일입니다."

그 말은 의외였다. 제아무리 전쟁을 싫어하는 그들이라 해도, 세계가 단절되는 꼴은 원치 않을 줄 알았는데.

"우리도 리카온 제국을 정리할 시간이 필요했으니까요."

"아아……."

"게다가 진짜 끝은 아니잖아요."

강서준은 고개를 주억거리며 송명의 말을 긍정했다. 그의 말마따나 통로가 지워진다고 0116 채널과 영원히 단절되는 건 아니다.

'게임이 존재하는 한, 그리고 관리자가 있는 한.'

언젠가 다시 0115 채널과 통로는 개설된다. 관리자라면 지워진 통로를 다시 만들 수도 있을 테니까.

"언제가 될지는 모르겠지만 다시 만날 그날을 기다리고 있 겠습니다."

"네. 부디 몸조심하세요."

하지만 그건 그거대로 괜찮다.

이번 0116 채널의 개입이 플레이어에게 곤란했던 이유는, 아직 그들을 감당할 여력이 안 되기 때문이다.

근데 다음은 어떨까.

'플레이어는 성장한다.'

정식으로 운영되는 채널은 수많은 위험이 도사리는 만큼, 그만한 성장의 기회가 부여된다.

B급 다음엔 A급 던전이 있다.

플레이어는 던전을 공략하고 몬스터를 사냥하며 가파르게 레벨을 올릴 것이다.

'다시 통로가 개설될 때는 0116 채널을 뛰어넘었을 거야.'

그때는 마왕이고 뭐고 두려울 것도 없다. 강서준은 그렇게 만들 자신이 있었다.

"그러면 리오 리카온에게 안부를 전해 주세요."

"네, 그럼⋯⋯."

강서준의 일행과 함께 3번 게이트의 앞에 섰다. 그리고 떠나기 직전, 송명에게 나지막이 말을 건넸다.

"아, 잊을 뻔했는데요."

"네?"

"아마 데칼에게 있어 리오 리카온은 아킬레스건이 될 겁니다."

데칼이 가장 무서운 건 '상대의 스킬'을 복사해서 사용한다는 점이다. '카피 공간'도 상대의 스킬을 복사한다는 점에서 공포였다.

카피 공간은 관리자가 개입해서 그런지, 패시브 스킬마저 복사했었으니까.

'누구든 카피 공간에 빠진다면 죽음을 무릅쓰고 싸워야 할 거야.'

하지만 그 무적의 카피 공간에서도 결코 복사할 수 없는 스킬이 있었다.

바로 '아이템'에 내장된 스킬이다.

"데칼은 리오 리카온을 절대 따라 할 수 없어요."

0115 채널에서 아이템이 되어 버린 '리오 리카온'은 데칼이 복사할 수 없는 유일무이한 존재였다.

쿠우우웅!

강서준은 한쪽에서 거대한 먼지구름을 일으키며 생성된 엄청난 마력 파동을 확인했다.

그는 쓰게 웃으며 말을 이었다.

"물론 그조차 놈이 살아야 가능한 얘기겠지만요."

<hr>

카피 공간을 깨부순 쥬톤은 눈앞에서 피를 토하며 괴로워하는 인간을 내려다보고 있었다.

그 눈빛은 가히 그를 두려워하거나 공포에 사로잡힌 인간들이 할 법한 게 아니었다.

쥬톤은 씨익 웃으며 강서준을 향해 말했다.

ㅡ계약대로의 물건이군.

하지만 대답은 없었다.

쥬톤이 고개를 갸웃하며 강서준을 찾아봤지만, 이미 그의 인기척은 멀리 사라지고 있었다.

–뭐, 상관없나.

중요한 건 이쪽이다.

이곳엔 계약자가 약속했던 '음식'이 있고, 그 음식의 품질은 막 확인한 찰나였다.

이제 남은 건 미식을 즐길 뿐.

–어디 그럼…….

그때 눈앞으로 새로운 인간들이 속속 나타나기 시작했다. 놈들은 하나같이 공포에 떨면서도 용케 무기를 꼬나쥐고 이쪽을 노려보고 있었다.

"데, 데칼 님을 지켜라!"

"무, 무, 물러서지…… 마!"

두려움을 견디고, 공포를 이겨 내며 덜덜 떠는 손으로 이쪽을 무기로 겨눈 인간들.

다른 날이었으면 이조차 반가운 일이다. 박수갈채라도 보내며 즐길 수도 있었겠지.

하지만 오늘은 다르다.

–거슬린다.

그보다 맛있는 먹이가 눈앞에 있는데, 자꾸만 벌레가 꼬이고 있었다.

쥬톤은 신경질적으로 손을 휘둘렀다. 그가 한 번 휘두를 때마다 인간들은 육편이 되어 사방으로 흩날렸다.

-내 식사를 방해하지 마라.

그때 하늘을 뒤덮듯 수많은 함선이 쥬톤에게 다가왔다. 어마어마한 에너지 광선이 그를 향해 쏘아지고 있었다.

-슬슬 짜증 나려 하는군.

쥬톤이 얼굴을 일그러트리며 하늘을 올려다봤다. 그러자 형체가 커지더니 그는 한 마리의 호랑이가 되어 날카로운 이를 드러냈다.

터무니없지만 그 크기는 관제 타워보다 높았고, 하늘을 날던 함선을 아래로 내려다볼 정도였다.

"괴, 괴물······!"

누군가 그렇게 외쳤고 쥬톤은 신경질적으로 포효했다. 그 포효에 휘말린 함선들이 일시에 폭발을 일으킨 건 덤이다.

-날 귀찮게 하지 마라.

단 일격에 하늘을 말끔하게 비운 쥬톤은 다시 인간의 형태로 돌아왔다.

곧 데칼의 앞에 선 그는 여전히 흥미롭다는 듯 그 얼굴을 들여다봤다.

데칼이 이를 악물며 물었다.

"네놈······ 케이랑 무슨 사이지?"

-케이? 계약자를 말하는 건가?

"계약…… 그래. 역시 계약이었단 말이지."

데칼은 호흡을 가다듬더니 허리를 꼿꼿이 세웠다. 강렬한 눈으로 쥬톤을 향해 말했다.

"나도 계약을 하겠다."

ㅡ흐음?

"내 이름은 데칼 리카온. 리카온 제국의 총사령관이자, 미래의 황제가 될 자! 원하는 게 무엇이든 케이가 줬던 것의 두 배로."

한껏 패기롭게 중얼거리던 데칼이었지만 더는 말을 이을 수 없었다. 한순간에 상반신이 통째로 사라졌기 때문이었다.

ㅡ오오오!

쥬톤은 입안에서 느껴지는 감미로운 맛에 입꼬리를 올려 대며 탄식을 이어 나갔다.

ㅡ정말 진미로군!

계약자가 마련해 줬던 것들도 충분히 맛있었지만, 역시 날것 그대로의 음식을 따라갈 순 없다.

그중 데칼이 마지막으로 가졌던 가장 강렬한 감정을 더욱 깊게 음미할 수 있었다.

케이에 대한 적대감.

터무니없지만 데칼은 죽는 그 순간까지도 케이를 이기기 위한 생각만을 하고 있었다.

마지막에 계약을 시도한 행위 또한 케이가 했으니, 본인도

할 수 있을 거란 확신에서 나온 행동이었다.

쥬톤은 짧게 혀를 찼다.

―어리석은 인간이군. 본인의 수준을 몰라도 너무 몰라.

데칼의 생을 모조리 탐식한 쥬톤은 입안을 감도는 잔향을 느끼며 숨을 느리게 뱉었다.

―하지만 그토록 어리석기에 공포를 잊을 수 있었던 건가. 한 인간의 다채로운 감정을 느꼈기 때문일까?

더욱 풍부한 표정을 짓게 된 쥬톤은 슬슬 희미해지는 계약자의 흔적을 바라봤다.

새삼스럽지만 데칼의 기억엔 계약자와 관련된 이야기도 많았다.

―역시 겉모습은 가짜였군.

계약자는 겉보기엔 너무나도 여리고 연약한 미물에 불과했다.

하지만 그 속내는 감히 엄두도 낼 수 없는 무시무시한 무언가를 품고 있었다.

영혼을 마주해 봤기에 더더욱 확신했다.

―한 세계를 찬탈한 괴물. 마왕과 용조차 감히 어찌할 수 없는 절대자라…….

케이란 그런 존재였다.

그런 괴물에게 감히 덤볐던 데칼이 진심으로 안타까웠고, 또한 계약자에게 함부로 했던 과거가 불현듯 떠올랐다.

—혹시 말실수라도 하진 않았…….

하지만 그때 계약자와의 연결은 덜컥 완전히 끊어지고 말 았다.

아주 다행스럽게도 말이다.

킬 스위치

일본 규슈 후쿠오카현, 북서부.

인천에서 비행기로 대략 1시간 10분가량 걸리며, 부산에서 배를 타면 약 3시간이면 도착하는 도시.

일본의 '후쿠오카'는 규슈의 정치부터 경제, 문화의 중추적 관리 도시로 불리며 상업도시로도 유명한 곳이었다.

한국에서는 꽤 가까운 외국 여행지로 유명했는데, 뭐 이 모든 건 과거의 이야기다.

끼이이익……!

하카타역의 기둥에 금이 가더니 천장에서 돌덩어리가 후두둑 떨어져 내렸다.

폭삭 무너지는 한쪽의 건물.

하지만 비명조차 들리지 않았다. 애초에 사람이 있는 곳이
아니었다.

그어어억!

무너진 돌 더미를 밀어내고 갈기 같은 털을 삐쭉 뽑아낸
늑대인간이 나지막이 포효했다.

웨어 울프!

B급 던전의 몬스터로 레벨만 대략 260에 달하는 녀석.

아무래도 드림 사이드 오픈 이후로 '후쿠오카'를 멸망시키
고, 이 근방을 점령한 당사자라 할 수 있을 것이다.

피슈우웍!

그때 작살이 날아와 웨어 울프의 가슴팍을 빠르게 꿰뚫었
다.

그어억!

분노에 찬 눈빛이 작살이 날아온 방향으로 향했지만, 그곳
에서 또 다른 작살이 수 개 더 날아올 뿐이었다.

그어어어어억!

수많은 작살을 날린 장본인, 그러니까 멸망한 후쿠오카의
유일한 인간인 '리카온 제국인' 리지스는 짧게 한숨을 뱉어
냈다.

"다 정리한 줄 알았는데…… 아직도 남아 있었다니."

리지스는 단말마의 비명을 지르던 웨어 울프의 숨통을 완
전히 끊을 수 있었다.

조금만 늦었으면 근방의 게이트가 웨어 울프에 의해 손상당할 뻔한 일이었다.

"그나저나 언제쯤 넘어오려나?"

그 말에 동료인 '패스토'는 작살을 회수하며 답했다.

"빠르면 내일? 이곳이 완성됐다 한들 저쪽에서 넘어오는데 또 시간이 필요하잖아."

"하긴 한두 명이 아니지."

리지스는 꽤 찌뿌둥했는지 기지개를 켜며 건물 더미를 밟고 올라섰다.

인근의 건물이 모조리 반파된 터라 지평선으로 해가 떠오르고 있었다.

이쪽 세계는 동쪽에서 해가 뜬다고 했으니, 아마 그가 바라보는 방향이 동쪽이다.

"얼른 누구든 오면 좋겠다. 이 지겨운 동네는 빨리 벗어나고 싶어."

"내 말이……."

"쯧, 운도 지지리도 없지. 하필 인간 하나 없는 도시가 웬 말이냐고."

지구에서 제국의 게이트가 연결되는 조건은 단순했다.

'에너지가 가장 많이 들끓는 곳.'

해서 리카온 제국인들의 통로 대부분이 대도시로 연결된 것이다.

마족의 침공은 지구인의 대도시를 중심으로 일어났고, 그로 인해 그 땅은 대단위의 에너지가 증폭되곤 했으니까.

'근데 여긴⋯⋯.'

리지스의 시선이 재차 무너진 도시인 후쿠오카를 살폈다.

여긴 이미 몬스터에 의해 지배당한 도시였다.

인간의 흔적?

그들은 마족의 침공 흔적조차 발견할 수 없었다.

패스토는 어깨를 으쓱이며 말했다.

"말은 바로 해야지. 인간이 없긴 왜 없어?"

"있으나 마나였지."

"그래도 적잖이 재미는 봤잖아."

그 말에 리지스는 한쪽 울타리를 바라봤다. 근방의 인간들을 모아서 사육하는 장소였다.

그곳에서 종종 몬스터를 풀어놓고 있으면 시간 보내기로는 아주 딱이었다.

그조차 이틀 만에 싫증이 나서 전부 죽인 게 흠이라면 흠이지만.

리지스는 짜증 섞인 목소리로 말했다.

"이게 다 케이 탓이야."

그들이 마족이 없는 도시로 나타나게 된 이유가 뭘까.

이는 정규 업데이트 이전에 멸망해 버린 마족에게 그 원인이 있었다.

"케이만 아니었으면 우린 지금쯤 서울이란 곳에서 놀고 있었을 거라고."

다른 지역에 급파된 제국군과 겨우 통신이 연결되어 알아낸 정보였다.

사실 '서울'로 연결되었어야 할 그들은, 마족이 몰락하면서 줄어든 에너지로 인해 결국 목적지가 바뀐 것이다.

패스토는 어깨를 으쓱했다.

"어쩌겠어. 차선책으로 에너지가 상당한 장소가 여기뿐이었는데."

"끄응……."

그렇다고 이곳에서의 생활이 마냥 쉬운 건 또 아니었다.

마족이 없더라도 이미 그 증폭량은 리카온 제국의 게이트를 활성화시킬 정도로 많았다.

B급 몬스터인 웨어 울프가 멋대로 돌아다니는 땅!

모르긴 몰라도 그들이 도착하기 전에 이미 이곳의 B급 던전이 던전 브레이크를 일으켰다는 방증이다.

리지스는 하카타역에서 멀지 않은 위치에 검은 빛깔로 빛나는 거대한 문을 바라봤다.

"뭐가 됐든 이 기분 나쁜 도시는 얼른 벗어나고 싶군. 게이트로 본대가 넘어오기도 전에 저 문에서 괴물들이 튀어나올 것만 같으니까."

패스토는 리지스의 말에 고개를 끄덕였다.

그들이 바라보는 문은 무려 A급 던전으로 넘어가는 입구.

그 존재만으로 심장을 옥죄어 오는 공포가 느껴졌다.

"일단 마저 정리하자고! 또 몬스터가 튀어나왔다간 근무 태만으로 귀찮은 일이 벌어질 수 있어."

한숨으로 대답을 대신하던 리지스가 마저 작살을 회수하러 걸음을 옮기려 할 즈음이었다.

게이트로부터 알 수 없는 흡입력이 생겨나고, 그곳에서 거대한 빛무리가 집적되기 시작했다.

거대한 마력도 느껴지는 게 심상치 않았다.

리지스가 황당한 얼굴로 중얼거렸다.

"뭐야. 못해도 내일 온다며?"

"……계산대로라면."

패스토는 입술을 잘근 깨물었다. 아무리 생각해도 제국에서 이쪽으로 넘어오기엔 너무 이른 시점이 아닌가.

계산이 잘못된 걸까?

그는 고개를 가로저었다.

"아니야. 난 틀리지 않았다. 빨라야 내일 도착이어야 정상이라고."

"……그럼 저건 뭔데?"

미간을 구기며 점차 집적되는 빛을 확인했다. 점차 형상을 갖추더니 그건 인간이 되어 가고 있었다.

패스토는 빠르게 결론을 내렸다.

"혹시 데칼 님이 아닐까?"

"뭐? 사령관님?"

"여긴…… 한국에서 가깝잖아."

데칼이 케이를 노리고 있다는 사실은 공공연하게 알려진 정보였다. 지난 올림픽에서도 한 차례 전투를 벌였던 것도 기억이 났다.

"단체로 넘어오는 건 너무 빠르지만…… 개인은 상관없어. 필요한 마력량이 그만큼 줄어드니까."

"그럼 저분이 사령관님이란 거지?"

"아무래도."

두 사람은 말없이 게이트를 바라보다 화들짝 놀랐다.

이곳으로 넘어오는 사람이 정말 '사령관'이라면, 발등에 불이 떨어진 것이기 때문이다.

"어, 어떡하지? 우리 아직 한국으로 넘어가는 방법을 찾진 못했는데?"

"그보다 여기 상황을 사령관님이 아신다면 크게 화를 내실 것 같아."

"아아…… 미치겠네!"

상황이 어찌 됐든 그들은 부랴부랴 동료들에게 연락을 취했다.

사령관이 이곳으로 넘어왔을 때에, 그들이 집결해 있질 않는다면 그때야말로 진짜 큰일이다.

"사령관님을 직접 보는 건 처음이지만…… 소문으로는 눈빛으로도 인간을 죽인다더군."

"절대 그분을 화나게 해선 안 돼."

멀리 퍼져 있던 동료들이 다급하게 하카타역으로 모여들었다. 숫자는 대략 50에 달하는 인원.

그들은 옷매무새를 단정히 하고 점차 정돈되는 게이트의 앞으로 나열했다.

곧 게이트에서 누군가가 모습을 드러냈다.

"사, 사령관님의 방문을 환영……!"

말하는 와중에 그들은 전혀 예상치 못한 인물들을 마주해야 했다.

적잖이 적막이 감돌았다.

"……누구?"

"당신들이야말로 누군데?"

사령관을 직접 본 적은 없다. 하지만 그 얼굴조차 모를까.

잠시 상대를 응시하던 리지스는 불현듯 떠오른 이미지에 탄식을 내뱉었다.

"잠깐…… 당신, 케이야?"

"나 알아요?"

"아니, 아니…… 당신이 왜 거기서 나와?"

서로 질문만을 주고받는 사이, 리지스의 눈엔 다른 사람들의 얼굴들도 보였다.

지구로 넘어오기 전에 꼭 주의해야 한다고 적혀 있었던 극비 정보들.

그는 지구의 천외천에 대해서라면 빠삭하게 알고 있었다.

"대체 뭐가 어떻게 된 거야. 왜 게이트로 당신들이……."

혼란스러운 상황이었다.

하지만 리지스는 물론, 패스토도 그 상황을 적응하기도 전에 온몸을 감도는 짜릿한 전류부터 느껴야 했다.

"……끄아아아악!"

알 수 없는 격통이 전신을 휘감았다. 무기력한 감정이 절로 고개를 들었고, 이내 파르르 입술을 떨면서 그가 외쳤다.

"무, 무슨 짓을 한……!"

그리고 그게 리지스를 비롯한 패스토의 마지막 의식이었다.

그들은 속수무책으로 소멸해 가는 의식 너머로 무슨 일이 벌어진 건지 전혀 알 수 없었다.

마치 '천벌'로 인해 황무지가 되어 버린 화성처럼.

['킬 스위치'에 의해 '차원 게이트'가 삭제되었습니다.]
[관련된 데이터를 삭제합니다.]

그들의 영혼은 지워지고 말았으니까.

대관절 눈앞에서 픽픽 쓰러지는 인간들을 둘러보며 강서준은 쓰게 웃을 수밖에 없었다.

뒤편으로 차원 게이트의 빛무리도 일시에 소멸하고 있었다.

최하나는 약간 안심한 기색이었다.

"……성공한 모양이네요."

"네. 일단 골칫거리는 하나 해결이죠."

과연 그들이 떠나온 리카온 제국은 어찌 됐을까.

그래고리의 왕인 '쥬톤'을 마주한 데칼의 운명은?

또한 0116 채널의 앞날은?

복잡하게 떠오른 생각은 일시에 털어 낼 수 있었다. 그들이 어찌 됐든 그에게 중요한 건 하나도 없었다.

어차피 이제 거긴 남 일이다.

"그나저나 여긴 어디죠?"

마력의 흐름이 심상치 않았다. 주변의 파괴된 흔적이 대단하여 멸망한 도시라는 것만은 알았다.

멸망 직전에 이르렀던 부산조차 이렇게 철저하게 파괴되진 않았는데 말이다.

강서준은 문득 한쪽을 바라봤다.

"A급 던전……?"

인근을 어지럽히는 모든 마력의 원천이었다. 강서준은
저 안쪽에서 용솟음치는 끔찍한 마력에 저도 모르게 몸을
떨었다.

주변을 둘러보던 최하나가 입을 연 건 그때였다.

"여기…… 후쿠오카예요."

"후쿠오카요?"

"일본요."

그녀의 시선에 따라 주변을 둘러보다 보니 부서져서 잘 보
이진 않지만, 확실히 일본어가 적힌 간판들이 더러 보였다.

"하카타역. 여기 와 본 적 있어요."

역시 안 가 본 곳이 더 없다는 세계적인 스타의 견식이다.

그리고 이곳이 후쿠오카라면 생각했던 것보다 더 다행이
라는 결론으로 이어진다.

"날아서 가면 1시간도 안 걸려 부산으로 갈 수 있겠군요."

자칫 이름도 모르는 무인도나 지구 반대편에 떨어진 것보
다는 천만다행이 아닌가.

이제 사소한 문제만 해결하면 된다.

"그럼 이제 거기까지 날아갈 방법을 찾는 건데요."

김훈이 고개를 갸웃하며 물었다.

"까마귀를 타면 되지 않아요?"

"그게 이 모양이라서요."

강서준이 소환해 낸 까마귀는 너덜너덜한 모양새로 힘없

이 부르르 떨었다.

영혼의 내구력이 소멸 직전이다.

"데칼을 상대하는 게 쉽진 않았거든요. 도깨비 갑주를 유지하다 보니 그만……."

어쩔 수 없이 감투에 보관 중이던 까마귀의 영혼까지 끌어다 쓴 결과였다.

강서준은 어깨를 으쓱이며 말했다.

"고룡도 1시간이나 되는 긴 시간을 거대화할 수 없어요."

"……그렇군요."

즉 부산으로 돌아가는 방법을 찾자면 크게 두 개를 뽑을 수 있다.

"하늘을 나는 몬스터를 포획하거나, 보충할 영혼을 수집하는 겁니다."

사실 그들이 할 행동은 정해져 있다. 당장 보더라도 근방엔 하늘을 나는 몬스터 따위는 없었으니까.

그보다 어그로가 끌린 몬스터가 눈에 익는다.

강서준은 거두절미하고 말했다.

"저 던전…… 늑대 소굴이군요."

웨어 울프 한 마리가 낮게 포효하며 이쪽으로 달려들었다.

최하나는 미간을 구기며 말했다.

"늑대 소굴이면…… 저 던전은 포기해야겠네요."

"네. 아직 우리에겐 너무 위험해요."

강서준은 어깨를 으쓱이며 달려드는 웨어 울프를 향해 재앙의 유성검을 던졌다.

일격에 흡혈당해 미라처럼 변해 버린 웨어 울프!

강서준은 녀석의 영혼까지 수거하며 낮게 한탄했다.

"늑대 소굴은 보통의 던전과 다르게 완전히 공략이 되어야 출구가 생겨나니까요."

또한 강서준은 왜 이 도시엔 인기척이 느껴지지 않는지 그 이유를 알 수 있었다.

늑대 소굴이 탄생한 도시라면…… 충분히 그럴 법하다.

'공략되질 못했다면 모두 저 던전에게 잡아먹혔을 테니까.'

즉 생존자를 찾는다면 저 던전 안으로 들어가야 한다. 그리고 저곳은 공략을 성공시키기 이전엔 결코 빠져나올 수 없다.

'저 안으로 들어간들 생존자가 있을지는 잘 모르겠지만……'

공략되지 못한 A급 던전이다.

과연 살아 있을까?

"아직 A급 던전을 공략하기엔 시기상조입니다. 짤 파밍 위주로 가시죠."

짤 파밍.

곳곳에 돌아다니는 몬스터 한두 마리씩 처치해서 영혼을

천천히 수급하자는 계획.

시간이 걸리더라도 그게 안전하고 확실한 방법이었다.

"그럼 최하나 씨. 몬스터들을 찾아 주시고 김훈 씨는 공간 이동으로."

거기까지 말했을 때였다.

츠츠츠츳!

"······돌아왔으면 연락을 하라니까!"

허공에서 갑자기 포탈이 열리면서, 머리 하나가 불쑥 밖으로 튀어나왔다.

지적이지만 약간 지친 눈동자.

세상의 모든 걸 꿰뚫어 볼 것만 같은 시선이 강서준에게 닿았다.

강서준은 헛웃음을 지었다.

"······링링?"

관리자, 샛별

별안간 허공에서 튀어나온 링링은 약간 지친 얼굴을 하고 있었다.

"뭐야, 너 어떻게 여기에……?"

잠시 말을 흘리던 강서준은 링링의 뒤편에서 빛을 발하는 포탈을 주목했다.

다소 터무니없는 결론이 나왔다.

"그새 일본까지 포탈을 열 수 있게 된 거야?"

링링의 마법으로 포탈은 열 수 있어도, 그 한계는 부산…… 그것도 편도에 불과했던 게 생각난다.

근데 잠시 0116 채널에 다녀온 사이, 일본까지 열 수 있을 정도로 마법을 개량했다고?

강서준은 어느덧 차원 게이트로 다가가 겉면을 부수고, 안쪽에서 '포탈 코어'를 신줏단지 모시듯 꺼내는 링링을 볼 수 있었다.

바로 납득했다.

'포탈 코어를 분석해 낸 거구나.'

이미 부산에서 '포탈 코어'를 회수한 그들이었다.

그리고 포탈 코어는 본래 차원을 넘는 것보다 워프에 쓰이는 물건.

공간 이동의 개념을 완전히 이해하고 있는 링링이라면, 포탈 코어를 응용해서 마법을 개량하는 건 누워서 떡 먹기나 다름없었을 것이다.

마침 포탈 코어를 인벤토리에 무사히 회수한 링링은 강서준에게 시선을 던지며 물었다.

"그나저나 저건 네가 한 거야?"

링링이 손으로 가리킨 방향엔 억울한 듯 눈도 제대로 감지 못한 채 죽은 시체가 여럿 있었다.

'리카온 제국인들.'

강서준은 쓰게 웃으며 긍정했다.

"아마도?"

저들이 죽은 이유는 간단했다.

'세계를 잇는 통로가 지워졌으니까.'

리오 리카온의 친위 기사가 이쪽에서의 대미지와 무관하

게, 알 수 없는 이유로 죽음을 당한 것과 같았다.

차원 게이트 자체에서의 타격!

이는 리카온 제국인들의 신체에 직접적인 영향을 주고, 부활조차 어렵게 만들었다.

즉 '차원 게이트'가 '킬 스위치'에 의해 삭제되면서, 그 안에 연결되어 있던 모든 것들이 큰 타격이 생긴 것이다.

원리도 추측할 수 있었다.

'공간의 틈이라고 했지.'

김훈이 말하길, 공간 이동이나 차원 이동을 할 때엔 그 틈이 생겨난다고 했다.

그리고 만약 그 틈에 갇히게 된다면, 플레이어는 영원히 그곳을 떠돌게 될 거라고.

지금 리카온 제국인들이 그렇다.

'틈에 갇혔거나 죽은 거야.'

아마 이곳에 왔을 때 확인한 시스템 메시지를 보면 후자의 확률이 높았다.

'관련된 모든 걸 삭제했으니까.'

통로를 삭제하면서 관련된 모든 것이 삭제한다는 게 무얼 뜻하겠는가.

빤하다.

게이트를 이용해서 지구로 넘어와 게임처럼 이 세계를 농락하던 리카온 제국인들이다.

강서준은 링링에게 이에 대한 설명을 짧게 해 줬다. 똑똑한 그녀답게 바로 이해하더니 더 짧은 평을 들려줬다.

"케이가 케이했네."

"뭐?"

"아, 요즘 유행하는 말이야."

피식 웃던 그녀는 최하나와 김훈까지 돌아본 뒤, 다시 그녀가 열었던 포탈로 다가갔다.

"그럼 슬슬 돌아가자. 모두가 기다려."

안 그래도 링링이 만든 포탈의 파문이 조금씩 거칠어지면서 그 흐름이 흩어지고 있었다.

장거리 포탈은 아직 무리였을까.

혹은 내구성을 확보하진 못한 걸까.

조금만 있으면 포탈 자체가 사라질 판이었다.

그나저나 '기다린다'라…….

'묘한 단어야.'

오랜 시간 혼자 살아왔던 강서준에겐 특히 낯선 단어였다.

어렸을 적부터 그를 기다리는 건 곰팡이 핀 반지하의 텅 빈 집이나 험상궂은 깡패들뿐이었으니까.

그에게 있어 누군가가 기다린다는 건 꽤 유쾌한 일이 아니었다.

'생각해 보면 나한텐 집조차 꽤 그리운 공간은 아니군.'

하지만 조금 전에 링링에게 들었던 '기다린다'는 단어는 묘하게 푸근한 감상이 전해졌다.

따뜻함? 혹은 안락함.

어쩌면 이게 진짜 집이라는 걸지도 모르겠다.

세계가 멸망하고 나서야 이런 기분을 느낀다는 게 실로 아이러니한 일이지만.

문득 김훈이 조심스레 입을 열었다.

"혹시 포탈의 멀미는 개선이 되었는지요……."

"안 했는데? 성능이 우선이라."

그런 말을 하는 링링의 얼굴 표정도 썩 좋아 보이질 않았다. 어쩐지 안색이 나쁘고 상당히 지친 표정이더라니.

부산으로 넘어가는 것만으로도 상당한 멀미를 동반하는 포탈 이동.

그보다 먼 일본의 후쿠오카까지 건너온 길은 쉽지 않았을 것이다.

강서준은 쓰게 웃으며 상당히 질린 안색으로 바들바들 떨고 있는 김훈을 일별했다.

멀미는 사실 그에겐 대수롭지 않은 일이다. 세계를 몇 차례 넘으면서 면역은 충분했으니까.

'그러고 보면 두 사람도 차원을 두 번이나 넘었는데…… 면역이 생겼겠는걸.'

머릿속으로 그런 생각을 떠올리며 포탈에 발을 디뎠을 즈음이다. 링링이 뭔가를 떠올렸는지 뒤늦게 입을 열었다.

"맞다. 아직 말 안 한 게 있는데 건너편에."

거기까지 들었을 때는 이미 그의 몸이 포탈의 흡입력에 의해 빨려 들어가고 있었다.

몸이 붕 뜨고 대단하게 흔들어 대는 감각이 전신을 스쳤다.

과연 링링은 무슨 말을 하려 한 걸까.

[칭호, '세계를 넘은 자'를 발동합니다.]
[세계를 넘을 때의 충격을 100% 상쇄합니다.]

강서준은 링링이 하고자 했던 말이 무언지 건너편에 도착하자마자 바로 알 수 있었다.

"와아! 케이다!"

"케이! 진짜 케이 님이야!"

"여기 좀 봐주세요! 와아아아아!"

"케이 니이이임! 케이 니이이임!"

생각했던 것보다 훨씬 더 많은 인파가 그의 귀환을 기다리고 있었으니까.

이후 일이 어떻게 흘렀는지 모르겠다.

정신없이 터지는 플래시와 사방에서 쏟아지는 취재 열기!

케이의 귀환 소식은 그 유명세만큼이나 일파만파 퍼진 상태였고, 포탈이 열렸던 곳인 광화문 일대는 말 그대로 엄청난 인파가 들끓었더랬다.

2002년 월드컵이 생각날 정도였다.

그 정도면 서울의 생존자는 하나도 빠짐없이 전부 모였다고 봐야 하지 않을까.

나중에 안 사실이지만, 현재 아크는 전 세계에서 모여든 플레이어들로 인한 유례없는 대호황기를 맞고 있었다고 한다.

마족의 침공으로 인한 피해가 큰 건 사실이지만, 그들을 완전히 격파한 국가는 한국이 유일했던 것이다.

즉 지구상 가장 안전한 도시라는 게 증명된 셈.

한국, 그리고 서울은…… 이미 명실상부 지구 최고의 도시로 부상하고 있었다.

"대체 내가 돌아왔다는 건 어떻게 안 거야?"

"하필 GPS를 읽던 잭 옆에 장기용이 있었거든. 그놈 입이 워낙 싸야지."

"……장기용?"

강서준은 포탈을 넘은 시점에 그를 향해 울며불며 달려들던 장기용을 떠올렸다.

혼백(魂魄)이라던가.

그 정신 나간 단체가 집단으로 울음을 터뜨리며 그의 이름을 연호할 땐, 상당히 무섭단 생각도 들었다.

차라리 보스 몬스터가 눈앞에서 포효하는 게 훨씬 나았다.

"이게 다 링링 네 탓이야."

"네가 말을 다 듣기도 전에 넘어간 게 잘못이지."

"그게 아니라 왜 하필 광화문같이 다 뚫린 공간에……."

말을 잇던 강서준은 수많은 취재 열기를 재차 떠올렸다.

설마 그녀가 포탈을 연다는 행동을 할 때, 수많은 기자가 몰려든다는 사실을 몰랐을까?

과연 제재를 못 한 걸까?

"……너 혹시 일부러?"

링링은 애써 강서준의 말을 무시하며 홀로그램을 조작했다. 허공엔 지구의 모형이 나타나며 곳곳에 벌어지는 일들을 보여 줬다.

그녀는 화제를 바꾸려는 듯 속사포로 입을 열었다.

"이제 리카온 제국인들은 신경 쓸 필요는 없고…… 남은 건 마족이야. 전 세계에 퍼진 그놈들만 축출해 내면 당장 급한 불은 끈 셈이지."

"말 돌리는 솜씨 한번 예술이네."

"이젠 너도 있으니 훨씬 수월해지겠지. 케이. 일단 진 제국에 다녀오는 건 어때?"

짧게 한숨을 내뱉은 강서준은 홀로그램을 올려다봤다. 링링이 말한 진 제국은 '자금성'이 있는 '베이징'을 말한다.

"견성이네."

영상에선 한껏 부화한 견성이 진 제국의 플레이어를 상대로 무지막지한 힘을 발휘하고 있었다.

그간 리카온 제국인들이 의외로 방파제 같은 역할을 해서 버텨 왔지만, 그 방파제가 일시에 사라진 탓에 한창 곤란을 겪고 있었다.

강서준은 잠시 고민하다가 고개를 가로저었다.

"견성 정도는 내가 없어도 돼."

"응?"

"자금성에 있는 건 리트리하지?"

플레이어 협회인 유니온은 당연히 마족을 막아 내기 위해 전 세계로 유능한 플레이어를 파견 보내고 있었다.

그중 리트리하는 진 제국과 연이 닿았던 전적 때문인지, 홀로 자금성을 맡고 있었다.

강서준은 눈을 빛내며 말했다.

"나도석 씨를 보내. 그 둘이라면 충분할 거야."

잠시 고민하던 링링도 고개를 주억거리며 긍정했다. 리트리하가 있는 한, 당장 자금성에 부족한 건 '방어력'이 아니었다.

필요한 건 적을 꿰뚫을 수 있는 강력한 공격력.

또한 견성의 특성을 떠올려 보면 나도석만 한 인재는 없다.

"미친개에겐 매가 약이니까."

견성, 그러니까 '미친개'라 불리는 그 마족 녀석은 사람을 미치게 만드는 힘이 있다.

일전에 포탈 던전에서 강서준을 습격했던 견성의 계약자 녀석이 수하들을 미친개로 만들었던 것과 같았다.

하지만 심신합일을 이룬 그라면?

그것도 지난 싸움으로 인해 한층 성장한 나도석이라면?

"베이징도 금방 탈환하겠지."

링링은 홀로그램을 돌려 세계 곳곳을 더 보여 줬다.

하지만 강서준은 족족 그녀의 제안을 거절했고, 어떤 마족도 그가 직접 잡는다는 말을 하질 않았다.

링링이 미간을 구기며 물었다.

"대체 무슨 생각이야?"

"뭘?"

"기껏 돌아와 놓고 아무것도 안 하겠다니. 답지 않게 왜 그러는데? 내가 기자 좀 불렀다고 지금 시위하는 거야?"

이제야 솔직해지네.

강서준은 쓰게 웃으며 어깨를 으쓱했다. 그녀의 행동이 얄밉긴 해도 그 때문에 유치한 시위를 벌이는 건 아니었다.

"잠시 차원 서고에 다녀오려고."

"또?"

"급한 일로 중간에 나온 거잖아. 아직 그곳에서 해야 할 일이 남아 있어."

2층 서고로 올라가 이전에 읽지 못했던 책들의 뒷내용도 살펴봐야 한다.

정규 업데이트는 끝났지만 다가올 게임 시나리오는 지금보다 훨씬 무겁고 어려울 테니까.

미리 준비해 둬야 나중에 덜 고생한다.

'전직 보상도 받아야 하고.'

링링은 아쉽다는 듯 입맛을 다시다 이내 수긍하기로 했다.

사실 그녀도 무조건 강서준이 나서는 게 정답이 아니라는 걸 알고 있었다.

"뭐 어쩔 수 없지. 시간은 더 걸리겠지만 생각해 보면 이쪽이 장기적으로 더 나으니까."

강서준이 나서서 마족을 처치하는 건 마냥 좋다고 볼 수 없는 일이다.

단기적으로 위기는 덜어내지만, 장기적으로 본다면 인류 전반적인 손해가 생겨난다.

'정규 업데이트는 위기를 초래하지만 다른 한편으로는 플레이어의 성장을 초래하는 일이니까.'

한데 이번 메인 콘텐츠인 0116 채널과의 연결을 사전에 차단해 버렸다.

어찌 보면 강서준은 위기 자체를 지우면서, 플레이어들이 성장할 기회마저 빼앗았다.

'아직 플레이어들은 더 성장할 필요가 있어. 다가올 시나리오를 견디려면 더 강해져야 해.'

적어도 지구의 수준이 전반적으로 리카온 제국을 웃돌길 바랐다. B급 던전은 코웃음 치며 가볍게 공략할 정도가 되어 주면 최고다.

강서준은 쓰게 웃으며 입을 열었다.

쇠뿔도 단김에 빼랬다고.

"슬슬 다녀올게. 오래 걸리진 않을 거야."

"그래. 또 이상한 데로 빠지진 마."

그 말을 끝으로 방을 나선 강서준은 허공을 응시했다.

이전처럼 에베레스트의 정상까지 오를 필요는 없었다.

'차원 서고의 주인'은 어디서나 차원 서고의 문을 열 자격이 있었으니까.

"차원 서고로 가는 길을 열어 줘."

곧 강서준의 눈앞으로 시스템 메시지가 나타났다.

이제 차원 서고의 관리자 모드가 활성화되면서 포탈이 열려야 할 차례였다.

근데.

"어?"

나지막한 의문과 함께 그의 몸이 전혀 다른 곳으로 전송되기 시작했다.

시간이 멈춘 듯한 착각이 들었다.

뭐지?

['알 수 없는 흐름'에 의해, 당신은 '샛별의 은신처'로 이동됩니다.]

어느덧 정신을 차려 보니 그는 사방이 별로 뒤덮인 우주에 서 있었다.

그리고 그곳엔 어린왕자처럼 별들을 올려다보던 한 남자 아이가 있었다.

"왔네."

"당신은……?"

"급하게 불러 미안해."

터무니없지만 강서준은 상대를 보자마자 그 정체를 파악할 수 있었다.

막말로 그를 다짜고짜 이동시킬 수 있는 존재는 이 세계에 단 하나뿐이었다.

"……관리자이십니까?"

그는 천진하게 웃으며 손을 흔들었다.

"반가워. 난 0115 채널의 관리자 '샛별'이라고 해."

별이 쏟아지는 전경에, 어울리지 않는 현대식 테이블이 있었다.

다양한 다과가 놓였고 김이 폴폴 나는 찻잔도 보였다.

어안이 벙벙한 얼굴로 가만히 있으려니, 옆에서 한 소년이 약간 조심스러운 말투로 말을 걸어왔다.

"마음에 안 들어?"

강서준은 퍼뜩 정신을 차리며 소년을 바라봤다.

0115 채널의 관리자, 샛별.

그는 약간 서운한 얼굴로 테이블 위의 세팅을 바꾸더니 말했다.

"평소 좋아하는 과자로 꾸민 건데…… 음. 잘못 알고 있었나?"

"아뇨, 그게 아닙니다."

"그럼?"

"이게 무슨 상황인지 잠시 생각해 보고 있었어요."

강서준은 가재눈을 뜨며 샛별을 살펴봤다.

키는 얼추 초등학생 정도는 될까. 지상수보다 작았고, 소싯적의 라이칸보다는 컸다.

정말 이 꼬마가 채널의 관리자일까?

아이크 같은 분위기를 원한 건 아니지만, 그렇다고 이 정도로 어릴 줄은 상상도 못 했다.

샛별은 눈을 가늘게 뜨며 말했다.

"믿기 어렵겠지만 난 관리자가 맞아. 원한다면 증명해 줄 수도 있어."

"……괜찮습니다. 믿어요."

잠시 당황스러웠을 뿐이다.

생각해 보면 관리자의 생김새는 이렇다 하게 정해진 건 없다.

귀에 걸면 귀걸이고, 코에 걸면 코걸이다.

그가 그렇다면 그런 것이다.

관리자의 외관을 인간의 기준으로 재단할 필요는 없었다.

무엇보다 그는 이미 증명해 냈다.

'아무렴 관리자가 아니고서야 이런 공간은 만들 수 없을 테니까.'

강서준은 류안으로 주변을 살폈다. 이 공간이 재밌는 이유는 마력의 흐름이 아예 존재하지 않는다는 데 있다.

'세상과 완전히 단절된 공간.'

강서준은 이런 공간에 들어온 적이 있다. 말하자면 '달'에서 들어갔던 아이크의 백도어도 그랬으니까.

"여긴 당신의 백도어입니까?"

"뭐, 그런 셈이지."

"놀랍군요. 아예 다른 세계 같아요."

빈말이 아니었다.

일전에 아이크의 백도어는 마지막 피난처라는 의식이 강했다. 겨우 살아남았던 약 1m 반경의 공간.

하지만 여긴 무려 지평선이 보인다.

하늘에서 쏟아지는 별들은 축제를 벌이는 듯했다. 웅장한

BGM이 깔려 있질 않아 그렇지, 보이는 건 대단히 시끄러운 풍경이다.

"나도 쉴 곳은 필요하니까. 워라밸이 무너진 삶은 극혐이야."

"……직장인 같은 말을 하시네요."

"틀린 말은 아니잖아? 서버를 운영하는 게 내 일이니까."

강서준과 샛별의 시선이 허공에서 부딪쳤다. 무어라 말을 더 잇기도 전에 샛별은 어깨를 으쓱이며 먼저 입을 열었다.

"뭐 이런 말을 하려고 부른 건 아니고."

샛별은 테이블 위의 과자 하나를 입에 물었다. 강서준이 가장 좋아하는 과자 중 하나인 '감자칩'이었다.

바삭!

"거창하게도 일을 벌였더라."

"……네?"

"어디서 그런 사기적인 아이템을 구했는지는 물어보진 않을게."

강서준은 얼추 대화의 흐름을 파악할 수 있었다. 대관절 관리자가 전면에 나서 직접 말을 꺼낼 정도의 대단한 짓은 아마 '그것'뿐이니까.

말하자면 샛별은 강서준이 킬 스위치로 통로를 지운 사실을 추궁하고 있었다.

강서준은 짧게 답했다.

"치트가 아닙니다."

이건 0114 채널의 관리자인 '아이크'가 손수 만들어 준 시스템 명령어였다. 일회성이라 단 한 번밖에 쓸 수 없는 소중한 아이템.

"또한 버그도 아니죠."

꿈틀거리는 샛별의 눈썹을 확인하며, 강서준은 적잖이 안심했다. 어쨌든 지난번 일로 시스템이 민감하게 반응하진 않을 거란 확신이 들었기 때문이다.

'관리자도 아는 사안이야. 시스템이 모를까.'

그럼에도 강서준에겐 아무런 페널티가 주어지지 않았다. 정당한 아이템을 사용했다고 인식했단 증거였다.

게다가 이곳에서 플레이어를 소환한 관리자는 그가 좋아하는 다과상마저 마련해 놓고 있었다.

누가 봐도 책망의 분위기는 아니었다.

샛별은 고개를 주억거리더니 말했다.

"알아. 정당한 방법으로 얻어서 또한 현명하게 사용했다는 것. 나도 너에게 그 부분은 고맙게 여기고 있어."

샛별의 말은 아직 끝나지 않았다.

"리루르크가 워낙 나댔으니까. 아, 리루르크는 0116 채널 관리자를 말해. 못생겼으니까 나중에 보면 단번에 알아볼 거야."

"……그렇군요."

"중요한 건 케이, 네가 리루르크가 짜 놨던 계획을 통째로 뒤엎어 버렸다는 거야."

샛별의 눈빛이 침잠했다. 그는 진심으로 강서준을 걱정한다는 듯한 시선으로 말을 이었다.

"아마 리루르크는 가만히 있질 않을 거야."

"……."

"0116 채널로 연결된 길을 차단한다고 끝난 게 아니란 거야."

이미 알고 있는 내용이었다.

길이 없으면 만들면 그만이다.

언젠가 0116 채널과 연결된 통로는 다시 생겨날 것이다.

하지만 샛별이 꺼낸 말의 의도는 그게 아닌 모양이었다.

그가 미간을 좁히며 말했다.

"어쩌면 지금보다 더한 일을 겪게 될 거라고."

"네?"

"백 퍼. 놈이 직접 개입할 테니까."

황당한 소리였다.

안 그래도 리루르크의 개입으로 인해 여러모로 골치가 아팠던 상황이었다.

근데 이번엔 녀석이 직접 개입할 거라고?

샛별은 한숨을 내쉬더니 말했다.

"연결이 끊긴 건에 대해서 녀석도 단단히 화난 모양이거든."

한편 말없이 샛별을 바라보던 강서준은 한 가지 의문을 떠올릴 수 있었다.

이렇게 '리루르크'의 개입을 미리 알려 줄 거라면, 왜 여태 샛별은 가만히 있었던 걸까.

타 채널 관리자인 리루르크의 선을 넘는 개입은 이번이 처음이 아니었다.

샛별은 이에 대해 짧게 답했다.

"재밌어 보여서."

"……."

"게임이 똑같으면 지루하잖아? 녀석이 안 했으면 결국 내가 할 일인데. 알아서 해 주니 가만히 있던 거지."

갑자기 입맛이 굉장히 쓰게 느껴졌다. 테이블에 놓인 단과자마저 고삼차를 달여 만든 듯 씁쓸하기만 했다.

어린아이의 외관, 그리고 친절한 태도에 잠시 착각했다.

그리고 지난 관리자였던 아이크의 철저한 협조 때문에 '그들'이 어떤 존재인지 잠시 잊고 있었다.

'이들은 관리자야.'

엄연히 말하자면 '시스템'과 한통속이다.

현 세계를 던전 아포칼립스 게임으로 만들고, 이를 운영하며, 인간이 어떻게 죽어야 재밌는지 고민하는 자들.

이들은 플레이어의 편이 아니다.

"그럼 왜 이번엔 먼저 알려 주시는 거죠?"

강서준의 말투가 약간 퉁명해졌지만, 샛별은 전혀 개의치 않았다.

"말했잖아. 녀석이 본격적으로 개입할 거라고."

"그러니까 왜……."

"밸런스가 무너질 거야. 네가 생각하는 것보다 더 심각하게."

절로 미간이 구겨지는 소식이다.

안 그래도 마족으로 인해 아직 세계는 엉망인데, 지금보다 더 밸런스가 망가진다고?

"근데 난 너희들이 쉽게 무너지는 꼴은 원하지 않아. 적당히 발악할 수준은 되어야 재밌지. 드림 사이드는 원래 거지같이 어려워도 솟아날 구멍이 하나쯤은 있잖아."

샛별은 익살스럽게 웃으며 허공에 지구를 그려 냈다. 그곳에서도 유난히 번쩍이는 한 지역을 가리켰다.

유럽, 그곳은 프랑스였다.

"가능한 한 빨리 '파리'로 가."

그리고 파리 위로 한 사람의 사진이 떠올랐다. 강서준이 익히 기억하는 얼굴이었다.

"'켈'을 구해. 그러면 솟아날 구멍을 찾을 수도 있겠지."

동시에 시야가 멀어지더니 세상의 모든 소리도 음소거한 듯 고요해졌다.

다시 정신을 차렸을 때는 이미 그는 덩그러니 복도에 서 있었다.

"프랑스 파리라……."

아무래도 대단히 귀찮아질 것 같은 예감이다.

서울로 돌아온 이후로 일행들은 눈코 뜰 새 없이 바쁘게 움직이고 있었다.

마족은 없어도 B급 던전은 많았으니, 김훈은 물론 최하나 도 작은 여유 한 번 가질 수 없었다.

해서 포탈 던전을 통해 베이징으로 넘어간 나도석을 제외 하고, 아크의 수뇌부라 할 만한 인원이 한자리에 모인 건 참 오랜만이라 할 수 있었다.

링링은 좌중을 둘러보며 입을 열었다.

"파리 좀 다녀오려고."

"……파리요? 프랑스 파리? 갑자기?"

"응. 케이랑 나. 단둘이."

두서없이 꺼낸 말에 사람들의 얼굴엔 의문이 떠올랐고, 특 히 박명석은 대번에 일어나 반대 의사를 표했다.

"이렇게 중요한 시기에 링링, 당신이 자리를 비운다뇨? 어불성설! 전 반대입니다."

"허락을 구하는 게 아닌데."

"어쨌든요. 링링, 당신이 없으면 아크는 누가 지킵니까?"

링링이 짧게 답했다.

"너, 그리고 얘네."

"그게 아니라 지금 아크는……."

"그만. 이미 결정한 일이야. 게다가 슬슬 나한테 지나치게 의존하는 아크의 현 구조를 바꿔야 한다는 의견을 낸 것도 너 아니야?"

"……그야 그렇지만."

이참에 링링은 일행을 향해 단호하게 말했다.

"여태까진 괜찮았지만 앞으로는 마법사의 비중이 높아질 거야. 최고의 마법사인 내가 자리를 비울 일은 계속 많아질 거라고."

결국 언젠가 벌어질 일이다.

B급 던전에 불과할 때는 링링이 대단히 필요하진 않겠지만, A급부터는 링링의 유무로 공략의 난이도가 바뀔 테니까.

박명석도 링링의 말을 납득했는지 반대 의사를 표하고 싶은 얼굴이면서, 더는 말을 꺼내지 못했다.

"그럼 이건 일단락하고……."

다만 최하나가 손을 들고 말했다.

"다 좋은데요. 왜 둘이서만 가요?"

"응?"

"저도 갈 겁니다. 강서준 씨의 파티엔 제가 늘 함께였어요."

김훈도 고개를 주억거리며 나섰다.

"맞아요. 강서준 님이 가는 길에 저와 최하나 님이 빠진다는 게 말이 되나요. 저희들도 참여하겠습니다."

두 사람의 의지는 대단히 확고해 보였다. 강서준이 가는 곳이라면 지옥이라도 쫓아올 기세였다.

하지만 링링은 대번 그 의견을 거절했다.

"김훈은 고사하고 클라크 넌, 안 돼."

"……왜죠?"

"세상은 널 필요로 하거든."

링링의 말을 이해하지 못한 걸까. 고개를 갸웃하는 최하나를 향해 링링은 계속해서 말을 이었다.

"클라크. 아니, 정확힌 최하나. 가수 최하나가 필요하단 얘기야."

약간 의외였다.

그저 클라크라는 랭커까지 따라올 필요가 없다는 논리인 줄 알았는데…… 그녀가 '가수 최하나'이기에 안 된다고?

링링은 다른 사람들을 둘러보며 말했다.

"다들 최하나의 노래가 얼마나 위로가 되는지 알 거야. 신곡을 기다리는 사람도 많고, 너의 복귀를 원하는 사람도 엄청나게 많아."

"그건……."

"난 도통 이해하질 못하는 영역이지만, 사람들에게 위로가 필요하다는 건 납득했어. 누구든 비탄에 빠질수록 끝없이 빠지는 법이니까."

강서준은 아크의 분위기를 상기했다.

마족을 막아 냈다는 데 있어선 당장 서울은 축제 분위기처럼 보였지만, 실상 들여다보면 썩 즐겁게 웃을 수만은 없을 것이다.

멸망한 세계, 그곳에 살아가는 사람들.

그 아슬아슬한 경계선에 선 사람들은 금방이라도 무너질 듯 위태로운 상태였다.

전쟁은 승패 이전에 필연적으로 누군가의 희생이 존재하니까.

그러니 강서준도 의외로 꺼낸 링링의 의견을 대번에 납득할 수밖에 없었다.

강서준은 앞으로 나서 최하나의 얼굴을 똑바로 바라보며 말했다.

"저도 부탁하고 싶어요. 세계가 멸망했어도 내가 좋아하는 가수가 사라지길 원치 않아요."

"……좋아하는 가수."

"부디 노래해 주세요. 이건 최하나 씨만이 할 수 있는 일입니다."

이후에도 최하나는 영 내키질 않는 얼굴이었지만, 결국 링링의 제안을 수락하는 수밖에 없었다.

아무렴 그녀의 본질은 클라크 이전에 가수였으니까.

총을 쏘는 것보다 마이크를 들고 노래를 하는 게 훨씬 익숙하고, 곧잘 해내는 사람이다.

최하나는 짧게 혀를 차며 말했다.

"대신 너무 오래 기다리게 하지 마세요. 이번엔 빨리 돌아오셔야 해요."

"……최하나 씨야말로 화려한 컴백 앨범을 기대할게요."

한편 김훈은 아무래도 서울병원 측 간부가 그를 붙잡고 늘어져, 발을 뺄 수 없게 되었다. 워낙 포션 치료가 유용하다 보니 병원의 입장에서도 김훈은 대단한 인재였던 것이다.

즉 파티의 멤버는 처음 그대로였다.

링링은 단언하듯 말했다.

"회의는 여기까지."

링링, 그리고 강서준.

단둘만의 공략조가 완성됐다.

어떻게 이게 여기에 있어?

회의가 끝나고 바로 링링의 방으로 건너온 강서준은 잠시 말이 없었다.

링링이 그에게 줄 물건이 있다기에 잠시 따라왔던 건데, 여긴…….

"도둑이라도 든 거야?"

"……시끄러. 바빠서 정리할 시간이 없었을 뿐이야."

"난 또 모두 정해진 자리가 있다느니 그런 대답을 할 줄 알았는데."

"그래 보여?"

대충 대답한 그녀는 정신없이 방 안을 휘젓고 다니며 수많은 물품을 인벤토리에 챙겨 넣었다.

전부 곧 넘어갈 파리에서 쓰일 만한 물건들이라나, 뭐라나.

다양한 시약과 재료를 쓸어 담으며 링링은 나지막이 중얼거렸다.

"그래 보이면 그렇다고 하지 뭐."

강서준을 흘깃 확인한 링링은 다시 물품이 쌓인 아이템 산더미로 다가갔다. 방이 복층임에도 천장까지 닿을 정도라니. 얼마나 오랜 시간을 이런 식으로 방치해 뒀는지 놀라울 뿐이다.

'물건을 찾을 수나 있으려나.'

한숨을 짧게 내뱉으며 링링을 보던 강서준은 문득, 그녀의 책상에 덩그러니 올라간 사진 하나를 발견했다.

박사 학위증을 쥔 꼬마와 그 꼬마의 머리를 쓰다듬는 부모의 사진.

'어렸을 때 사진인가?'

자타공인 천재였던 링링은 9살에 서울대학교에 입학하고, 이후로 거쳐야 할 여러 과정을 고작 1년 만에 수료하여 '학사 학위'도 아닌 '박사 학위'를 10살에 따냈다 했다.

아주 특별한 경우였다.

그 당시에 이미 수많은 과학자나 세계적으로 저명한 학자조차 그녀에게 조언을 구할 정도였으니까.

그렇게 기존 체계마저 무너뜨리며 세계를 놀라게 한 링링은, 이후로 어떻게 되었을까.

'흐음…… 알려진 게 거의 없군.'

이 시대의 천재 마법사.

천외천 링링.

드림 사이드 2 오픈 이후로 서울의 세력을 모아 '아크'를 만들었고, 나아가 서울을 탈환하여 이젠 차츰 안전한 국가를 도모하는 차세대 리더.

아마 세간에 알려진 링링의 평가는 그럴 것이다.

근데 생각해 보면 정작 링링의 업적을 빼면 그녀가 어떤 사람인지에 대한 정보는 거의 없었다.

그녀의 과거도 찾아보면 나오겠지만, 그래 봐야 '링링'이란 이름으로 해 온 업적에 불과했다.

강서준은 새삼스럽지만 한 가지 터무니없는 사실도 깨달 았다.

'링링의 본명은 뭐지?'

여태 링링의 이름을 한 번도 들어 본 적이 없다. 생김새로 보나, 뭐로 보나 한국인인 건 확실한데.

설마 본명이 '링링'은 아닐 터.

강서준은 여전히 물건을 뒤적이며 무언가를 골똘히 찾는 링링에게 단도직입적으로 물어봤다.

"너 본명이 뭐야?"

링링은 무심코 툭 건들인 상자가 옆으로 넘어져 괜히 먼지만 잔뜩 생겨났다. 캘룩거리던 그녀가 강서준을 돌아보며 말했다.

"김주연. 갑자기 그건 왜?"

"……아니, 그냥. 알고 지낸 지 꽤 됐는데, 이름도 모르는 것 같아서."

게임까지 엮어 햇수로만 따지면 이제 6년은 된 사이다. 물론 게임에서 상대의 본명을 알 필요는 없었지만, 현실로 알게 된 지 1년은 된 시점에서 이름조차 모른다는 건 대단한 실례였다.

정작 링링은 신경도 안 썼지만.

그녀는 대수롭지 않다는 듯 말했다.

"모르는 게 당연해. 내 이름 석 자는 철저하게 지워져 있으니까."

"응?"

"내가 워낙 똑똑해야지."

링링은 쓰레기 속에서 번쩍이는 보석 하나를 꺼내었다.

귀하디, 귀한 최상급 마나석.

당장 경매에 올려 단가를 최고로 올려도 괜찮은 물건을, 저리 대충 던져 놓는 것도 대단하단 생각이 든다.

마저 쓰레기 더미를 뒤져 상급 마나석을 더 찾아 챙긴 그녀가 말했다.

"사람이 지나칠 정도로 뛰어나면 종종 위협이 되거든. 그래서 나와 관련된 정보는 전부 지워졌어. 공식적으로 '링링'이란 이름 두 글자 빼고는 없는 사람이지."

과연…….

그래서 그녀의 본명이나 살아온 행적, 수많은 정보가 지워져 있었던 건가.

정부 차원, 아니 세계에서도 저명한 집단이 마음먹고 그 정보를 지우고자 했다면 그럴 법했다.

그리고 링링의 말에 의외로 공감한 건 링링의 책상에 있던 과자를 몰래 집어 먹던 이루리였다.

"그 심정, 내가 잘 알지."

"……너도 그랬었냐?"

"아니, 난 아예 정체가 들통 난 적이 없는데? 링링처럼 학문에 뜻이 있는 게 아니라 아예 음지에서 활동했거든."

이루리의 과거는 '해커'였다.

판타지 설정으로 치자면 '링링'은 마탑을 점령한 대마법사였고, '이루리'는 흑마법을 전공한 대마법사라 할까.

두 사람은 같은 천재지만 미묘하게 어긋난 데가 있었다.

링링은 마저 쓰레기 더미를 헤집다 짧게 혀를 차며 말했다.

"이제 쓸데없는 소리 그만하고 물건 찾는 거나 도와줘. 아, 진짜…… 어디 간 거지?"

"뭘 찾는데?"

"칼로라의 뿔피리. 이게 제일 중요한 건데……."

칼로라의 뿔피리.

드림 사이드 1에서도 희귀 종족으로 알려진 '칼로라'를 소환하는 특수 아이템이다.

그리고 칼로라는 신체의 마력을 한 줌도 없이 봉인하는 스킬을 갖고 있어, 마법사에겐 정말 치명적인 독과 같은 존재라 할 수 있는데.

아이러니하지만 그래서 그녀에겐 소중하다고 볼 수 있었다.

'전직할 때 필요하다고 했지?'

구체적인 방법이야 마법사가 아닌 그는 알지 못하지만, 링링의 2차 전직엔 칼로라가 있으면 그 속도가 차원이 달라진다고 했다.

그리고 이번에 파리로 링링이 함께하는 이유도 그녀의 2차 전직과도 관련이 있었다.

'파리의 던전은 마력을 봉인하는 특징이 있으니까.'

포탈 던전에서 켈에게 들은 적이 있다. 파리의 던전은 '마력 봉인'을 특징으로 한다고.

그 안에서 플레이어, 몬스터를 막론하고 '마력'이 충전되지 못한다.

즉 링링은 안팎으로 마력이 0이 되어야 하는 상황에 놓여야 한다.

"이거 없으면…… 하루 걸릴 일도 일주일이 걸릴 텐데."

투덜대는 링링을 바라보던 강서준은 문득 한 가지 사실을 떠올린다.

이 녀석…… 줄 물건이 있다지 않았던가.

"근데 너 나한테 줄 물건은 뭐야?"

"아."

링링은 쓰레기 더미를 헤치고 나아가 책장에 다다랐다. 그 안쪽엔 일전에 리오 리카온을 봉인해 뒀던 상자가 있었다.

지금은 쓰임새가 조금 바뀐 모양인데.

츠츠츳!

링링이 술식을 해제하자 상자가 저절로 열렸다. 그 안쪽에서 음습한 기운과 함께 아이템 하나가 두둥실 떠올랐다.

강서준은 헛웃음을 지었다.

"……이거 설마 내가 아는 그거야?"

"응. 겨우 찾아냈지."

붉은색 계열의 빛깔이 전신에 흐르는 단검. 검극에 흐르는 '불꽃'을 보며 아이템의 정체를 알아낼 수 있었다.

'화룡의 이빨…….'

어떤 대장장이가 제련해 냈는지는 몰라도 멋스러운 단검의 형태를 한, 용의 무기였다.

"이거라면 앞으로 용이 나타나도 대처할 수 있겠지?"

"확실히…… 이걸 보면 마그리트 녀석의 눈이 돌아가겠

네. 같은 종족의 이빨이라니."

강서준은 씨익 웃으며 정보를 확인해 봤다. 그 안엔 기대했던 그대로의 성능이 적혀 있었다.

그랑의 어금니 단검

화룡 '그랑'의 어금니로 만들어진 단검이다. 천재 대장장이 '안센'의 손길로 만들어져 더욱 세련함이 더해졌다.

필요 레벨 : 400

공격력 : ???

등급 : S

〈전용 스킬〉

그랑의 포효 : 불꽃을 휘감을 수 있습니다.

*섭종 보상으로 기능이 봉인되어 있습니다. 사용자의 수준에 따라 목숨이 위험할 수 있습니다.

강서준은 눈을 빛내며 단검에 손을 가져다 댔다. 가까이 다가간 것만으로도 그의 속을 불태울 것처럼 뜨거운 열기가 타올랐다.

'그랑의 포효.'

검을 쥐고 스킬을 발동하자 검신에서 넘실거리던 불꽃이 바로 솟구쳐 휘감기기 시작했다.

터무니없지만 그 불꽃은 강서준의 몸으로도 옮겨붙어, 그를 불태울 듯이 타오르기도 했다.

어지간한 플레이어라면 그 뜨거운 불꽃에 녹아내렸을지도

모르는 일.

　단순한 불꽃도 아니고, 무려 화룡 '그랑의 불꽃'이었으니까.

　하지만.

[스킬, '초재생(S)'을 발동합니다.]

　이미 최상급 내성을 얻어 낸 그였다. 봉인되어 제대로 된 힘조차 내질 못하는 불꽃을 두려워할 이유가 없었다.

　한편 강서준은 그를 내버려 두고 아직도 쓰레기 더미를 헤집고 다니는 링링을 볼 수 있었다.

　그랑의 어금니 단검이라⋯⋯.

　생각보다 과분한 선물을 받아 버렸다.

　'잠깐. 칼로라의 뿔피리면 분명⋯⋯.'

　강서준은 씨익 웃으며 말했다.

　"링링. 잠깐 있어 봐."

　"응?"

　"잠시 차원 서고에 좀 다녀올게. 내 기억이 맞으면, 그곳에 '칼로라의 뿔피리'도 있을 거야."

　차원 서고 2층에 보관해 둔 상자에 비슷한 아이템이 있던 걸 기억한다. 이번에 '그랑의 어금니 단검'을 얻었으니 보답으로도 적당하겠지.

더 망설일 게 있을까?

"차원 서고로 가는 길을 열어 줘."

강서준은 관리자 모드를 활성화시켜, 이번엔 진짜 '차원 서고로 가는 길'을 열었다.

허공에 계단이 수놓아지며 그 위로 문이 나타났다. 에베레스트 정상에서 넘었던 차원 서고의 입구였다.

강서준은 문의 한쪽에 걸린 돌멩이도 발견했다.

'스톤 골렘.'

지금은 가만히 봉인되어 있지만, 원한다면 이 녀석은 강서준의 명에 의해 움직이는 훌륭한 문지기가 될 것이다.

"그럼 잠시 다녀올게."

그렇게 링링을 뒤로하고 강서준은 실로 오랜만에 차원 서고로 들어갈 수 있었다.

순식간에 조용해진 도서관의 분위기. 강서준은 잠시 1층을 둘러보다 바로 2층으로 향했다.

['차원 서고의 주인'을 확인했습니다.]

[2층의 입장 조건에 부합합니다.]

1층에서 올려다봤을 때는 그저 새카맣기만 하던 2층의 풍경은, 직접 올라오니 선명하게 보이기 시작했다.

1층보다 훨씬 커진 규모.

책장은 3층 높이로 올라갔고, 넓이도 1층에 비해 수배는 더 넓어졌다.

일반적인 건축물이라면 1층보다 넓은 2층은 물리학적으로도 말이 안 되는 일이었지만, 게임이니 그러려니 넘어갈 수 있었다.

그리고 올라서자마자 눈앞에 나타난 건 일전에 받지 못했던 보상이다.

[2층이 개방되었습니다.]

['차원 서고의 권한'이 확대됩니다.]

[더 많은 책을 읽을 수 있습니다.]

[더 많은 내용을 이해할 수 있습니다.]

강서준의 직업인 '차원 서고의 주인'은 단순히 2차 전직만으로 모든 능력이 개방되지 않는다.

정확히는 차원 서고의 2층으로 올라 그 공간을 개방해야만, 본격적으로 그 능력이 해방된다.

근데 왜 일전에 여기까지 개방하고 나가질 못했을까.

이유는 간단했다.

['차원 서고'가 '봉인된 책'을 확인했습니다.]

[동기화를 시작합니다.]

[0%……]

허공으로 떠오른 봉인된 책이 촤르륵 펼쳐졌다. 그 안에 기록된 여러 책들이 빼곡이 하늘로 수놓아지고, 차원 서고도 차츰 흔들렸다.

['봉인된 책'의 봉인이 해제됩니다.]
[장비, '만물서(L)'를 확인했습니다.]

그리고 문제는 이 다음이다.

[장비, '만물서'와 '차원 서고'의 동기화까지 48시간 남았습니다.]
[48시간 동안 '만물서'의 기능을 사용할 수 없습니다.]
[48시간 동안 '차원 서고'의 기능이 일부 제한됩니다.]
[48시간 후, 정상적으로 복구됩니다.]

그의 전용 장비의 사용 불가 제한.

동기화가 끝날 때까지 그는 등록된 스킬을 아무것도 쓸 수 없는, 터무니없는 조건이 생겨나는 것이다.

'뭐…… 지금은 괜찮지.'

공교롭게도 파리의 던전은 '마력 제한 구역'이다.

즉, '만물서'가 있다고 해도 강서준이 그곳에서 스킬을 사용하기란 애매하기 짝이 없다.

초상비, 초재생, 파이어볼, 이기어검술…… 그 어떤 스킬도 마력을 사용하지 않는 건 없으니까.

"언제까지 가만히 둘 수도 없고."

2층을 개방하는 건 언젠가 반드시 해야 할 일이다. 가능한 한 빨리 할수록 그에게 유익했다.

매도 먼저 맞으라고 하질 않는가.

"그나저나 칼로라의 뿔피리가……."

강서준은 2층의 한쪽에 모아 둔 상자로 다가갔다. 그곳엔 그가 '버리기엔 아깝고, 쓰자니 애매한' 아이템을 모아 두고 있었다.

그중 칼로라의 뿔피리도 속했다.

그렇게 작은 기대와 함께 상자의 문을 열어젖힌 강서준은 저도 모르게 눈을 동그랗게 뜨고 말았다.

아니, 두 눈을 믿기 어려웠다.

"어떻게 이게 여기에 있어?"

잠시, 그래. 잠시 진정하자.

강서준은 가슴에 손을 얹고 호흡을 길게 내뱉었다. 그 어느 때보다 빠르게 뛰던 심장이 차츰 정상 박동으로 돌아가고 있었다.

"그러니까…… 내가 이걸 여기에 넣어 놨었던 거지?"

차원 서고의 2층.

2차 전직 이후에나 들어갈 수 있는 이곳은, 드림 사이드 1에서부터 여러 아이템을 저장하는 창고로 쓰곤 했다.

단순히 1층보다 상자의 크기가 큰 걸 제외하고도, 아이템을 종류별로 보관할 수 있어서 더욱 애용하던 곳.

근데 다시 생각해도 터무니없다.

"……제아무리 당시의 나에겐 쓸모가 없는 물건이라 해도, 그래도 이건 흐음……."

강서준은 창고의 한쪽에서 고고하게 빛을 내는 검붉은 빛의 반지 하나를 발견했다.

멋스럽게 세공된 반지였지만, 가만히 보고만 있어도 그 안에서 느껴지는 기운에 괜히 소름이 끼쳤다.

그럴 법도 했다.

이 반지는 무려 '마왕 제레브의 반지'였으니까.

"운이 좋다고 해야 하나 말아야 하나."

강서준은 헛웃음을 지으며 반지에 손을 가져다 댔다. 반지는 마치 그를 거부하듯 검붉은 마기를 뿌려 대며 그를 향한 강한 경계심을 드러냈다.

"……끄응."

하지만 강서준이 마력을 집중해서 마기를 억누르고, 아이템을 억지로 손에 쥐었다.

여전히 마기가 들끓었지만 그조차 오래가진 않았다. 아이템이 반항해 봐야 아이템이니까.

하물며 강서준이 진심으로 반지를 노려보자, 녀석도 별수 없이 꼬리를 말아 줄 수밖에 없었다.

[아이템, '마왕 제레브의 반지'가 당신의 영혼을 마주 봅니다.]

[아이템, '마왕 제레브의 반지'가 마기를 거두어들입니다.]

[아이템, '마왕 제레브의 반지'를 습득했습니다.]

거두절미하고 강서준은 정보를 확인했다.

마왕 제레브의 반지

마왕 제레브의 심장을 세공하여 만든 반지다. 정녕 죽고 싶다면 이 반지를 몸에 지녀라.

필요 레벨 : 400

공격력 : -

등급 : S

〈전용 스킬〉

마왕 강림 : 마왕 제레브를 소환할 수 있다.

아주 간단한 설명만이 있는 아이템이었다. 레벨 400대 아이템치고는 공격력도 0에 수렴하고, 다른 버프 기능도 달리지 않은 반지.

이 아이템의 쓸모는 단 하나다.

마왕 '제레브'를 소환한다는 것.

'쓸모는 없었지만 아이템 등급이나, 행여나 퀘스트 템으로 쓰일지도 몰라 갖고 있던 걸 텐데……'

드림 사이드 1에서 강서준에게 과연 '마왕 제레브'가 도움이 됐을까.

녀석을 쓰러트렸을 당시의 강서준은 이미 S급 던전을 공략할 즈음이었다.

레벨도, 그 수준도 맞질 않는 마왕 녀석을 쓸 만한 곳은 더이상 없었다.

강서준은 미간을 구겼다.

"근데 생각해 보면 지금도 꽤 쓸모 있는 것 같진 않네."

레벨 400대의 몬스터를 소환수로 사용한다는 건 그만한 메리트가 있는지도 모른다.

다만 이 녀석은 다르다.

단순히 소환만으로 끝나는 게 아니라, 놈을 소환할 때마다 사용자에게 각종 저주를 걸어 댄다.

애초에 마왕의 아이템이라 그런 특성이 따라오는지는 몰라도, 기본적으로 '저주받은 아이템'인 것이다.

'가지고만 있어도 마기가 몸을 침식하려고 해. 자아가 이토록 강한 아이템이 있으면 귀찮은 일만 늘어나지.'

이놈은 틈만 나면 사용자의 몸을 빼앗으려고 안달이었다.

"흐음……."

강서준은 잠시 고민했다.

과연 이걸 제대로 쓸 수나 있을까?

이건 차원 서고에 보관되어 '섭종 보상'되지 못했기에, 어떠한 봉인도 가해지지 않은 물건이다.

가만히 반지를 내려다보던 강서준은 씨익 웃었다.

"……그래도 이 녀석이라면."

아이템의 쓸모는 플레이어가 결정하는 법이다. 강서준은 '마왕 제레브의 반지'를 인벤토리에 챙겨 넣었다.

그리고 그는 누구보다 잘 쓸 자신이 있었다.

"뭐 더 좋은 건 없으려나?"

강서준은 입맛을 다시며 상자를 더 뒤적였고, 초기의 목적이던 '칼로라의 뿔피리'와 몇 개의 아이템을 더 챙긴 뒤에야 상자를 닫았다.

❈

"그래서 찾았어?"

만족할 만한 성과를 거두고 링링의 방으로 돌아가자, 그녀에게 들은 질문이었다.

링링은 결국 칼로라의 뿔피리를 찾지 못한 모양이었다.

강서준은 인벤토리에서 칼로라의 뿔피리를 꺼내었다.

단소처럼 생겼으면서 색감은 묵색으로 꽤 어두침침한 뿔피리.

"보다시피."

"다행이네. 덕분에 살았어."

안도의 한숨을 내뱉은 링링은 강서준에게서 뿔피리를 받아 들었다. 강서준은 그런 그녀를 보면서 나지막이 입을 열었다.

"그리고 단검 말인데. 당장 수중에 가진 돈으로는 값을 치르긴 어려울 것 같아. 지상수를 만나 금방 돈을……."

"아니, 그건 됐어."

"응?"

링링은 뿔피리를 흔들면서 말했다.

"이걸로 보답은 받았다 치지 뭐."

"……단가가 너무 안 맞을 텐데?"

"알아. 하지만 서로 필요에 의해 얻은 물건이야. 물건이 자기 주인을 알아본 거지."

의외의 말에 강서준은 그녀의 안색을 살폈다. 그 냉정하고 철두철미한 그녀가 이런 말을 꺼내다니. 어디 아픈 건 아닐까.

잠시 흘겨보던 강서준은 새삼스러운 진실에 도달할 수 있었다.

"다른 의도가 있구나?"

"……없다고는 안 해. 앞으로 프랑스에서 케이, 네가 도와줘야 할 일들이 산더미 같으니까."

"흐음."

강서준은 가만히 그녀를 바라보며 고개를 주억거렸다.

링링이 그에게 부탁할 만한 일이 뭔지는 빤했다. 그녀의 2차 전직 방법에 대해서 약간 들은 게 있었으니까.

그리고 사실 강서준은 그 일을 특별한 보상이 없더라도 도와줄 생각이었다.

'링링이 강해질수록 앞으로의 던전 공략은 수월해질 테니까.'

하지만 이렇듯 링링이 나서서 명목을 세워 주면, 강서준의 입장에선 그저 고마울 따름이다.

"그나저나 짐은 다 챙겼어?"

"응. 되는대로 구겨 넣었지."

여전히 복잡한 내부였지만, 전보다 꽤 짐이 줄어서 그것만으로도 방이 넓어 보였다.

링링은 뿔피리를 소중히 챙겨 넣고 기다란 로브와 마법사다운 모자까지 썼다.

"난 당장이라도 파리로 갈 수 있는데…… 넌?"

"난 잠시 들러야 할 곳이 있어."

"오케이. 그러면 1시간 뒤 광화문에서 만나."

광화문에 설치된 포탈은, 이젠 마력과 좌표만 있다면 어디든 갈 수 있다.

광명동굴 정도는 아무 무리 없이 오갈 수도 있을 것이다.

"늦지 마."

"너나."

그렇게 링링과 이별한 강서준은 일단 광화문으로 걸음을 옮겼다. 공교롭게도 그가 들러야 할 곳도 광화문이기 때문이다.

"여기 되게 오랜만이네."

나지막이 중얼거리자니, 감투 속에서 요란하게 소리가 들려왔다. 두 백귀가 얼른 나오고 싶어 안달이었다.

"기다려. 여긴 사람이 많잖아."

쓰게 웃으며 강서준은 바로 광화문에 위치한 '리자드맨의 우물'로 진입했다.

이미 공략된 던전이고, 우호적인 던전인 만큼 안으로 들어가는 데엔 아무런 방해가 없었다.

물론 단 하나, 설렘은 가득했다.

[C급 던전 '리자드맨의 우물'의 주인 '강서준'의 복귀를 확인했습니다.]

[C급 던전 '리자드맨의 우물'의 승급 조건이 완료되었습니다.]

[C급 던전 '리자드맨의 우물'을 승급시킬 수 있습니다.]

'역시.'

보스 몬스터의 수준에 따라 던전의 등급이 변화하듯, 강서준이 이만큼 성장했으니 던전도 그만큼 그 규모가 커지기 마련이다.

라이칸의 도깨비 특급열차가 그러했듯, 리자드맨의 우물 또한 그럴 거라고 예상했다.

[C급 던전 '리자드맨의 우물'은 A급 던전 '호른 제국'으로 승급할 수 있습니다.]

[승급시키겠습니까?]

이건 예상에는 없던 내용이었다.

C급 던전이었던 '리자드맨의 우물'을 아마 B급 던전으로 승급시킬 수 있을 거라 생각은 했는데.

한 번에 두 단계나 올라갈 줄이야!

하긴 마족과의 전쟁을 치르고, 0116 채널의 목성을 공략하면서 이미 B급 수준은 가뿐히 뛰어넘은 상태였다.

A급 던전 정도가 아마 적당하겠지.

한데 이곳의 보스인 그가 레벨이 아직 400이 안 되는데, A급 던전이 성립할 수 있을까.

[!]

[플레이어, '강서준'의 레벨에 따라 던전의 수준이 조정됩니다.]
[현재 A급 던전 '호른 제국'의 최대 레벨은 '354'입니다.]

과연…….

강서준의 스텟 총합으로 던전의 최대 레벨이 결정된 것이다.

앞으로 그가 얼마나 빠르게 성장하냐에 따라 이 던전의 수준도 가파르게 성장하겠지.

'숨 고르기에 들어섰다고 보면 되나.'

본래 던전은 던전 브레이크를 통해 성장하고, 보스 몬스터는 진짜 그 힘을 가지기까지 시간이 걸린다.

다른 점은 가만히 있어도 시스템의 보정으로 인해 레벨이 400까지 순탄하게 성장하는 몬스터와 다르게, 플레이어는 직접 경험치를 쌓아 400을 완성해야 한다는 거지만.

"뭐, A급이 됐다는 게 어디냐."

강서준은 쓰게 웃으며 던전 내부를 둘러봤다. 일전에 푸른 수풀로 우거졌던 그곳엔 터무니없을 정도로 거대한 도시가 하나 만들어져 있었다.

여전히 광활한 늪지대와 지평선 너머로도 보이는 수풀의 중심에 세워진 거대한 제국.

A급으로 성장한 호른 제국이다.

"이, 이게 뭐야? 갑자기 마을이……."

"허억, 내 집…… 내 집이 저택이 됐어!"

"미친! 완전 떡상했잖아?"

누군가가 내뱉은 말처럼 마을에 단 하나라도 집을 갖고 있던 사람은, 의외의 이득을 봤을 것이다.

부족 마을이 단번에 도시로 승격되면서, 그 땅의 건물도 같이 성장했을 테니까.

누군지는 몰라도 부동산 한번 잘 갖고 있다가 대박을 터뜨린 것이다.

'물론 그중 최고는 나겠지만.'

강서준은 도시 중앙에 우뚝 솟은 성을 올려다봤다. 헛웃음이 나오는 건 대체 왜일까.

'저게 내 성이라니…….'

이 던전 자체의 주인이 강서준이었기 때문인지, 본래 부동산 자체를 갖고 있질 않던 그에게도 으리으리한 성 하나가 생겨났다.

옆에서 오가닉이 라이칸을 향해 으스대듯 말했다.

"자고로 성이라면 이 정도 규모는 되어야지."

"……아, 아늑한 맛이 없군."

라이칸의 말마따나 '도깨비 특급열차'에 있는 성은 그 규모가 이곳보다 작은 대신 아늑한 분위기로 인기가 많았다.

지금도 그곳을 숙소로 삼은 수많은 플레이어로 인해 떼돈…… 아니 많은 사랑을 받고 있었다.

"저도 이곳이 마음에 드는군요."

한편 강서준은 약간 경악한 눈초리로 한쪽을 바라봤다.

키가 그의 반절만 한 아이가 장난기 가득한 얼굴로 말을 하고 있었던 것이다.

그는 터무니없지만 '로켓'이었다.

"너 그 모습…… 그보다 이젠 똑바로 말할 수 있는 거야?"

"모두 왕 덕분이죠."

"안 되는데…… 너 그런 모습이면 내가 죄책감이 드는데."

"네?"

로켓의 모습이 저런 앳된 얼굴이라 생각하면, 그 등에 올라탈 입장은 어떻겠는가.

강서준은 아직 영문을 몰라 고개를 갸웃하는 로켓을 바라보며, 한숨과 함께 미련을 털어 냈다.

잠깐 확인해 본 바로는 로켓은 성장한 여파로 '땅' 속성 마법을 일부 사용할 수 있게 됐다.

'좋은 게 좋은 거겠지.'

그나저나 오가닉은 겉보기엔 변한 게 거의 없었다. 느껴지는 기운은 전보다 대폭 증가해서 확실히 강해진 건 맞는데…….

"외형은 어디까지나 외형이니까요."

뭐든 오가닉이 마음에 든다면 그걸로 된 거겠지. 강서준은 쓰게 웃으며 호른 제국을 내려다봤다.

어쨌든 여긴 A급 던전이 되었다.

강서준의 레벨이 아직 모자라서 불완전한 상태였지만, 그 규모나 수준 면에서 대폭 성장해 버렸다.

향후 치러야 할 여러 '전투'에서도 이 던전은 큰 힘이 될 것이다.

"그럼 슬슬 프랑스로 넘어가 볼까."

이제 모든 준비는 마쳤다.

그 시각.

"끄으으으윽……!"

짙은 통증과 함께 힘겹게 몸을 일으키는 사내가 있었다.

"……대체 끄으윽."

터질 것 같은 통증에 미간을 한껏 구긴 남자는 겨우 진정하며 몸을 일으켰다. 그가 움직일 때마다 침대가 삐걱대는 소리를 내고 있었다.

남자는 나른한 기분을 한숨과 함께 밀어내며 겨우 머리를 털었다.

"여긴 어디지?"

천외천 랭킹 11위.

바람의 정령사 켈.

그는 금이 간 창문 너머를 둘러보며 나지막이 침음을 삼켰
다.

멀리 폭풍이 휘몰아치고, 번개가 떨어지면서 후드득 알 수
없는 뭔가가 땅으로 하강하고 있었다.

도통 상황을 이해할 수 없었다.

그는 어쩌다 여기에 있게 된 걸까.

뭐가 됐든 단 하나는 확신했다.

'X됐네?'

이중인격

정체를 알 수 없는 원목으로 만들어진 집.

오래된 목제 구조물을 바라보며 켈은 낮게 기침을 뱉어 냈다.

기침이 통증을 동반했기 때문일까.

정신이 바짝 들고 머리 회전이 빠르게 이어졌다.

일단 상황에 대한 이해다.

'젠장, 대체 이게 무슨…… 내가 왜 이런 곳에 있는 거지?'

기억나는 건, 차원 서고에서 '케이'로부터 도망치다 에베레스트 어딘가에 추락했단 사실이다.

모르긴 몰라도 진백호의 몸에 심어 뒀던 꼼수가 들켜, 켈은 죽기 직전까지 넘어갔었다. 별다른 수가 없었다면 그는 그곳에서 죽었어야 했다.

'그렇다면 여긴 0116 채널?'

거기서 죽어 전생했다면, 어딘가 썩은 내가 나는 이 목제 건물은 아마 다음 세계의 모습이라 봐야 한다.

결국 0115 채널은 공략 실패했다는 거겠지.

'……그럴 리가 없나.'

켈은 고개를 절레절레 저으며 마저 통증을 밀어냈다.

드림 사이드 1의 기억이 똑똑히 떠오르고 있었다. 그는 아직 전생하지 않은 것이다.

전생의 제1 조건은, 딱 이전 세계의 기억만을 가진다는 거니까.

'드림 사이드 1이었던 판타지 아일랜드…… 호크 알론, 멜빈 황제, 그리고 케이. 지구…… 드림 사이드 2.'

각종 정보가 머릿속에서 우후죽순 나열됐다. 이 정도나 되는 기억은 컴퍼니의 데이터베이스를 통한다 하더라도 복구할 수 없다.

즉 이 모든 건 그가 직접 경험했고 기억하는 일들.

'결론은, 여긴 0115 채널이란 거야.'

한 가지 전제를 깔고, 켈은 호흡을 가다듬었다. 뒤이어 몸 상태도 확인해 보니 다행히 심각한 외상은 찾을 수 없었다.

근데 몸이 묘하게 나른한 게 이상했다.

'……마력이 거의 없군.'

그의 몸엔 실낱같은 마력의 흔적만이 남아 있었다.

이는 그에게 귀속된 '바람의 정령왕'의 기운이었다. 실질적으로 몸엔 단 1할의 마력만이 남은 것이다.

켈은 미간을 구기며 주변을 둘러봤다. 복잡한 상황이었지만 이곳이 어딘지는 얼추 알아낼 수 있었다.

"어느 곳에도 마력이 느껴지질 않아. 그렇다면 여긴……흐음."

주변의 목제 건물이 이토록 낡고 스러져 가는 이유는, 아마 자연에 담긴 '마력'이 모조리 소모됐기 때문일 것이다.

실제로 켈이 한쪽에 놓인 그릇을 손으로 만져 보자, 마치 모래처럼 폭삭 주저앉았다.

어쩌면 이 건물 자체가 소멸 직전에 이른 걸지도 모르겠다.

창문 너머를 둘러본 켈은 더욱 확실하게 공간에 대한 이해를 해낼 수 있었다.

'바람 속에…… 마력을 빼앗는 성질이 섞여 있어.'

그나마 켈이 살아 있는 건 이 건물 내부에 있기 때문인지도 모르겠다.

저 정도나 되는 독성 바람 속이라면 그의 신체는 머지않아 가루가 되어 흩날리고 말 테니까.

켈은 한숨을 내뱉었다.

"여기…… 설마 공허의 던전인가?"

공허(空虛).

말하자면 아무것도 존재하질 않는 던전. 마력을 갉아먹는 거친 바람만 보더라도 알 수 있었다.

그리고 공허의 던전이 발생한 곳이라면 아마도 B급 던전 이던 프랑스의 '마력의 무덤'이 가장 유력했다.

'마력 제한 구역'을 가진 던전은 으레 '공허의 던전'으로 발전하기 마련이니까.

하지만 켈은 스스로의 생각을 부정했다.

"공허의 던전은 비약이겠지. 아무리 그래도 S급 던전이 벌써 나올 리가······."

그가 내리 1년에서 2년은 잠들어 있었다면 모를까. 정규 업데이트도 시작되기 전에 쓰러졌던 그가, 다시 눈을 뜬 곳이 S급 던전인 '공허의 던전'일 수는 없는 법이다.

즉 여긴 '공허의 던전'이 아니다.

그에 준하는, 혹은 그 이전의 던전.

"A급 던전."

그렇다면 현시점은 아마 정규 업데이트가 진행된 이후라고 볼 수 있었다.

그쯤이면 기존의 B급 던전 중 몇 개는 A급으로 성장해도 될 법하니까.

"그렇다면 여긴 역시 프랑스의 그 마력의 무덤에서 파생된 던전인가?"

하지만 여전히 의문은 남았다.

에베레스트에서 기억을 잃은 그가 어떻게 '프랑스'에 돌아올 수 있었을까.

어쩌다 던전…… 그것도 정체를 알 수 없는 이런 집에 숨어 있게 된 걸까.

'……뭐가 뭔지 하나도 모르겠군.'

미간을 찌푸린 켈은 일단 로그 기록부터 살펴보기로 했다. 사실 눈을 떴을 때 이것부터 확인했어야 했다.

"흐으으음……?"

근데 이상하게 로그 기록은 아무것도 남아 있지 않았다. 마치 누가 일부러 지우기라도 한 듯 깔끔하기만 했다.

어떻게 이럴 수가 있지?

'잠깐…… 일부러 지웠다고?'

거기까지 생각했을 때에 바깥에서 인기척이 들려왔다. 금방이라도 부서질 것만 같던 나무 문이 열리면서 새로운 인물이 안으로 들어왔다.

앳된 얼굴의 소년, 소녀들이다.

"어? 형이다!"

"오빠가 일어났어요!"

"괜찮아? 응? 어디 아픈 데는?"

빠르게 그를 중심으로 달려든 소년, 소녀들의 얼굴이 보였다.

그리고 평소 아이들을 그다지 좋아하는 편은 아니었던 켈은, 그에게 들러붙는 아이들을 바라보며 당혹스러움을 느낄 수 있었다.

또한 굉장히 황당한 감상을 깨닫고 말았다.

"클로에, 엘리제, 할리, 롤…… 뭐야. 내가 애네들 이름을 어떻게 알고 있는 거야?"

그뿐만이 아니다.

켈은 아이들의 뒤편으로 따라 걸어 들어온 한 수녀를 마주할 수 있었다.

가만히 보고만 있어도 경건한 분위기에 절로 고개가 숙여졌다. 수녀는 켈을 보더니 활짝 웃으며 말했다.

"일어나셨네요?"

"에밀리."

"어디 다친 곳은 괜찮으세요?"

대관절 난생처음 보는 수녀의 이름마저 알고 있었다.

그리고 종전부터 느껴지는 이 간질거리고 따스한 감각은 뭐란 말인가.

머리가 대번에 복잡해지고 상황에 대한 이해는 더더욱 어려워졌다.

하지만 한편으로는 스스로에 대한 문제는 좀 더 명확하게 정리할 수 있었다.

이거…… 아무래도 '그거' 같다.

'역시 충격이 너무 컸던 모양이군.'

소문으로만 들어 본 얘기가 있다.

숱한 전생을 겪는 '전생인'들은 종종 그 영혼에 타격을 입을 경우, 데이터가 손상될 수도 있다고.

그리고 그 손상을 메우기 위해 종종 봉인됐던 전생의 기억이 되살아난다고 말이다.

컴퍼니에선 이를 두고 한마디로 정리했다.

'다중 인격.'

그러니까 그는 큰 충격으로 인해 손상된 데이터를 복구하기 위해, 이전엔 있었지만 결국 없어진 '과거의 인격'이 부활했다는 것이다.

'내 전생의 언젠가…… 누군가의 기억.'

어쩌면 한동안 켈은 그 인격에 의해 움직인 건 아닐까.

난생처음 보는 아이들이 그를 향해 알은척을 하는 것도 그렇고, 이 낯선 장면들이 익숙하게 느껴지는 이유 또한 마찬가지였다.

'골치 아파졌군.'

그리고 실로 난감했다.

왜냐면 이는 벌어져선 안 되는 일이기 때문이다.

'전생인은 이전 세계의 기억만을 가진다. 이게 룰이야.'

이 룰은 절대적이다.

시스템에 의해 규정됐고, 기억은 봉인됐으며, 컴퍼니의 데이터베이스를 통하더라도 과거 기억을 되찾을 수 없는 게 정상이었다.

어렴풋이 그 행적만을 알아낼 뿐.

근데 손상으로 인해 이렇듯 '다중 인격'이 되어 버린다면……?

이 상황을 시스템은 무어라 판단할까.

'……버그.'

즉 켈의 인격이 두 개 이상이란 게 시스템에게 발각당한다면, 그는 여지없이 소멸 대상이 될 수 있었다.

물론 인간의 기억처럼 세밀하고 은밀한 공간까지 시스템이 일일이 알아볼 수는 없다.

기억의 봉인 또한 그가 죽으면서 시스템과 맞닿는 순간에야 일어나는 일.

컴퍼니의 누군가가 직접 데이터베이스를 통해 시스템에 신고를 하질 않고서야 발각당할 수 없다.

"하아……."

상황에 대한 이해가 어느 정도 완료되니 한숨이 나오지 않을 수 없었다. 한데 그 한숨의 의미를 수녀 에밀리는 다르게 받아들인 모양이다.

"미안해요. 저 때문에 이리 다치시고……."

"아, 아닙니다. 그런 의도가 아니에요."

"정말 면목이 없어요."

한편 아이들은 새카만 먼지들이 가득한 외투를 벗고 한쪽에서 그 먼지들을 털어 내고 있었다.

외투에서 후두두 떨어지는 알갱이들이 있었는데, 이건 적당히 쓸어서 바깥으로 던져 버리는 걸로 처리했다.

그 익숙한 과정을 보며 켈은 헛웃음을 지었다. 아무래도 '다른 인격의 켈'은 꽤 멍청한 모양이다.

'마력이 어쩐지 하나도 안 느껴지더라니…… 쓸데없는 데 마력을 전부 낭비한 거였군.'

켈의 시선은 아이들이 한쪽에 걸어 둔 외투로 향했다.

특수한 처리가 되어 있어 바깥에서 휘몰아치는 '반(反)마력 폭풍'에도 버틸 수 있게 설계되어 있었다.

모두 켈의 바람 마법이 은은하게 둘러져 있어, 바깥에서 새어 들어오는 것들을 차단해 주었다.

아마 이 집도 비슷한 방식으로 보호되고 있을 게 분명했다.

'멍청한 녀석.'

혼자 살아남기도 버거운 A급 던전에서, 고작 이런 꼬맹이들을 구하려고 본인의 마력을 다 써?

하지만 생각과는 다르게 켈은 아이들을 둘러보며 저도 모르게 입을 열고 있었다.

"옷은 잘 털어서 놔야지. 망가지면 고치기 힘들어."

"네!"

그리고 화들짝 놀랐다.

이놈의 다중 인격이란 놈은, 본 인격인 그가 있을 때에도 이렇듯 불쑥불쑥 튀어나온단 말인가?

'아니…… 방금은 거의 무의식적으로 한 말이야. 인격이 튀어나왔다기보다는 거의 습관이지.'

그렇게 미간을 찌푸린 켈을 향해 에밀리가 다가와 말했다.

"배고프죠? 금방 준비해 드릴게요."

어느덧 가까이 다가온 클로에가 켈의 소매를 잡아끌었다. 식탁엔 밀빵, 소시지, 캔…… 각종 음식이 나열되어 있었다.

"이건……."

"켈이 만들어 주신 보호 장구 덕분에 구할 수 있었어요. 늘 고마워요. 자, 너희들도."

아이들이 한목소리로 말했다.

"고맙습니다! 잘 먹겠습니다!"

괜히 멋쩍게 웃은 켈은 가까이에 있는 밀빵을 내려다봤다. 바깥의 마력 폭풍의 잔해물이 덕지덕지 붙어 있었다.

이걸 먹는 건 '독'을 삼키는 것과 같다.

하지만 아이들은 서슴지 않고 입에 넣었다.

그 모든 과정은 익숙했다.

'……젠장. 최악이야.'

켈의 시선이 창밖으로 향했다.

여전히 휘몰아치는 폭풍은 어디까지 펼쳐져 있는지 알 수 없었다.

그 전에 그는 던전의 어디쯤에서 잔류하고 있는 걸까.

'가진 마력은 0에 가까워. 불쑥불쑥 튀어나오는 희생적인 인격도 있어…… 으으으.'

최악에, 최악이 겹쳤다 해도 과언이 아니었다. 심지어 여긴 마력을 다시 회복할 수도 없는 '마력 제한 구역'이 아닌가?

살면서 몇 번 느껴 본 적이 없는 위기 감각이란 게 그를 날카롭게 찔러 왔다.

"켈?"

"아, 아닙니다. 별일 아닙니다."

에밀리의 물음에 켈은 대충 무마하며 텁텁한 밀빵을 한입 크게 삼켰다. 씹을 때마다 까끌까끌해 느낌이 영 별로인 맛이었다.

아무럼 그럴 것이다.

['반마력' 알갱이를 삼켰습니다. 마력을 강탈당합니다.]
['반마력' 알갱이를 삼켰습니다. 마력을 강탈당합니다.]
['반마력' 알갱이를 삼켰습니다. 마력을 강탈당합니다.]

[……]
[……]

[……]

말했듯 이건 독이니까.

켈은 빵을 먹을 때마다 조금씩 떨어지는 HP도 확인할 수 있었다. 역시 '반마력 알갱이'는 인체에 상당히 유해한 물질이었다.

이걸 먹는다는 건 스스로를 죽이는 행위라 할 수 있었다.

"맛있니?"

"네!"

그러거나 말거나 식사는 멈추지 않았다. 아이들은 끝까지 웃으면서 독을 입에 넣었다.

켈도, 에밀리도, 그 누구도 말리지 않았고, 그들은 서로 마주 보며 식사를 끝까지 할 뿐이었다.

이유는 간단했다.

배고파 굶주려 죽는 것보다는 이게 더 오래 살 방법이었으니까.

그는 밀빵을 씹으며 생각했다.

'조만간 난 죽겠군.'

버그로 판명당해 시스템이 그를 삭제하거나, 반마력을 너무 많이 집어삼켜 내부에서부터 망가지거나.

그도 아니면 이 건물 자체를 유지하는 마법이 소멸하여, 그대로 반마력 폭풍에 휩쓸리거나.

어떻게든 그에게 남은 선택지는 얼마나 더 늦게 죽느냐다.

"잘 먹었습니다."

옆에서 들려온 아이들의 말과 함께 켈은 독과 같은 밀빵을 완전히 씹어 삼켰다.

적당히 식사를 마친 켈은 묵묵히 창밖을 바라봤다. 여전히 무시무시한 반마력 폭풍이 휘몰아치고 있었다.

'흐음…… 이제 어쩐담.'

창밖의 반마력 폭풍으로 미루어 추측하자면, 여긴 B급 던전 '마력의 무덤'에서 파생된 A급 던전일 것이다.

이름하여 '공허의 저편'.

마력이 제로가 되는 지점에서 그 마이너스 마력인 반마력이 생성되는 시점에 만들어지는 공간!

'이미 정규 업데이트가 시작된 거라면…… 내가 놓친 게 너무나도 많아. 만회해야만 해.'

게임은 이른바 경쟁이다.

한 달이나 되는 시간의 부재를 겪은 플레이어가, 과연 본 게임에 다시 복귀한다는 게 어디 쉬운 일일까.

그가 쉬는 동안 누군가는 꾸준히 레벨 업을 했을 것이고, 그가 의식을 잃은 동안 케이는 전보다 강해졌을 것이다.

어쩌면 최하나에게도 따라잡히지 않았을까.

'아니, 100% 따라잡혔을 거야.'

제 목숨마저 던져 버릴 정도로 독한 집념을 가진 여자였다. 전생이 가능한 것도 아닌데도 그런 무시무시한 집념이라면…… 강해지지 않는 게 이상하다.

'그러다 콱 뒈졌으면 좋겠지만.'

아무래도 케이가 옆에 있는 한, 그럴 것 같진 않았다. 그리 쉽게 죽을 거라면 여태 살아남았을 리도 없었다.

"여기서 뭉그적거릴 때가 아니야. 어서 빠져나갈 방법부터 강구해야겠어."

또한 이는 단순히 뒤처졌다는 생각에 내린 결론이 아니다.

이곳에 오래 머물러 봤자 기다리는 건 '늦은 죽음'뿐이다.

반마력이 휘몰아치는 공간에서 생명체는 쉽게 바스러지고 죽기 마련이니까.

살아남으려면 반마력에 대한 대책을 완벽하게 세우고, 여길 벗어나는 게 최선이었다.

켈은 입술을 잘근 깨물었다.

'언젠가 전직을 하려면 이런 곳에 오는 것도 좋겠지만…… 아직 시기상조야.'

한편 켈은 옹기종기 앉아 도란도란 얘기를 나누는 소년, 소녀들을 바라봤다.

수녀 에밀리와 던전화로 인해 부모를 잃은 고아들.

그들을 보고 있으면 가슴 한쪽이 아련해지고 시큰한 느낌이 따라왔다. 괜히 따뜻한 감정에 취할 것만 같았다.

아, 이러면 안 되지.

'정신 차려. 이건 다 허상이야.'

켈은 과거의 자아가 가졌던 감정 따위는 중요하지 않다고 생각했다. 애초에 그의 기억에도 희미한 것들이었다.

이런 감정은 게임 공략에 하등 도움도 되질 않으며, 컴퍼니의 목적에 방해만 될 뿐이었다.

일은 일이니까.

사적인 감정은 늘 배제해야 마땅하고, 이로 인해 귀찮은 상황이 벌어지지 않도록 만드는 게 프로다.

"켈도 이쪽으로 오지 그래요?"

문득 에밀리가 해맑게 웃으며 켈에게 손짓했다. 어디서 구했는지 아이들과 트럼프 카드놀이를 하고 있었다.

"난 괜찮아요. 신경 쓰지 마요."

"에이, 켈."

"됐다고요."

말투가 너무 차가웠을까.

에밀리는 시무룩한 얼굴로 어깨를 축 늘어트렸다. 그 모습에 켈은 저도 모르게 심장이 덜컥 내려앉는 기분이 들었다.

그제야 켈은 깨달을 수 있었다.

'이 미친…… 자아 새끼야.'

그가 정신을 잃은 새에, 또 다른 인격 녀석이 에밀리를 보며 특별한 감정이라도 품고 있었던 모양이다.

'사랑'이라고?

그게 너무 황당하여, 켈은 거의 본능적으로 자리에서 벌떡 일어나고 말았다.

에밀리가 활짝 웃으며 되물었다.

"역시 하시는 거죠?"

"……알았어요."

나중에 두고 보자. 두 번째 인격.

"얼른 이쪽으로 오세요. 켈. 룰은 알고 계시죠?"

"네, 뭐."

"그러면 카드 섞습니다."

당장이라도 아이들의 외투에 섞인 마력을 긁어모아, 이곳을 빠져나갈 대책을 모색해도 모자랄 판에 '카드 게임'이라…….

이성적으로 판단하면 터무니없을 뿐인데도, 그의 몸은 머리가 이끄는 대로 따르질 않았다.

원래 사랑이란 게 그런 게 아닌가.

'두 번째 자아 녀석…… 사실 깨어 있는 거 아니야?'

다중 인격은 처음이라 잘 모르겠다.

과연 '켈'이 의식을 차리고 있을 때에, 이전까지 정신을 차리고 있던 '두 번째 인격'은 어쩌고 있을까.

자고 있을까? 아니면 깬 상태로 있을까.

녀석이 활동하는 동안엔 '켈'이 의식을 잃고 있었으니, 두 번째 자아 녀석도 잠들어 있는지도 모른다.

'자꾸 두 번째 자아라고 하니 어감이 어색하네. 흐음……
앞으로 넌 그냥 켈투다.'

어쨌든 켈은 자꾸만 그의 생각대로 움직이질 않는 몸에 불
만이 쌓여 가고 있었다.

혹시 이러다 잠에서 깨면 또 '켈투'에게 신체를 빼앗기고
마는 건 아닐까.

"……그러면 안 되는데."

"아, 보셨어요? 헤헤. 민망하네요."

혼잣말로 중얼거리려니 에밀리가 켈을 보면서 머쓱하게
웃었다. 참 이쁜 미소였는데, 그 아래의 소맷자락에서 카드
한 장이 밖으로 삐져나왔다.

"켈은 못하는 척하면서 타짜가 따로 없으시네요."

"수녀인 당신이 카드 게임을 하는 게 더 이상한데요."

"돈을 걸고 도박을 하는 것도 아닌데요, 뭘."

켈은 한숨을 내쉬며 카드를 앞으로 내밀었다. 에밀리가 귀
엽게 인상을 찌푸리며 카드를 든 손을 내려놓았다.

"……정말 타짜라니까."

잠시 에밀리와 눈을 마주친 켈은 저도 모르게 자신이 웃고
있다는 사실을 깨달았다.

사랑이란 감정은 정말 제멋대로였다.

머리로는 이해할 수 없는 간질거림…… 아무리 생각해도

한숨만 푹푹 나오는 상황이었다.

근데 또 기분이 좋으니 어떤가 싶다.

이대로 영원히 이곳에 머물러도 좋지 않으려나.

쿠우우우웅!

그런 안일한 생각이 잘못이었을까.

밖에서 묵직한 폭음과 함께 미묘한 인기척이 느껴졌다. 대
번에 놀란 에밀리가 몽둥이를 쥐었고, 아이들도 저마다 무기
를 쥔 채로 소음이 난 방향을 바라봤다.

켈은 한숨을 내쉬며 그쪽을 돌아보았다.

"슬슬 나갈 때도 됐나 보군."

"네?"

"그냥 그렇다고요."

반문하는 에밀리를 뒤로하고, 켈은 아이들의 외투를 빠르
게 회수했다.

그 안에 담긴 실낱같은 마력을 응축시켜 다시 본인의 몸으
로 흡수하는 건 일도 아니었다.

"켈! 지금 무슨 짓을⋯⋯!"

당황한 에밀리의 말이 들려와 가슴이 뜨끔하고 꽤 아픈 느
낌도 들었다.

모르긴 몰라도 켈투는 이 상황 자체를 달가워하질 않는다
는 게 여실히 느껴지고 있었다.

하지만 켈은 머뭇거리지 않았다.

더는 신체의 제어권을 빼앗길 생각도, 켈투의 장단에 놀아
나 주는 것도 사절이다.

"방해하지 마."

물론 이는 에밀리에게 한 말이 아니다.

켈은 짧게 혀를 차며 다 부서진 문을 열고 밖으로 나갔다.

반마력 폭풍이 휘몰아치며 그의 몸을 갉아먹을 기세로 빠
르게 스쳐 갔다.

하지만 그뿐이었다.

[스킬, '정령 소환술(S)'을 발동합니다.]

[정령, '바람의 정령왕 실피드'가 응답합니다.]

그의 내면에 숨어 있던 실피드가 밖으로 빠져나오자, 이내
온몸에 쌓였던 모종의 마력도 억지로 밀어냈다.

호흡이 길어지고 그 숨에서 빠져나간 마력이 많아질수록,
켈은 주변의 풍경이 무너진다는 걸 알 수 있었다.

멀리 반마력 폭풍이 휘몰아치던 광경도.

오두막 한쪽에서 오들오들 떨고 있는 아이들의 모습도.

영문을 모르겠다는 눈으로 그를 바라보는, 다시 봐도 사랑
스러운 그녀의 얼굴도.

모두 재처럼 흩날리더니 이내 완전히 모습을 감추고 사라
지고 말았다.

켈은 한숨을 내뱉으며 중얼거렸다.

"말했잖아. 모두 허상이라고."

아마 켈투도 이 상황을 이해하고 있을 것이다. 녀석의 본질도 그와 같을 테니까. 이 정도 상황 판단 능력조차 없을 거라고 생각하진 않는다.

그저 녀석은 머무르고 싶었을 뿐이다.

아마도 과거에 해내지 못했던 녀석의 '한', 혹은 '미련'이 그를 허상 공간에 빠져 있고 싶게 만든 것이다.

"앞으로 한 몸에서 살아갈 것 같아 미리 말해 둘게. 과거는 과거일 뿐이야. 그런 부질없는 일로 붙잡을 생각은 하지 마."

가슴 한쪽에서 켈투가 반발하고 나섰는지 괜스레 기분도 울컥해지고, 또 심장이 거세게 방망이질 쳤다.

켈은 일부러 무시하기로 했다.

애초에 그딴 걸 신경 쓸 여유는 없었다.

쿠우우우웅!

완전히 걷힌 시야 너머로 보이는 한 괴물을 마주할 수 있었다.

그의 몸을 옭아맨 미끌미끌한 외피가 느껴졌다. 그는 뱀에게 사로잡혀 꽉 조여지고 있었다.

아마도 이놈이 오두막에서 느꼈던 인기척의 당사자일 것이다.

"아나콘다라…… 너에게 고맙다고 말해야 하나."

아이러니한 일이지만 이처럼 놈이 그를 잡아먹겠다고 몸을 휘감아 준 덕에, 허상 공간에서 빠져나올 수 있었다.

켈은 피식 웃으며 날카로운 독니를 드러내며 이쪽을 응시하는 아나콘다의 뱀눈을 마주 노려봤다.

"그렇다고 먹힐 생각은 없어."

에밀리나 아이들, 오두막의 모든 것은 허상이었지만 '반마력 폭풍'만큼은 진짜였다.

실제로 그의 몸을 갉아먹어 마력이 실낱같이 남은 상태였으니까.

이곳은 여전히 A급 던전이었고, 상황은 최악이라 할 수 있을 것이다.

하지만.

"이런 데서 쉽게 죽을 것 같냐."

아나콘다의 이빨에서 보랏빛 독액이 뚜욱 떨어졌다. 놈은 더더욱 몸을 조이는 힘을 강하게 늘리고 있었다.

"난 안 죽어."

켈은 바람을 창처럼 가공하여 뱀의 몸을 수차례 관통했다.

피가 튀어 머리를 적셨지만 그의 공격은 멈추지 않았다.

이건 뱀이 먼저 그를 조여 죽이느냐, 그의 정령술이 아나콘다를 무력화시키느냐의 싸움.

켈은 자신의 내면에서 그를 올려다보고 있을 켈투를 향해 속삭이듯 중얼거렸다.

"절대 안 죽을 거라고."

그리고 아나콘다의 머리 위로 묵직한 바람을 응축하여 아래로 내리찍기 시작했다.

아나콘다가 반항하듯 고개를 바짝 들었지만, 전력을 다한 켈의 공격에 조금씩 고개는 아래로 꺾일 수밖에 없었다.

결국 켈을 조이던 힘도 약해졌다.

"지금이야, 실피드!"

휘이이이잉!

그의 의지에 화답하듯 실피드가 켈의 발을 밀어 줬다. 몸을 옥죄어 오던 부위도 바람으로 밀어내니 탈출은 더더욱 쉬워졌다.

그렇게 위로 쑤욱 빠져나간 켈은 허공에서 잠시 부유했다.

키아아앗!

아나콘다가 성난 눈으로 그를 뒤쫓았지만 그 사이에는 금방 공기의 벽이 생성되고 있었다.

정확하게는 시야 정보를 차단하는 특징을 가진 공기였다. 녀석은 당황하며 주변을 헤매고 다녔다.

또한 혀를 날름거리며 냄새를 맡으려 했지만, 이 또한 소용이 없는 일이었다.

"후우…… 겨우 살았네."

켈은 한숨을 내쉬며 실피드에게 명을 내렸다. 그는 고속 탄환처럼 몸을 튕겨 그 자리를 벗어나기로 했다.

실낱같은 마력으로 A급 몬스터인 아나콘다를 처치한다는 건 불가능한 일이었으니까.

"마력을 언제까지 유지할 수 있을지는 모르겠지만……."

막상 밖으로 빠져나오니 더더욱 던전의 모습이 자세히 보였다.

아득히 멀리 산등성이가 있고, 그 아래로 넓은 초원이 펼쳐진 공허의 저편.

진짜 문제는 이제 시작이다.

"갈 수 있는 데까지 가 보자고."

여긴 A급 던전, 그리고 종전의 아나콘다는 그 던전의 아주 일반적인 몬스터에 불과하니까.

❧

새카맣게 드리운 어둠.

해가 중천에 떴는데도 밝아지지 않는 '낮'을 둘러보며, 강서준은 나지막이 침음을 삼켰다.

포탈 던전을 넘어 도착한 프랑스!

예술과 낭만의 도시라 불리던 프랑스의 파리는 이처럼 생각보다 더 처참한 상태였다.

"내가 생각했던 파리는 이런 곳이 아니었는데 말이야."

천천히 고개를 들어 둘러본 곳엔 마치 미사일 폭격이라도 당한 것처럼 곳곳이 파괴되고 무너진 흔적만이 가득했다.

영화나 역사책에서 보던 제2차 세계 대전 당시의 풍경도, 이보다 철저하게 파괴되진 않았을 거다.

앞서 포탈을 넘은 링링도 강서준을 향해 말했다.

"멍 때리지 말고 얼른 모자나 눌러 써. 정체를 들켜서 좋을 건 없으니까."

"……알았어."

고개를 주억거린 강서준은 링링의 뒤를 따라 파리의 몽마르트르 언덕을 오를 수 있었다.

그곳의 사크레쾨르 성당에 생겨난 던전이 바로 A급 던전으로 성장한 '공허의 저편'이었다.

"좋아. 그럼 가 보자고."

두 사람은 망설임 없이 던전으로 들어섰다.

공허의 저편 (1)

별안간 기이한 굉음이 울리더니 하늘에서 폭풍이 몰아치기 시작했다.

어두운 하늘을 장악한 거대한 새 한 마리!

녀석의 날갯짓에 의해 생성된 폭풍이 순식간에 땅을 헤집어 놓고 있었다.

[엘리트 몬스터 '불안전한 공허의 익룡'이 스킬, '반마력 폭풍'을 일으켰습니다!]

['반마력 폭풍'에 의해, '마력'을 강탈당합니다.]

빠르게 그 자리를 회피했음에도 몸에서 마력이 쭈욱 빠져

나갔다.

바로 이것이 마력을 제한하는 걸 넘어, 아예 강탈해 가는 A급 던전 '공허의 저편'이 가진 특징.

마력을 주로 사용하는 플레이어에겐 이곳은 쥐약이나 다름없는 땅이었다.

하지만 강서준은 머뭇거리지 않고 높이 뛰어오르며 재앙의 유성검을 멀리 익룡에게 던졌다.

빠르게 날아가는 단검!

녀석이 재차 폭풍을 일으켜 강서준의 단검을 튕겨 냈지만, 강서준은 아쉬운 내색을 내비치질 않았다.

실제로 괜찮았다.

그의 공격은 그게 전부가 아니었으니까.

끼아아아악!

익룡의 뒤편에서 허공을 가르고 나타난 한 인영이 빠르게 놈의 심장으로 긴 손톱을 박아 넣었다.

괴로움에 몸부림을 치는 익룡.

심장 부위에서부터 불길하게 타오른 검붉은 연기는 녀석의 몸을 빠르게 휘감았다.

이윽고 익룡은 힘없이 땅으로 곤두박질칠 수밖에 없었다.

쿠웨에에엑!

강서준은 바닥에 아무렇게나 널브러진 재앙의 유성검을 회수한 것과 동시에 놈에게 달려들었다.

재앙의 유성검은 푸른 불꽃을 휘감고 있었다.

"옆으로 빠져!"

익룡의 심장을 꿰뚫던 손톱이 뒤로 빠져나가고, 그 자리를 푸른 불꽃을 휘감은 재앙의 유성검이 대신했다.

그리고 바로 녀석의 전신으로 푸른 불꽃이 옮겨붙더니 더욱 활활 타오르기 시작했다.

여기까지 했으면 결론은 났다.

[엘리트 몬스터 '불안전한 공허의 익룡'을 처치했습니다.]

[레벨이 올랐습니다.]

[아이템, '불안전한 공허의 정수'를 습득했습니다.]

하지만 잠시 쉴 틈도 없이 그는 뒤쪽에서 다가오는 공격을 피해 위로 점프했다.

거대한 아나콘다가 그를 향해 꼬리를 휘두르고 있었다.

—감히 우리 왕을!

분노한 로켓이 녀석의 꼬리를 꽉 깨물었고, 오가닉이 달려들어 아나콘다의 머리에 창을 꽂았다.

이어서 높이 뛰어오른 라이칸이 누군가에게 큰 목소리로 명을 내렸다.

—신입! 지금이다!

—네, 네에!

약간 뒤늦게 대답한 '신입'은 부랴부랴 아나콘다의 머리 아래로 접근하더니, 날카로운 손톱으로 그 매끄러운 껍질에 상처를 입혀 댔다.

아나콘다의 몸이 검붉은 연기에 휩싸이는 건 금방이었다.

ㅡ흐아아아압!

라이칸은 아래로 떨어져 내리며 히드라의 마검에 '도깨비불'을 담았다.

그대로 아나콘다의 몸통을 베어 나가며 그 불꽃을 녀석에게 옮겨붙이는 데 성공했다.

그 결과는 종전에 익룡을 잡았을 때와 비슷했다.

화르르르르륵!

특히 상처 난 부위에 한하여 더더욱 큰 화력을 보이는 도깨비불!

백귀의 연계 공격에 의해 결국 A급 몬스터인 '불완전한 공허의 아나콘다'도 힘없이 바닥에 늘어질 수밖에 없었다.

옆에서 돗자리를 펼쳐 놓고 전투를 관람하던 링링이 박수를 치며 주의를 끈 건 그때였다.

"고생했어!"

돗자리 옆에 놓인 각종 먹을거리와 음료수, 포근한 담요까지 갖춘 모양새는 마치 피크닉이라도 나온 듯했다.

그곳에서 링링과 함께 다과를 즐기던 이루리가 문득 시선을 마주치니, 다급하게 입에 묻은 빵가루를 털어 냈다.

강서준이 샐쭉하는 시선으로 말했다.

"……뭐라 할 생각은 없는데. 조금 얄밉네."

"그래?"

링링은 한 치의 주저함도 없이 당당하게 말했다.

"근데 어쩌겠어. 지금 내가 할 수 있는 건 아무것도 없는데. 근데 배가 고프잖아. 또 심심하잖아? 적당히 자리를 펴고 뭐라도 먹어야 하지 않겠니?"

"……."

"나도 케이 너를 도울 수 있었으면 정말 좋았을 텐데."

얼굴색 하나 바꾸지 않고 거짓말을 해 대는 링링을 보며, 강서준은 한숨으로 대답을 대신했다.

그녀의 말마따나 뭐 어쩌겠나 싶기도 했다.

실제로 링링은 현재 '2차 전직' 과정에 놓여 아무런 마력을 쓸 수 없는 상태에 들어서 있었으니까.

어차피 도움이 못 된다면, 뻘쭘하게 서서 구경하는 것보다 저리 휴식을 취하는 게 더 낫다.

'그래. 고생했으니까.'

지난 1년간 아크에서 가장 바빴던 사람을 꼽으라면 단연 '링링'이 1등을 차지할 것이다.

그녀는 레벨 업과 정치를 모조리 해낸 성과를 보였으니까. 이번에 포탈을 만들겠다고 또 밤을 새웠다는 건 공공연한 비밀이었다.

지금처럼 마음 편히 쉴 수 있는 날은 정말 오랜만일지도 모른다.

그러니 조금 얄미워도 참고 넘어가 줘도 될 것이다.

게다가 링링은 지금 이 순간을 위해서 '화룡의 무기'도 무상으로 제공해 준 것일 테니까.

강서준은 어깨를 으쓱이며 물었다.

"그나저나 수련은 좀 어때?"

"아직 멀었어. 반마력이란 게 생각보다 쉽게 다룰 수 있는 게 아니더라고."

사실 링링이 마냥 놀고 있는 것처럼 보여도 그 속은 아주 바쁘게 움직이고 있었다.

서로 공존할 수 없는 '마력'과 '반마력'이 그녀의 몸속에서 치열한 줄다리기를 하고 있었으니까.

"……오래 걸리진 않아. 2차 전직 과정을 단축하려고 칼로라의 뿔피리에, 무리를 해서라도 여기에 왔잖아?"

"그래. 부디 빨리 성공하면 좋겠네."

문득 링링은 한쪽에서 라이칸과 한창 대화를 나누고 있는 마족을 응시하더니 말했다.

"근데 너도 참 능력이 다양해."

"응?"

"언제 또 저놈을 길들인 거야?"

강서준은 링링의 시선을 따라 라이칸의 앞에 선 한 마족을 바라봤다.

일전에 서울을 대대적으로 침공했던 세력의 주체이자, 서울 상공을 장악했던 거대한 알의 주인.

그리고 이번에 강서준의 백귀로 새로 부화한 '마족 알리'는 당장 라이칸에게 여러 꾸지람을 들으며 부동자세를 취하고 있었다.

-신입이 빠져 가지고 말이야.

-시정하겠습니다!

녀석보다 등급이나 레벨도 높으면서 상당히 비굴한 자세로 라이칸의 꼰대스러운 말을 듣는 모습은, 솔직히 그때 그 마족이라 부르기엔 어색하기만 했다.

백귀가 되면서 그 성격조차 개조된 걸까?

부화하기 전의 기억이 모조리 사라진 걸 보면 아무래도 시스템이 개입한 것 같기도 했다.

강서준은 쓰게 웃으며 말했다.

"뭐…… 어쩌다 보니."

노리고 했던 건 아니지만, 녀석이 가장 자신 있어 하는 '꿈'에서의 싸움은 오만한 마족의 영혼을 꺾기에 부족함이 없었다.

결국 녀석은 전승조차 하질 못하고 강서준에게 얽매여 백귀가 되어 있는 셈이었다.

링링도 피식 웃으면서 말했다.

"하기야 네 일인데 놀라는 것도 귀찮은 짓이다. 그냥 그러려니 해야지."

하지만 그녀는 아직 할 말이 남은 듯했다.

"저, 케이."

"응?"

"내가 잘못 본 게 아니라면 너 아까 '마기'를 다루던데. 맞아?"

강서준은 말없이 링링을 내려다봤다.

무슨 의도로 말을 꺼낸 걸까.

보통 마기를 다루는 사람은 '광인(狂人)'이 되기 쉽고, 마족에게 홀려 그들의 수족이 되곤 한다.

해서 드림 사이드 1에서도 마기를 다루는 자는 '금기'를 어겼다 하여, 즉결 사형을 당해도 할 말이 없었다.

그만큼 '마기'는 위험하다고 알려져 있다.

과연 링링도 강서준의 그런 부분을 걱정해서 꺼낸 말일까.

'그럴 리가.'

이성으로 똘똘 뭉친 링링이 강서준을 걱정하고 있다면, 그 야말로 그녀의 무의식이 무너졌다는 걸 의미한다.

그러니 여기서 그녀의 의도는 다른 쪽이다.

"링링. 아무리 탐이 나도 넌 마기를 익혀선 안 돼. 나야 스킬의 범용성이 넓어서 괜찮겠지만, 넌 이상한 스킬 잘못 익혔다가는 전직 코스 자체가 뒤바뀌잖아."

"칫."

"게다가 어떻게 익혔는지는 나도 잘 몰라. 이것도 어쩌다 보니 생긴 거니까."

솔직한 강서준의 말에 링링은 아쉽다는 듯 입맛을 다셨다.

"마기만 다룰 수 있으면 이깟 던전도 금방 공략할 텐데. 아쉽네."

"……시간문제지. 너도 곧 반마력을 다룰 수 있잖아."

"그게 쉬운 일인 줄 아니? 재료가 바뀌면 술식 자체도 전부 수정해야 한다고."

"넌 쉽잖아."

"그건 맞지."

"……거기서 인정하면 재수 없는데."

그렇게 적당히 담소를 나누고 있으려니, 멀리 석양이 뉘엿뉘엿 지고 있었다.

해가 뜨나 안 뜨나 똑같이 어두운 장소였지만 그 해가 저문다는 것만으로도 던전의 분위기는 일변했다.

A급 던전의 밤.

이제 이곳에 속한 모든 몬스터에는 '던전 버프'에 이어 '밤 버프'까지 추가적으로 적용된다.

"슬슬 본격적으로 움직일 때도 됐네."

링링의 말에 강서준은 고개를 끄덕였다.

평소였으면 제아무리 급한 상황이더라도 A급 던전의 밤에

쉬이 움직일 생각은 하지 않았을 것이다.

여기서 적당히 땅을 파고 숨거나 생존하기에 적합한 캠프를 만들어 몸을 숨기는 게 좋으니까.

마력도 쓸 수 없고, 더군다나 '만물서'가 봉인된 상태로 스킬마저 사용하질 못하고 있었다.

이럴 땐 몸을 사리는 게 상책이었다.

하지만 강서준은 호흡을 가다듬으며 마기를 활용하여 '도깨비갑주'를 소환해 냈다.

재밌는 건 '마기'를 재료로 넣어 '도깨비갑주'를 만들어 내면 색깔이 꽤 검붉은 광택으로 빛난다는 점이다.

'유난히 영혼의 소모가 커지는 기술이지만 어쩔 수 없지.'

완전히 준비를 마친 강서준은 링링에 이어서 한쪽에서 대기 중인 백귀도 차례로 둘러봤다.

"내가 카린의 꿈속에서 봤던 미래의 풍경은 아마 이즈음이었어."

"석양이 질 무렵…… 무언가가 나타난다고 했지?"

"응. 내 스킬 등급이 낮아서 그런지 그 이상은 보지 못했지만."

차원 서고에서 책을 봉인하기도 전에…… 잠시 아크에서 마주쳤던 '카린'에게 부탁해 미리 봐 둔 '예지몽'의 풍경.

'인 투 더 드림'의 등급이 E급이라 그런지, 실제 카린의 예지몽 스킬이 A급에 다다랐음에도 강서준이 본 미래는 극히

제한적이었다.

이전에 카린이 수수께끼처럼 달의 추락을 봤던 것과 마찬가지였다.

'게다가 인 투 더 드림으로 개입한 게 문제가 됐는지 카린은 아예 꿈을 기억하질 못하는 눈치였어.'

이건 추측이지만 관리자가 개입했을 가능성도 있었다. 이전에 만났을 때에도 그가 두루뭉술하게 설명해 준 데엔 그만한 이유가 있을 테니까.

스킬로도 보지 못하도록 막은 거다.

어쩌면 미리 알고 있으면 안 되는 걸지도 모른다.

그나마 이거라도 건져 다행이지.

"이제 뭐든 나타날 거야. 그게 뭐든 켈에게 안내해 주겠지."

강서준의 확신 어린 어조 뒤로 하늘에 높이 솟은 불꽃을 발견할 수 있었다.

그저 넓은 들판에서 나타난 불꽃이라, 보지 않을 수 없었다.

"일단 가 보자."

꽤 먼 거리였지만 충분히 시간 내에 달려갈 만한 거리였다. 강서준은 링링을 등에 업고 백귀들은 일단 감투에 넣었다.

그리고 다리에 힘을 주어 빠르게 앞으로 내달렸다.

얼핏 초상비를 따라 한 기술이다.

[스킬, '마기 집중(F)'을 발동합니다.]

물론 사용하는 재료가 워낙 거친 마기라 그런지 풀을 밟아도 소리조차 없는 초상비와 다르게, 바닥을 내디딜 때마다 폭발하는 게 특징이었다.

쿠우우우웅!

어느 정도 접근했을 때엔 마기를 억누르고 천천히 걸음을 옮겼다.

놈들에게 들키지 않으려면 어쩔 수 없는 일이기도 하거니와, 가까이에 접근할수록 터무니없는 풍경이 그의 앞을 가로막고 있었기 때문이다.

하늘에 수를 놓은 불꽃 아래로 수많은 몬스터가 홀린 듯이 모여들고 있었으니까.

"……뭔가 이상해."

정말 이상했다.

바로 옆으로 '불완전한 공허의 몬스터'들이 스쳐 가면서도, 강서준과 링링을 못 본 척 무시하고 있었다.

몬스터들이 과연 그럴 수 있을까?

그 흐름을 좇다 보니 어느덧 불꽃 아래에 다다랐다. 거기엔 로브를 쓴 사람들이 꽤 많이 보였는데, 강서준은 그 인상착의만으로도 정체를 알 수 있었다.

링링이 낮게 중얼거렸다.

"……컴퍼니."

황홀한 표정을 짓고 이곳으로 몰려온 수많은 몬스터 사이에, 컴퍼니로 추정되는 한 사내가 마에스트로처럼 불꽃을 조율하고 있었다.

여기서 컴퍼니의 등장은 당연하다면 당연한 얘기였다.

'켈은 컴퍼니의 간부였으니까.'

오히려 켈이 관련된 일에 컴퍼니가 나타나지 않는다면, 그게 더 이상한 것이다.

강서준은 불꽃을 이리저리 흔들며 몬스터의 시선을 잡아 끄는 가면인들을 가만히 주시했다.

사실 문제는 여기부터다.

'과연 컴퍼니를 아군으로 봐야 할까?'

관리자 샛별의 퀘스트는 켈을 처단하는 것도, 사로잡으라는 것도, 그의 음모를 막으라는 것도 아니었다.

분명 켈을 '구하라'고 했다.

그렇다면 녀석이 소속된 컴퍼니는 적보다는 아군으로 보고, 놈들을 돕는 게 맞다.

영 내키질 않는 일이었지만 관리자가 그리 말한 데엔 그만한 이유가 있을 테니까.

'……골치 아프네.'

그래.

백번 양보해서 녀석들을 아군이라고 치자.

궁금한 건 당장 놈들이 A급 던전에서 지금 뭘 하고 있냐는 것이다.

'몰이사냥을 하려고 몬스터들을 현혹하는 건 아닌 것 같은데…….'

미간을 좁혀 놈들의 동태를 살피던 링링이 작게 입을 연 건 그때였다.

"움직인다."

어두운 밤의 던전.

나지막이 피리 소리가 울리더니 대략 100마리에 달하는 몬스터가 일제히 걸음을 옮기기 시작했다.

간간이 흘려 대는 사나운 울음이 없었더라면, 순한 양 떼라고 생각할 정도로 고요한 걸음이었다.

한편으로는 이만한 규모의 몬스터를 쉽게 다루는 컴퍼니의 저력이 대단하단 생각도 들었다.

'아마 아이템의 성능이겠지만…….'

몬스터들의 혼을 싹 빼앗아 멍하게 만드는 게 '현혹의 목걸이'의 성능이고, 몬스터를 이끄는 건 '매혹의 피리'의 효능이다.

'현혹의 불꽃'과 '매혹의 음파'.

본래 몬스터를 사냥할 때에 보조적인 기능을 하는 별 볼일 없는 스킬들.

아이템의 등급만 높았지 정작 후반부에선 어떤 몬스터에

게도 통하지 않아 그다지 각광받는 아이템은 아니었다.

문제는 이 스킬의 대상이 '불완전한 공허의 몬스터'라는 점이다.

'원래 이곳의 몬스터는 정신방벽이 꽤 낮은 편이니까.'

정신방벽의 보호엔 마력의 역할도 적지 않게 필요하다.

즉 아직 '반마력'과 '마력'의 중간에 걸친 '불완전한 공허의 몬스터'는 그 보호 체계가 반 정도는 날아간 상태란 것이다.

다른 곳에서는 쓸모도 없는 아이템조차 이들에겐 너무나도 효용성이 좋았다.

만약 여기까지 계산해서 사용한 거라면, 컴퍼니의 정보력은 생각보다 훨씬 방대하다고 봐야 할 것이다.

'하기야 던전꽃을 그리 활용하는 걸 보면 이 정도면 당연한 건가.'

한국에 컴퍼니 지부가 발본색원(拔本塞源)되어 그 씨도 남지 않은 게 천만다행이다.

링링은 몬스터 대군단의 이동을 눈여겨보며 나지막이 물었다.

"케이. 저들 중에 퀠은 없어?"

하얀 가면을 쓰고 몸을 덮는 로브까지 장착한 컴퍼니의 직원들이었다. 어지간해선 정체를 파악하는 게 불가능한 일.

하지만 그 대상이 '퀠'이고, 저 중에 알아볼 수 있는지 묻는다면…… 단언컨대 강서준은 그렇다고 답할 수 있다.

생각해 보면 간단한 문제였다.

'켈의 영혼은 두 개여야 하니까.'

켈은 '바람의 정령왕'을 다루는 이 시대의 최고의 정령사
다.

그리고 그의 몸엔 '바람의 정령왕'인 '실피드'가 귀속되어
있다.

즉 한 몸에 영혼이 두 개가 정착되어 있다면, 그를 '켈'로
추측해 볼 수 있다.

강서준은 거두절미하고 스킬을 발동했다.

[스킬, '영안(S)'을 발동합니다.]

푸른 불꽃으로 시선을 가늠하자 속속 직원들의 영혼이 보
였다.

강서준은 헛웃음을 지어야 했다.

어떻게 이리 천편일률적으로 같을 수가 있을까.

'전부 악령이라고?'

영혼의 개수는 모두 하나였으니 '켈'은 없었다. 다만 괜히
고민만 늘어난 것 같다.

'정말 이들을 아군으로 볼 수 있을까?'

또한 현시점에서 골머리를 앓게 만든 원인인 '관리자 샛별'
에 대한 생각도 꾸준히 떠올랐다.

처음부터 제대로 된 정보를 줬으면 이렇게 고민할 일도 없지 않았는가.

빌어먹을 관리자 놈.

"……."

그렇게 1시간을 이동했을까.

속으로 관리자 샛별에 대한 뒷담을 더 떠올리기도 전에, 돌연 컴퍼니의 상공이 일그러졌다.

익숙한 생김새의 몬스터가 검붉은 기운을 쏟아 내며 모습을 드러낸 것이다.

강서준은 대번에 알아봤다.

'……마족이로군.'

전신에서 그 자신감을 표출하듯 줄줄 흐르는 마기부터, 활짝 펼쳐진 날개는 도합 세 쌍이었다.

멀리서 봐도 꽤 근육질인 그의 몸은 어디서 다친 건지는 몰라도 흉악한 흉터가 가득했다.

놈은 컴퍼니 쪽과 친분이라도 있는지 시시덕대며 대화를 잇고 있었다.

그나저나 마족이라고?

컴퍼니가 언제부터 마족이랑 내통하고 있던 거지?

여태 마족이 나타났던 도시에 컴퍼니가 같이 등장한 경우는 없었기에, 약간 당황스럽기도 했다.

마족은 리카온 제국군 내지 0116 채널의 관리자인 '리루르크'와 결탁한 줄만 알았는데.

'잠깐. 그럼 이 녀석들…… 켈과 반대편에 있는 건가?'

샛별은 리루르크에게 대항하기 위해서 켈을 구하라는 메시지를 건넸다.

한데 리루르크와 결탁한 걸로 알려진 마족이 당장 컴퍼니와 한편이라면…….

결론을 내릴 수 있었다.

'이놈들 적이군.'

컴퍼니 내에도 부서는 여러 개였고, 지부가 다르다면 그 목적도 달라지는 게 그들의 특징이다.

강서준은 한결 명쾌해진 답안에 앓던 이를 뽑은 것처럼 시원한 표정을 지었다.

하지만 금세 미간을 구기며 이쪽으로 쏘아지는 무형의 살기를 맞받아쳐야만 했다.

-꼬리를 달고 왔군.

갑자기 허공을 가르고 예의 마족이 강서준의 눈앞에 나타난 것이다.

놈이 도끼를 크게 휘둘러 바닥에 크레이터를 만들어 냈다.

-호오? 이걸 피하다니.

감탄하며 중얼거리는 놈의 얼굴엔 눈만 여섯 개가 보였다. 징그러울 정도로 많은 눈동자는 전부 붉은색이었다.

꽤 번들거려서 그곳에 강서준의 얼굴이 반사되고 있었다.

놈이 말했다.

-잠깐…… 너 설마 케이냐?

역시 알아본다.

알리도 그렇고, 이놈도 켈과 마찬가지로 전생자인 모양이다.

아니, 몬스터이니 전생 몬스터라고 해야 하나?

공교롭게도 강서준도 이놈을 알고 있었다.

"광전사 미르바나."

이른바 '협곡의 광전사'.

지난 올림픽에서 데칼을 상대로 싸웠다가 농락당하고 패배해 버렸던 플레이어 '아리아'의 직계약 마족.

마왕의 직속 부하라서 그 수준이 여타 다른 마족과는 천지 차이라 할 정도로 고강한 개체였다.

'어쩐지 파리의 상공엔 알이 없더라니.'

혹시나 리카온 제국인들이 악마를 퇴치하고 마족의 알까지 점령했을 거라는 생각은 그저 행복 회로를 과하게 돌린 결과였나 보다.

놈은 이렇듯 부화했고, 버젓이 리루르크가 내세운 비장의 카드로 열심히 활동하고 있었다.

'이놈까지 달라붙어 하는 일이 뭔지 더 궁금해지네.'

과연 컴퍼니와 마족이 합작으로 '공허의 저편'에서 하고 있는 게 대체 뭘까.

미간을 좁히며 생각을 잇는 사이, 미르바나가 이죽거리면서 말했다.

-제 죽을 자리인지도 모르고 찾아오다니. 정말 어리석구나.

콰아아아아아앙!

검붉은 머리카락이 한 올 한 올 불타는 것처럼 타오르고, 녀석의 도끼엔 막강한 마기가 담겼다.

속도는 어찌나 빠른지.

강서준은 이를 악물고 피하다 결국 재앙의 유성검으로 놈의 도끼를 맞부딪쳐야만 했다.

[스킬, '마기 집중(F)'을 발동합니다.]

맞부딪친 마기가 스파크를 일으키며 사방으로 비산했다.

놈이 헛헛하게 웃으며 중얼거렸다.

-놀랍군. 마기를 다루다니?

하지만 놀라는 것도 잠시였다.

놈은 더욱 빠르고 강하게 공격을 이어 나갔다.

묵직한 도끼질은 오른쪽으로 베어지더니, 금세 아래를 내리찍었다.

정신을 차렸을 때는 벌써 그의 허리를 베어 오고 있었다.

[스킬, '집중(S)'을 발동합니다.]

한순간도 놓칠 수 없었다.

초재생을 발동할 수 없는 지금은 작은 상처라도 회복하기까지 긴 시간이 소요된다.

아예 다치질 않는 게 좋다.

─쥐새끼처럼…… 하지만 그것도 여기까지다.

미르바나는 등에서 도끼를 하나 더 꺼내더니, 이젠 아예 쌍도끼로 강서준을 공격했다.

무거운 도끼를 하나 더 꺼냈으면서도, 그 속도는 도끼 하나를 휘두를 때보다 훨씬 빨랐다.

어쩌면 당연한 일이다.

'협곡의 광전사…… 장기전은 좋지 않아.'

놈은 싸울수록 강해지는 말 그대로 '광전사'였으니까.

아마 지금도 전력은 아닐 것이다.

쿠우우우웅!

이윽고 부딪친 마기는 강서준을 뒤로 크게 밀어내기까지 했다.

더욱 강해진 놈의 마기는 강서준이 보유한 마기로는 대응할 수 없을 정도였다.

'마기의 총량이 달라.'

놈은 전생까지 해 가며 성장한 진짜 '마족'이었고, 강서준은 비교적 최근에 마기를 쌓아 왔다.

당연히 그 양에서 밀릴 수밖에 없다.

게다가 지금 시간대가 어떤가.

'던전 버프에 밤 버프까지…… 최악이야.'

강서준은 연신 뒤로 물러났다.

그게 썩 마음에 들었는지 미르바나는 대소를 터뜨리며 말했다.

─마력을 다루지 못하는 케이는 이빨 빠진 호랑이에 불과하구나! 크하하하!

그 와중에 컴퍼니 녀석들은 빠르게 채비를 마치고 자리를 벗어나고 있었다.

강서준을 발견하자마자 꽁지 빠지게 도망치는 듯했다.

"어딜!"

창졸간에 그쪽으로 마기를 활용한 참격을 날려 봤지만, 여지없이 그 앞을 가로막은 미르바나에 의해 공격은 애꿎은 허공을 가르고 지나갔다.

─크크큭! 천하의 케이도 별것 아니군.

놈이 폭소를 터뜨리니 귀청이 떨어질 것처럼 크게 울렸다.

이놈…… 전투가 길어지니 목소리에도 마기를 담고 있다.

소모가 그만큼 커지겠지만 그딴 것은 신경도 쓰질 않는 눈치였다.

새삼스럽게 놈의 마기가 부족할 일도 없겠지. 완전한 부화를 이뤄 냈다면…… 놈은 본체에 한없이 가까워지고 있을 테니까.

강서준은 호흡을 가다듬으며 나지막이 물었다.

"너희들 대체 여기서 뭘 하려는 거냐?"

–크크큭! 천하의 케이도 별거 없어!

"몬스터를 데려가서 어디에 쓰려는 거야?"

–크하하하하! 나약한 케이여! 크하하하!

"……."

강서준은 짧게 한숨을 내쉬며 달려드는 미르바나의 눈을 들여다봤다.

광기에 젖은 두 눈동자엔 오직 강서준을 죽이겠다는 일념만이 들어 있었다.

"대화가 통할 상태가 아니군."

–크하하하하하하!

협곡의 광전사는 싸울수록 강해지는 대신, 그만큼 정신은 피폐해지고 미치기 마련이다.

아마 이젠 이성적인 공격은 없을 것이다. 거의 육탄 돌격에 가까운 무지성 공격이겠지.

놈은 생각하지 않을 테니까.

즉 그런 거다.

"이제 진짜 싸울 수 있겠네."

–크하하하…… 하하?

강서준은 재앙의 유성검에 '도깨비불'을 휘감아 그대로 미르바나의 도끼를 튕겨 냈다.

놈의 웃음이 잠깐 끊겼고, 강서준은 그때를 놓치지 않고 놈의 간격으로 파고들었다.

도깨비불이 연신 불타오르며 강서준이 지나간 자리마다 불길을 거세게 일으키고 있었다.

'마기는 도깨비불의 원료.'

말하자면 도깨비는 마족의 상성에서 우위에 있다고 볼 수 있다.

-크하하하하하하!

문제는 장기전으로 흐른 탓에 광전사의 마기는 걷잡을 수 없을 정도로 커져 있다는 거다.

이 정도나 되는 마기라면 도깨비불로도 쉽게 불태우기 어려울 정도로 많았다.

마기의 총량에서 밀리는 싸움이다.

하지만.

"미쳐서 안 들리겠지만 미르바나. 너 겁먹고 도망치진 마라."

-크하하하하하!

"그래. 그렇게 웃고 있으라고."

강서준은 쌍도끼를 들고 해일처럼 마기를 휘몰아치는 미르바나를 보며 나지막이 호흡을 내뱉었다.

그리고 재앙의 유성검을 앞으로 겨누며 입을 열었다.

"인벤토리."

단순한 힘 싸움에서 밀린다면 대체하는 방법은 여러 가지가 있을 것이다.

하지만 그 어떤 기교보다도 확실한 대체 방법은 오직 하나였다.

힘 싸움에 더할 힘을 보충하는 것.

[장비, '마왕 제레브의 반지'에서 음산한 마기가 흘러나옵니다.]

강서준은 그 무엇보다 강력하고 농밀하며 진득한…… 그리고 힘의 총량에서 최상단에 자리한.

아주 '고성능 배터리'를 갖고 있었다.

빌런 경찰 이진우

이해날 현대 판타지 장편소설

공정거래 위원회

현우 현대 판타지 장편소설

중소기업 후려치던 인간 탈곡기
공정거래위원회 팀장이 되다!

인간을 로봇 다루듯 쥐어짜며
갑질로 무장한 채 한명그룹에 충성을 바쳤지만
토사구팽에 교통사고까지 난 성균
깨어나 보니 다른 사람의 몸이다?

새로운 몸으로 눈을 뜨고 나자
비로소 갑질당한 그들의 눈물이 보이는데……
이번 생엔 그 죄를 참회할 수 있을까?

죽음의 문턱에서 얻은 두 번째 삶!
대기업의 그깟 꼼수, 내 눈엔 다 보여!

꿈의 도약, 로크에서 하십시오
(주)로크미디어에서 신인 작가를 모십니다

즐거운 세상, 로크미디어는 꿈을 사랑하고 도전을 두려워하지 않는 작가 분들의 참신한 작품을 기다리고 있습니다. 21세기 장르 문학계를 이끌어 갈 차세대 선두 주자 (주)로크미디어에서 여러분의 나래를 활짝 펴 보시길 바랍니다.

모집 분야 판타지와 무협을 포함한 장르 문학
모집 대상 아마추어 작가, 인터넷 작가
모집 기한 수시 모집
　작품 접수 시 유의 사항
　　1. 파일명은 작가명_작품명.hwp형식을 갖춰 주십시오.
　　1. 파일에 들어갈 내용은 다음과 같습니다.
　　　─ 성명(필명인 경우 실명을 밝혀 주세요), 연락처, 이메일 주소
　　　─ 제목, 기획 의도
　　　─ A4용지 1장 분량의 등장인물 소개
　　　─ A4용지 2장 분량의 전체 줄거리
　　　─ 본문
　　1. 작품이 인터넷에 연재되고 있다면, 게시판명과 사이트의 구체적이고 정확한 주소를 기재해 주십시오.

선택된 작품은 정식 계약 후 출판물로 간행되어 전국 서점에 유통됩니다.
작가 분은 (주)로크미디어의 전폭적인 지원하에 전속 작가로 활동하시게 됩니다.
※ 자세한 내용은 로크미디어 홈페이지(rokmedia.com)를 참조하세요.

(04167)서울시 마포구 마포대로 45 일진빌딩 6층
(주)로크미디어 편집부 신간 기획 담당자 앞
전화 : 02) 3273-5135
www.rokmedia.com　　이메일 : rokmedia@empas.com